KB030175

어두운
거울속에

권 영 주

서울대 외교학과를 졸업하고 대학원에서 영문학을 전공했다. 옮긴 책으로는 『삼월은 붉은 구렁을』부터 『달의 뒷면』까지 온다 리쿠의 작품 다수와, 미쓰다 신조의 『잘린 머리처럼 불길한 것』, 노나미 아사의 『얼어붙은 송곳니』, 와카타케 나나미의 『나의 미스터리한 일상』, 조세핀 테이의 『프랜차이즈 저택 사건』 등을 번역했다.

THROUGH A GLASS, DARKLY

by Helen McCloy

Copyright © Helen McCloy, 1950
Korean translation copyright © Elixir, an Imprint of MUNHAKDONGNE Publishing Corp., 2012
All rights reserved.

This Korean edition is published by arrangement with Pollinger Ltd.
through EYA (Eric Yang Agency), Seoul.

/

이 책의 한국어판 저작권은 EYA(Eric Yang Agency)를 통해 Pollinger Ltd.와 독점 계약한
'엘릭시르, (주)문학동네'에 있습니다.
저작권법에 의하여 한국 내에서 보호를 받는 저작물이므로 무단 전재와 무단 복제를 금합니다.

이 도서의 국립중앙도서관 출판시도서목록(CIP)은 e-CIP 홈페이지(http://www.nl.go.kr/ecip)와
국가자료공동목록시스템(http://www.nl.go.kr/kolisnet)에서 이용하실 수 있습니다.
CIP제어번호 : CIP2012002776

Through a Glass, Darkly

어두운 거울속에

헬렌 매클로이

권영주 옮김

본격 추리 + 심리 서스펜스

차례

/

내가 어렸을 때에는 어린이의 말을 하고 어린이의 생각을 하고 어린이의 판단을 했습니다.

그러나 어른이 되어서는 어렸을 때의 것들을 버렸습니다.

/

우리가 지금은 거울에 비추어 보듯이 희미하게 보지만

그때에 가서는 얼굴을 맞대고 볼 것입니다.

지금은 내가 불완전하게 알 뿐이지만

그때에 가서는 하느님께서 나를 아시듯이 나도 완전하게 알게 될 것입니다.

/

『고린토인에게 보낸 첫째 편지』 13장 11절, 12절

/

Through
a Glass,
Darkly

'봄에 얼굴을 내민 작은 녹색의 새싹'

클로이에게—

/

/

Through a Glass, Darkly

Helen Mccloy

01

그대의 얼굴은 여자의 영혼을 가려 줄

병풍으로 안성맞춤,

지옥에서 인간적이라 하는 부류의

미모라지, 포스틴.

라이트풋 교장은 내닫이창 옆에 서 있었다.

"앉아요, 크레일 선생. 유감이지만 안 좋은 소식을 전해야 할 것 같군요."

포스티나의 입가는 여느 때와 같이 온화함을 머금고 있었으나, 눈에는 경계의 빛이 스쳤다. 그도 잠깐뿐 그녀는 이내 눈을 내리깔았지만, 그녀가 한순간 내비친 눈빛은 어쩐지 불편한 기분이 들게 했다. 흡사, 주인이 문단속을 단단히 하고 떠난 빈집 위층 창문에서 웬 부랑자가 불쑥 얼굴을 내민 느낌이었다.

"무슨 일인데요, 교장 선생님?"

포스티나의 목소리는 낮고 또렷했다. 브리어턴 여학교에서는

• 각 장 첫머리의 시구는 모두 앨저넌 찰스 스윈번의 「포스틴」에서 인용했다.

모든 교사가 교양 있는 말씨로 이야기해야 했다. 그녀는 여성치고는 키가 큰 편이었고, 날씬하다 못해 연약해 보일 지경이었다. 손목과 발목은 부러질 것처럼 가냘프고, 손발도 작았다. 그녀는 머리부터 발끝까지 솔직하고 유순한 인상을 주었다. 창백하고 갸름한 달걀형 얼굴은 진지해 보이고, 근시 기운이 약간 있는 흐릿한 푸른 눈에서는 착실함이 느껴졌다. 아무런 장식도 하지 않은 옅은 황갈색 머리는 고개를 움직일 때마다 엉겅퀴 갓털처럼 보드랍게 살랑살랑 흔들렸다. 안락의자를 향해 서재를 가로지르는 그녀는 그새 침착함을 거의 되찾은 듯 보였다.

라이트풋 교장 역시 포스티나 못지않게 침착했다. 그녀는 거북스러운 상황에서도 그것을 겉으로 드러내지 않는 법을 이미 오래전에 익혔다. 지금 그녀의 포동포동한 얼굴은 비죽 내민 아랫입술도 그렇고, 하얀 속눈썹 사이로 툭 튀어나온 흐린 색의 둥근 눈도 그렇고, 어쩐지 빅토리아 여왕이 생각날 만큼 무감동해 보였다. 복장은 퀘이커 교도처럼 수수하고 우중충한 색을 즐겨 입었다. 양장점에서 30년대에는 '두더지색'으로, 40년대에는 '뱀장어색'으로 불렀던 보수적인 회갈색이다. 그것을 거칠거칠한 트위드나 보드라운 벨벳, 묵직한 실크, 얇은 보일 천 등으로 계절과 자리에 맞춰 옷감만 바꿔 가며 입었다. 매일 저녁 거기에 어머니에게 물려받은 질 좋은 진주와 골동품 레이스가 곁들여졌다. 심지어 겨울 코트마저 모피로서는 유일하게 비둘기색과 어두운 자갈색이 섞인 두더지 털가죽이었다.

그런 수수한 색을 일관되게 선호하는 덕에 교장은 신중하고 절제된 인상을 주었는데, 이에 감명을 받지 않는 학부형은 아무도 없었다.

"안 좋은 소식이 올 게 없는데요. 교장 선생님도 아시다시피 전 가까운 가족이 없거든요."

포스티나는 말을 이었다. 당황 어린 미소가 입술을 스쳤다.

라이트풋 교장이 대답했다.

"그런 게 아닙니다. 에두르지 않고 단도직입으로 말하죠. 크레일 선생, 브리어턴 여학교를 떠나 줘야겠어요. 물론 계약서대로 여섯 달 치 봉급은 지급하겠어요. 그렇지만 지금 당장 그만둬야 합니다. 늦어도 내일까지는 나가 줘요."

포스티나의 입술에서 핏기가 가셨다. 그녀는 간신히 말했다.

"학기가 끝나지도 않았는데요? 교장 선생님, 전 그런…… 터무니없는 말은 처음 듣습니다!"

"미안합니다. 그렇지만 나가 줘야겠어요."

"이유가 뭐죠?"

"그건 말할 수 없어요."

라이트풋 교장은 식민지 시대의 스피넷을 개조한 자단 책상 앞에 앉았다. 연자주색 압지 옆에 구리 장식품들이 놓여 있고, 향기로운 짙은 색 제비꽃이 칙칙한 붉은색 꽃병에 가득했다.

"모든 게 순조로운 줄 알았는데요! 제가 무슨 실수라도 했나요?"

포스티나의 목소리가 메었다.

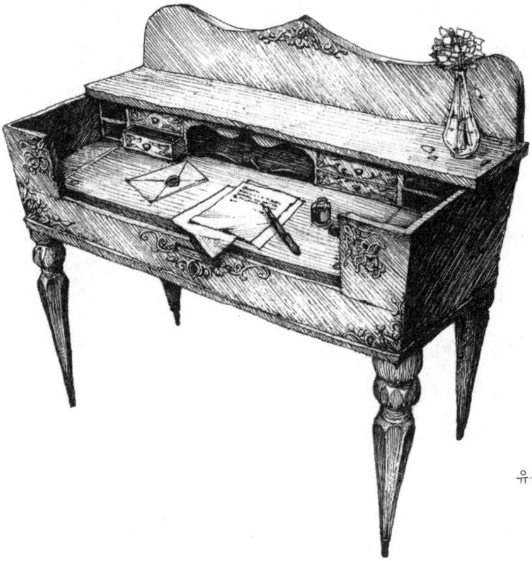

스피넷 책상

/

서랍과 덮개가 있는 책상.

덮개가 닫혀 있을 때 스피넷 피아노와

유사하다고 해서 스피넷 책상이라 불렸으며

여러 형태가 있다.

"크레일 선생이 직접 뭘 어떻게 한 것은 아닙니다."

라이트풋 교장은 다시 눈을 들었다. 유리알처럼 무표정하고 말간 눈이었다. 마치, 생명이 깃들지 않은 유리알처럼 바깥의 빛을 반사해 반들거리는 듯한 눈이었다.

"그저 선생이 브리어턴의 교풍과 잘 맞지 않는다고만 해 둘까요."

"죄송하지만 좀 더 구체적으로 설명해 주시면 좋겠습니다. 명확한 이유도 없이 학기중에 학교를 그만두라고 하지는 않을 테니까요. 제 성품을 문제 삼으시는 겁니까? 아니면 교사로서의 자질 문제인가요?"

"둘 다 아니에요. 그저…… 선생은 브리어턴에 어울리지 않을 뿐입니다. 서로 충돌하는 색이 있다는 건 선생도 알겠죠? 예컨대 토마토 붉은색과 포도주 붉은색은 어울리지 않죠. 그런 뜻입니다, 크레일 선생. 선생은 우리 학교와 맞지 않아요. 그렇다고 낙심할 필요는 없어요. 다른 학교에 가면 선생도 교사로서 진가를 발휘하면서 행복하게 가르칠 수 있을지도 모르죠. 그곳이 우리 학교가 아닐 뿐입니다."

"제가 여기 온 지 겨우 오 주밖에 안 됐는데 어떻게 그렇게 단정하시죠?"

"여학교의 온실 같은 분위기에서 감정적인 갈등은 빠른 속도로 자랍니다."

누가 자기 말을 반박할 때면 라이트풋 교장의 목소리는 늘 더욱 날카롭게 날이 서곤 했다. 더욱이 포스티나는 지금껏 소심하고 순종적으로 보였던 탓에 반박이 돌아오리라고는 예상하지 못했으리라.

"매우 미묘한 문제라 말로 잘 표현하기 어렵군요. 아무튼 선생은 학교를 떠나 줘야겠어요. 우리 학교를 위해 말이죠."

포스티나가 일어섰다. 무력감과 노여움이 그녀를 뒤흔들어 놓았다.

"이 일이 제 장래에 어떤 영향을 미칠지 모르세요? 사람들은 제가 무슨 당치 않은 짓을 저질렀다고 생각할 거라고요! 도벽이 있거나 아니면 레즈비언이라고들 생각하겠죠!"

"크레일 선생, 우리 브리어턴에서는 그런 말은 입에 담지 않습니다."

"아뇨, 다들 말할걸요. 교사한테 이유도 설명해 주지 않고 학기 중에 그만두라는데 왜 안 그러겠어요? 며칠 전만 해도 교장 선생님은 제 수업이 '대단히 만족스럽다'고 하셨죠. 교장 선생님이 바로 그렇게 말씀하셨다고요. 그런데 이제 와서……. 누가 저에 대해 거짓말을 하고 다니는군요? 그게 누구죠? 뭐라던가요? 그 때문에 일자리를 잃게 됐으니 전 알아야겠어요! 전 알 권리가 있다고요!"

라이트풋 교장의 눈에 연민이 어렸다.

"크레일 선생, 나도 선생을 딱하게 생각하지 않는 건 아니지만 이유만은 설명해 줄 수 없습니다. 그러고 보니 이번 일을 선생 입장에서 생각해 보지 못했군요. 그건 미안하게 생각해요. 브리어턴이

나에게 어떤 의미인지 선생도 알겠죠? 브리어턴 교장 선생님이 세상을 떠나시고 내가 학교를 넘겨받았을 때는 학교도 죽어 가고 있었습니다. 그 죽어 가던 학교에 내가 생명을 불어넣은 거예요. 지금은 전국 각지에서 학생들이 입학하죠. 심지어 전쟁이 시작된 뒤로는 유럽에서도 오지 않던가요? 우리 학교는 신부 수업이나 시키는 그런 흔해 빠진 곳들과는 다릅니다. 우리에게는 면학의 전통이 있어요. 학교에서 교육받은 것을 잊어버리고 나서도 기억하는게 교양이란 말이 있죠. 브리어턴 졸업생은 다른 학교 학생보다 더 많은 것을 기억합니다. 브리어턴 졸업생은 모르는 사이라도 사고방식과 말하는 방식으로 대개 서로를 알아봐요. 남편이 죽은 이래로 나에겐 학교가 남편이나 다름없는 존재였단 말입니다. 난 원래 그렇게 인정머리 없는 사람이 아니지만, 선생이 브리어턴에 화를 불러올 가능성이 있다면 얼마든지 인정머리 없게 굴 수 있어요."

"제가 브리어턴에 화를 불러온다고요? 그게 대체 무슨 말씀이세요?"

포스티나는 힘없이 되뇌었다.

"말하자면 선생이 만들어 내는 분위기 때문이라고 해 두죠."

"무슨 말씀이신지 모르겠어요."

라이트풋 교장의 시선이 막연히 열린 창문으로 옮겨 갔다. 널찍한 창턱에 담쟁이넝쿨이 얼룩덜룩하게 그림자를 드리웠다. 창 너머에서는 오후의 태양이 시들어 가는 가을철 풀밭에 맑은 햇살을 힘없이 비추고 있었다. 하루가 저물어 가는 시간과 한 해가 저물어 가는 시간이 따스함과 밝음에 함께 이별을 고하는 듯 보였다.

라이트풋 교장은 숨을 깊이 들이마셨다.

"크레일 선생, 정말로…… 짐작 가는 데가 없습니까?"

포스티나는 멈칫했으나 금세 정신을 차렸다.

"물론입니다. 교장 선생님께서 말씀해 주세요."

"이미 원래 예정했던 것보다 많이 말했습니다. 이제 더는 아무 말도 않겠어요."

이야기는 이것으로 끝이라는 듯한 어조였다. 포스티나는 늙은 여인처럼 맥없고 패배감 어린 목소리로 느릿느릿 말했다.

"새 학년이 시작된 지 벌써 이렇게 많이 지났으니 당장은 다른 학교를 찾을 수 없겠죠. 그렇지만 만약 내년에 자리가 생기면…… 교장 선생님을 제 추천인으로 올려도 될까요? 다른 학교 교장 선생님께 제가 실력 있는 미술 교사라고, 브리어턴을 이렇게…… 갑작스럽게 그만둔 건 제 탓이 아니라고 해 주시겠어요?"

라이트풋 교장의 시선이 외과 의사나 사형 집행인처럼 싸늘하고 무표정해졌다.

"미안하지만 선생을 어느 누구에게도 교사로 추천할 수 없습니다."

그 순간, 포스티나의 어린애 같은 일면이 드러났다. 눈물이 맺힌 옅은 황갈색 속눈썹이 깜박거리고 연약하고 섬세해 보이는 입은 바르르 떨렸다. 그러나 그녀는 더 이상 저항하지 않았다.

라이트풋 교장이 사무적으로 말했다.

"내일은 화요일입니다. 크레일 선생 수업은 오전에 한 시간뿐이니 짐 쌀 시간은 충분할 테죠. 오후엔 4시에 그리스 연극 준비 위원회 모임이 있죠? 끝나고 바로 떠나면 아마 뉴욕행 6시 25분 기차를 탈 수 있을 겁니다. 그때라면 학생들이 저녁 식사 전에 옷 갈아입을 시간이니 선생이 떠나도 주목을 끌지는 않을 거예요. 난 내일모레 조회 시간에 선생이 학교를 그만뒀다고만 알리겠어요. 사정이 생겨 학교로 돌아올 수 없게 됐다고……. 대단히 유감이라고 할 거예요. 그러면 별말 없을 겁니다. 그게 학교에게나 선생에게나 최선의 방법입니다."

"알겠습니다."

포스티나는 눈물이 앞을 가려 비틀비틀 문으로 다가갔다.

널찍한 복도로 나오자 계단참 창문으로 한 줄기 햇빛이 어슷하게 비쳐 들었다. 열네 살 된 두 소녀가 계단을 내려오고 있었다. 메그 바이닝과 베스 체이스다. 메그의 하얀 피부에는 분홍빛이 돌고, 은도금된 듯한 머리는 곱슬곱슬 컬이 졌다. 눈은 스타사파이어처럼 아슴푸레 반짝였다. 남성적이고 간소한 브리어턴의 교복이 메그의 그런 여성적이고 예쁜 외모를 돋보이게 해 주었다. 그런데 똑같은 교복이 베스의 경우에는 평범함만 강조하니 이상한 일이었다. 우중충한 연갈색 머리는 짧게 쳤고, 뾰족하고 하얀 얼굴에는 주근깨가 변덕스럽게 흩어져 있어 익살맞아 보였다.

포스티나를 본 두 소녀의 표정이 흡사 우유처럼 멀겋고 불투명해졌으나 목소리는 동시에 발랄하게 인사했다.

"안녕하세요, 크레일 선생님!"

포스티나는 평상시와 같은 목소리를 낼 자신이 없어 잠자코 고개만 끄덕였다. 두 소녀는 자신들을 지나쳐 계단참으로 올라가는 그녀를 곁눈으로 좇았다. 그 눈은 크지만 천진난만하지 않았다. 오히려 호기심과 의혹에 차 있었다.

포스티나는 걸음을 서둘렀다. 계단을 다 오른 그녀는 숨을 몰아쉬며 멈춰 서서 귀를 기울였다. 밑에서 킥킥 웃는 소리가 어렴풋이 들려왔다. 히스테리를 부리는 꼬마 마귀나 쥐처럼 새되고 날카로운 웃음소리였다.

포스티나는 그 소리를 피해 2층 복도를 달려가다시피 했다. 그때 오른쪽에서 문이 열리더니 캡을 쓰고 앞치마를 입은 하녀가 나와 복도 끝 창문으로 밖을 내다보았다. 모래색 머리가 저물어 가는 태양의 빛을 받아 부옇게 흐려진 놋쇠처럼 번득 빛났다.

포스티나는 떨리는 입술을 이럭저럭 진정시켰다.

"알린, 할 이야기가 있어."

알린은 눈에 띄게 흠칫하더니 빙글 돌아섰다. 놀라고 적의가 어린 태도였다.

"지금은 안 돼요, 선생님! 전 할 일이 있다고요!"

"아…… 알았어. 그럼 나중에."

포스티나가 곁을 지나가려 하자 알린은 벽에 바짝 붙어 몸을 움츠렸다.

아까 두 소녀는 여러 가지 감정이 뒤섞인 표정으로 포스티나를 몰래 훔쳐보았다. 그러나 알린의 둔중한 얼굴에 뚜렷이 찍힌 감정은 오로지 하나, 공포였다.

002

그 어떤 독사들이 다가와 허물을 벗었는가,

그 어떤 음란하고 작은 뱀들이

똬리를 틀고 유연하게 목을 뻗어

포스틴을 어루만졌는가?

포스티나는 알린이 방금 나온 방으로 들어갔다. 황갈색 마루에 흰 모피 깔개가 깔려 있고, 창문에는 흰 커튼이 걸려 있었다. 서랍장은 수선화 같은 옅은 노란색이다. 흰 벽난로 선반 위에는 크리스털 펜던트로 장식된 놋쇠 촛대에 월계수 열매로 만든 향기 나는 녹색 초가 꽂혀 있다. 등받이에 날개가 달린 안락의자와 창 밑의 붙박이 걸상은, 보라색 꽃과 녹색 잎이 달린 잔가지 무늬의 크림색 무명천으로 커버를 씌웠다. 색채는 봄날 아침처럼 화사했으나 침대는 흐트러져 있고 휴지통을 비우지도 않은데다 재떨이에도 담뱃재와 꽁초가 수북했다.

포스티나는 문을 닫고 창가로 다가갔다. 붙박이 걸상에 책이 한 권

펼쳐져 있었다. 책장을 미친 듯이 넘기는데 노크 소리가 들렸다. 그녀는 책을 덮어 얼른 쿠션 뒤에 숨기고 흔적이 남지 않게 매만졌다.

"네!"

문간에 선 젊은 여자는 꼭 고대 아라비아의 장식 사본에서 빠져나온 것처럼 보였다. 이천 년 전의 페르시아 여인들이 자기들처럼 검은 눈에 희고 늘씬한 암말을 타고 달리는 그림 속에서.

그들처럼 장미색과 금색이 어우러진 브로케이드 의상을 입어도 잘 어울렸을 것이다. 그러나 이곳은 20세기 미국인지라 그녀는 기후에 맞게 단정한 회색 플란넬 치마에 진녹색 스웨터를 입고 있었다.

"포스티나, 그리스 연극 의상 말인데요……."

여자가 말을 하다 멈추었다.

"왜 그래요?"

"잠깐 들어와 앉을래요? 물어볼 게 있어요."

포스티나가 말했다.

여자는 말없이 시키는 대로 했다. 그녀가 앉은 곳은 안락의자가 아니라 창가의 붙박이 걸상이었다.

"담배 하겠어요?"

"네, 고마워요."

포스티나는 담배 상자를 천천히, 주의 깊게 테이블 위 원위치에 돌려놓았다.

"기젤라, 내가 뭘 어쨌다는 거죠?"

"무슨 말이에요?"

기젤라는 조심스럽게 되물었다. 포스티나는 갈라진 목소리로 대답했다.

"무슨 말인지 잘 알면서 그래요? 나에 대한 소문을 들었을 거 아니에요? 사람들이 대체 뭐라던가요?"

길고 검은 속눈썹은 부채처럼 눈을 감추는 데 편리하다. 기젤라가 다시 눈을 들었을 때는 시선에서 이렇다 할 표정이 사라지고 없었다. 그녀는 한 손으로 옆에 놓인 쿠션을 막연히 가리켰다. 담배 연기가 손을 따라 흘렀다.

"진정하고 여기 좀 앉아 봐요, 포스티나. 정말 내 귀에 그런 소문이 들어올 거라고 생각해요? 난 여전히 외국인이고, 피난민으로 여기 온 사람이에요. 누가 외국인을 신뢰하겠어요? 피난민은 더 말할 것도 없죠. 적응도 못하고 배은망덕한 사람이 너무 많았으니까요. 난 여기 친한 친구가 아무도 없어요. 이 학교에서 날 참고 받아주는 건, 내가 문법적으로 정확한 독일어를 말하고 미국 사람들 귀에 내 빈 억양이 베를린 억양보다 더 좋게 들리기 때문이에요. 그렇지만 기젤라 폰 호헤넴스란 내 이름은 전쟁이 끝난 지 얼마 안 된 지금 별로 유쾌하지 못한 인상을 주죠."

그녀는 어깨를 으쓱했다.

"그러니 차나 칵테일을 마시며 함께 시간을 보낼 사람도 거의 없답니다."

포스티나는 자리에 앉았으나 긴장을 풀지는 않았다.

"말을 딴 데로 돌리지 말아요. 그럼 좀 더 단도직입으로 묻죠. 나에 관해 무슨 소문 들은 거 있어요?"

기젤라의 예쁜 입이 일그러졌다. 친구라면 그 입에 떠오른 표정을 가리켜 '성격이 확실하다'고 하고, 그녀를 싫어하는 사람이라면 '고집스럽다'고 표현할 것이다. 그녀는 짤막하게 대꾸했다.

"아뇨."

포스티나는 한숨을 쉬었다.

"아아, 아쉬워라!"

"왜죠? 남들이 당신에 대해 수군거렸으면 좋겠어요?"

"그건 아니지만 기왕 수군거릴 바에야 당신이 들었다면 좋았을 텐데요. 내가 물어볼 수 있는 사람은 당신뿐인걸요. 무슨 소문인지, 누가 그런 소문을 퍼뜨리고 다니는지 말해 줄 사람은 그나마 당신뿐이라고요. 당신이 내가 여기서 유일하게 사귄 진짜 친구니까요. 친구라고 생각해도 되죠?"

마지막 말에서 포스티나는 별안간 수줍게 얼굴을 붉혔다.

"그럼요. 난 당신 친구고, 당신도 내 친구이길 바라요. 그렇지만 난 여전히 이해가 안 되는데요. 대체 뭣 때문에 당신에 관해 수군거린다고 생각하죠?"

포스티나는 조심스럽게 재떨이에 담배를 비벼 껐다.

"내가…… 해고됐거든요. 예고도 없이요."

기젤라는 아연했다.

"아니, 왜요?"

"나도 몰라요. 교장 선생님은 설명을 안 해 주세요. 내가 브리어턴에 어울리지 않는다는 모호하고 진부한 말만 잔뜩 늘어놓고요. 내일 당장 나가래요."

마지막 말을 하는데 목이 메었다.

기젤라는 몸을 앞으로 내밀어 그녀의 손을 어루만졌다. 좋지 않은 생각이었다. 포스티나의 표정이 일그러지더니 보이지 않는 잔인한 손이 그녀의 눈알을 쥐어짜기라도 하는 양 눈물이 솟았다.

"그렇지만 더 나쁜 일은 따로 있어요."

"더 나쁜 일이라뇨?"

"주위에서 무슨 일인가 벌어지고 있어요."

포스티나의 입에서 더는 못 참겠다는 듯 말이 튀어나왔다.

"얼마 전부터 느꼈는데 그게 뭔지는 모르겠어요. 온갖 징후가 있었거든요. 하나하나는 사소한 일이지만."

"어떤 일인데요?"

"이 방을 봐요!"

포스티나는 원망스러운 표정으로 방을 가리켰다.

"하녀가 날 당신이나 다른 선생님들과 차별 대우해요. 밤에 자기 전에 잠자리를 준비해 주는 법이 없어요. 심지어 아침에 자고 일어나도 침대를 정돈해 주지 않는 경우가 부지기수고요. 보냉병에 얼음물을 준비해 주지도 않고, 청소도 안 해 줘요. 내가 직접 휴지통과 재떨이를 비워야 한다고요. 한번은 온종일 창문을 활짝 열어 놓는 바람에 밤에 잘 때 얼마나 추웠는지 몰라요."

"교장 선생님께 말씀드리지 그랬어요. 아니면 관리인한테 하든지요."

"그 생각을 안 해 본 건 아닌데…… 난 이번 학기에 새로 왔잖아요? 이 일자리는 나한테 아주 중요하기 때문에 괜한 말썽을 일으키고 싶지 않았어요. 알린을 힘들게 하고 싶지도 않았고요. 알린이 말하자면 내 방 담당인데, 난 늘 그 애가 그렇게 딱해 보이더라고요. 뭘 해도 서툴고 말주변도 없고 말이에요. 하는 수 없이 결국 내가 직접 그 애한테 한마디 했는데, 꼭 귀머거리를 상대하는 것 같지 뭐예요."

"당신 말을 듣지 않더란 말이에요?"

"듣기야 했죠. 그렇지만 꿈쩍도 않는 거예요. 그 무표정한 얼굴 뒤로 고집스러운 반발심 같은 게 느껴지는데 정확히 그게 뭔지는 알 수 없었어요."

포스티나는 담배를 또 하나 꺼내 불을 붙였다. 자기 문제에 골몰한 나머지 기젤라에게 권하는 것도 잊어버렸다.

"알린의 태도가 건방졌다거나 뚱했다는 말은 아니에요. 그저…… 날 피하는 것 같았을 뿐이죠. 깜박했다는 식으로 몇 마디 웅얼웅얼 변명하더니 앞으로는 소홀히 하지 않겠다고 약속했거든요. 그래 놓고 여전히 청소를 안 하는 거예요. 오늘 오후엔 꼭 내가 무섭기라도 한 것처럼 피하더군요. 물론 말도 안 되는 이야기죠. 나 같은 책벌레를 누가 무서워하겠어요?"

"근거란 게 알린의 태도만이에요?"

"오, 아뇨! 다들 날 피해요."

"난 아니잖아요."

"기젤라, 거짓말 아니라 당신이 정말 유일한 예외예요. 내가 다른 선생님들한테 마을에서 차를 마시자고 하거나 뉴욕으로 나가서 칵테일을 마시자고 하면 다들 거절해요. 한두 번이 아니라 매번 그래요. 두어 명이 그런 게 아니라 모두가 그런다고요. 당신만 빼고요. 게다가 내가 꼭 어디 이상한 것처럼 묘하고 부자연스러운 태도로 그래요. 바로 일주일 전에 뉴욕에 갔을 때 5번가에서 앨리스 에이치슨하고 마주쳤거든요. 도서관 건너편에서요. 난 미소를 지으려고 했는데, 앨리스는…… 날 못 본 척하고 시선을 다른 데로 돌려버리지 뭐예요. 하지만 분명히 봤거든요. 정말이지 얼마나 뻔하던지. 그런가 하면 우리 반 학생들도 이상해요."

"당신 말을 안 들어요?"

"아뇨, 그런 게 아니에요. 하라는 일은 다 해요. 심지어 수업 내용에 관해 똑똑하게 질문도 해요. 그렇지만……."

"네?"

"날 주시해요, 기젤라."

기젤라는 웃었다.

"내 학생들도 날 좀 봐 줬으면 좋겠네요. 특히 칠판에 뭔가 쓸 때."

"내가 칠판에 뭘 쓸 때만 그런 게 아니에요. 늘 그런다고요. 교실 안에서나 밖에서나 그 애들 눈이 늘 나를 따라다녀요. 어쩐지…… 어쩐지 부자연스러운 느낌이 들어요."

포스티나가 설명했다.

"교실 안에선 특히 더 그렇네요!"

"웃을 일이 아니에요. 심각하단 말이에요."

포스티나가 항의했다.

"그 애들은 내 일거수일투족을 지켜보고 귀를 기울이고 있어요. 그런데…… 묘한 건, 이따금 그 애들이 보는 게 내가 아니란 생각이 들 때가 있다는 거예요."

"무슨 말인지 모르겠어요."

"실은 나도 잘 몰라서 설명을 잘 못하겠는데……."

포스티나의 목소리가 어두워졌다.

"그 애들은 무슨 일이 벌어지기를 숨죽여 기다리는 것처럼 보여요. 그게 뭔지는 모르겠지만요."

"당신이 졸도하거나 히스테리를 부리길 기대한다는 뜻이에요?"

"글쎄요. 모르겠어요. 아무튼 그 비슷한 느낌이에요. 하지만 난 지금까지 한 번도 기절하거나 히스테리를 부린 적이 없는데…….

그게 다가 아니에요. 우선 애들이 날 대하는 태도가 너무 공손해요. 그러고는 진입로나 복도에서 마주치면 묘하게 의미심장한 눈빛으로 날 보거든요. 나보다 나에 대해 더 많이 알고 있다는 표정으로요. 그러다 내가 지나치기 무섭게 뒤에서 킥킥거리는 거예요. 보통 여학생들처럼 즐거워서 웃는 그런 게 아니라 신경질적인 웃음이에요. 그러다 당장에라도 울음을 터뜨리거나 비명을 지를 것처럼 들리지 뭐예요."

"학교에서 나가라고 할 때 교장 선생님 태도가 어떻던가요?"

"처음엔 쌀쌀맞았는데 나중엔…… 꼭 날 측은하게 여기는 것처럼 보였어요."

"방금 들은 이야기 중에서 그게 제일 특이하네요. 교장 선생님은 평소 냉정하고 자기중심적으로 보이는데."

기젤라가 쓴웃음을 지었다.

포스티나가 말을 이었다.

"무슨 까닭이 있는 게 틀림없어요. 학교로선 날 학기중에 내보내느라 여섯 달 치 월급을 더 얹어 줘야 하는데다 그런대로 실력 있는 미술 교사를 잃게 된 셈이잖아요. 이미 학기가 시작됐으니 대신할 사람 찾기가 쉽지 않을 테죠. 그런데도 교장 선생님은 확고부동하더라고요. 심지어 다른 학교에 지원할 때도 내 추천인이 돼 줄 수 없다지 뭐예요."

"까닭이 뭔지 설명을 들을 권리는 있죠. 변호사를 통하는 건 어때요?"

기젤라가 생각에 잠겨 말했다.

"그건 싫어요. 소문이 퍼질걸요. 무슨 일이 있다고 재깍 변호사를 끌어들이는 교사를 어떤 학교가 쓰고 싶어 하겠어요?"

"정말 옴짝달싹할 수 없는 처지군요."

기젤라는 한숨을 쉬고 쿠션에 등을 기댔다.

그런데 쿠션이 이상하게 딱딱했다. 그녀가 몸을 일으키자 쿠션이 옆으로 쓰러졌다. 쿠션을 바로잡으려고 몸을 돌리자 그 밑으로 책 모서리가 보였다. 송아지 가죽으로 장정된 표지에 금박 장식이 찍혔고 가장자리가 다 해진 낡은 책이었다.

"저런, 미안해요."

포스티나가 책을 낚아채더니 납작한 가슴에 두 팔로 꼭 끌어안았다. 제목은 보이지 않았다.

"불편했겠어요."

포스티나는 사과했다.

"아뇨, 책이 있는 줄도 몰랐는걸요."

기젤라는 훌쩍 일어섰다. 새끼 고양이처럼 뼈가 없나 싶을 정도로 유연하고 우아한 동작이었다. 목소리에 어렴풋이 냉담함이 스며들었다.

"도움이 못 돼서 미안해요."

그녀는 문으로 다가가다가 멈춰 서서 돌아보았다.

"맞다, 잊어버리고 그냥 갈 뻔했네요. 내일까지 무대 의상 디자인이 완성될지 물어보러 온 거였어요. 하지만 이젠 당신하고 상관없는 일이 됐겠군요."

포스티나는 여전히 책을 꽉 끌어안은 채 붙박이 걸상 옆에 서 있었다.

"다 됐어요. 교장 선생님이 떠나기 전에 위원회에 디자인을 제출하고 가라더군요."

"알았어요. 내 방에서 모이는 거 알죠? 4시예요."

기젤라는 복도를 가로질러 자기 방으로 들어갔다. 문을 닫은 뒤 그녀는 찌푸린 얼굴로 얼마 동안 꼼짝 않고 서 있었다. 그러더니 책상으로 다가가 위에 붙은 책장 유리문을 열었다. 3단 선반에 책이 모두 빈틈없이 말끔하게 꽂혀 있었으나, 맨 아래 선반의 책들이 어쩐지 여느 때보다 느슨해 보였다. 책들을 훑어보던 그녀의 시선이, 송아지 가죽으로 장정된 표지에 금박 장식이 찍혔고 가장자리가 다 해진 책들에서 멎었다. 몇 권으로 이루어진 세트 중에 제1권이 보이지 않았다.

그녀는 여전히 얼굴을 찌푸린 채 책상 앞에 앉았다. 접이식 상판 위에 흰 편지지 넉 장이 펼쳐져 있는데, 그중 석 장이 이미 글씨로 메워지고 한 장만 백지였다. 그녀는 빈 종이를 앞으로 끌어당겨 쓰기 시작했다.

추신.

혹시 괴테 자서전 읽어 본 적 있어? 나한테 마담 칼로비츠가 번역한 프랑스어 판이 있는데, 포스티나 크레일이 허락도 받지 않고 1권을 빌려 갔지 뭐야. 방금 전에 내 앞에서 책을 감추려고 하는 바람에 우연히 알게 됐어. 왜 그 책이 필요했는지 모르겠네. 앞에서 썼다시피 이곳 사람들이 가엾은 포스티나를 그렇게 함부로 대하지만 않았으면 나도 별로 신경 쓰지 않았을 거야. 라이트풋 교장 선생님 귀에도 무슨 말이 들어갔나 봐. 포스티나한테 들었는데, 나가 달라고 했대. 어쩐지 심상치 않은 느낌이 들어. 솔직히 나도 살짝 겁이 나기 시작했고. 당신이 뉴욕에 있었으면 얼마나 좋았을까 싶은 생각이 부쩍 드네. 그랬다면 틀림없이 합리적인 설명을 찾아내 주었을 텐데. 하지만 당신은 여기 없으니……. 밤 10시 넘어 불빛이라곤 파란 야간등뿐인 위층 복도를 걷노라면 자꾸만 어깨 너머로 뒤를 돌아보게 돼. 뭔가…… 아주 기괴하고 섬뜩한 게 거기 있을 것만 같아서.

기젤라는 펜을 내려놓고 망설이는 표정으로 방금 쓴 부분을 읽어 보았다. 그러고는 마음이 바뀌기 전에 편지지 넉 장을 접어 봉투에 넣고 봉한 다음 우표를 붙였다. 그녀는 다시 펜을 들어 봉투에 다음과 같이 썼다.

의학 박사 배질 윌링

파크 애비뉴 18번지 A

뉴욕 주 뉴욕 시

전송 요망

그녀는 모피 코트를 걸친 다음 편지를 들고 급히 아래층으로 내려갔다.

밖으로 나가자 십일월 저물녘의 찬바람에 볼이 에이고 머리가 헝클어졌다. 잿빛으로 어두워지기는 했어도 아직 어렴풋이 빛이 남아 있는 구름이 강풍에 쫓겨 빠른 속도로 들쑥날쑥 흘러갔다. 그녀는 버석거리는 낙엽을 밟으며 정문까지 대략 팔백 미터 되는 거리를 몇 분 만에 주파했다.

도로변의 우편함 옆에 젊은 여자가 서 있었다.

"안녕하세요, 앨리스. 저녁 우편물 벌써 가져갔나요?"

기젤라는 말했다.

"아뇨, 저기 오네요."

앨리스 에이치슨은 열아홉 살 같아 보였으나, 상급생이 아니라 젊은 교사라는 것은 엄해 보이면서도 자유로운 분위기로 알 수 있었다. 반짝이는 눈은 개암 색깔이고, 피부는 벌꿀 같으며, 도톰한 입술은 과일처럼 선명한 빨강으로 칠했다. 풍성하게 무르익은 가을철 같은 아름다움이었다. 머리 색과 똑같은 밝은 밤색 투피스를 입고, 드러난 목 언저리를 선명한 색상의 짙은 주황색 스카프로 가렸다. 낡은 포드가 덜거덕거리며 멈춰 서더니 두꺼운 바둑판무늬 반코트를 입고 방수 부츠를 신은 남자가 내렸다.

앨리스가 미소를 지었다.

"여기 편지 두 통 더 있어요! 아슬아슬했네요."

기젤라에게서 편지를 받아 든 앨리스는 자기 것과 함께 집배원에게 건넸다.

"그럽시다."

그는 우편낭에 편지를 넣었다.

"하여간 여기 여자분들은 우편물 양이 엄청나군요. 남자 친구한테 쓰나 보죠?"

마지막 말은 붙임성 있는 윙크와 함께 덧붙여졌다.

포드가 덜거덕거리며 떠난 뒤 둘은 저택을 향해 걷기 시작했다.

"당신…… 음, 남자 친구는 의사예요?"

앨리스가 물었다.

기젤라는 놀랐다. 앨리스는 평소 자기보다 나이 많은 교사들 앞이 아니면 말씨와 태도가 다소 천박해지는 경향이 있기는 해도 대체로 가정 교육을 잘 받은 사람인 줄 알았다. 적어도 다른 사람의 편지 겉봉을 읽는 사람은 아니라고 생각했는데.

"네, 그래요. 정신과 전문의죠. 왜요?"

"어디서 본 것 같아서요. 배질 윌링이란 이름을."

기젤라는 웃음이 났다.

"그이는 꽤 유명하죠. 그건 그렇고 물어보고 싶은 게 있어요."

"얼마든지."

"당신은 나보다 여기 오래 있었죠? 그럼……."

"어휴, 말도 말아요."

앨리스가 실쭉해서 말을 가로막았다.

"남자라곤 눈 씻고 찾아봐도 없는 이 세계에서 꼬박 오 년을 보냈지 뭐예요. 수녀원이나 여자 교도소에서 사는 거나 다를 바 없다고요."

"오 년이라고요? 당신도 브리어턴에 올해 새로 온 줄 알았는데요."

"그 전에 메이드스톤에 사 년 있었거든요. 선생으로 말고 학생으로요. 그때는 졸업할 날만 손꼽아 기다렸어요. 졸업만 하면 정말 신나게 살 생각이었죠. 내가 무슨 계획을 세웠었는지 알면 아마 기절초풍할걸요. 그런데 졸업을 겨우 삼 주 남겨 놓고 아버지가 총으로 자살했지 뭐예요."

그녀의 눈은 기젤라가 아닌 어디 먼 데를 보고 있었다. 부루퉁하고 음울한 눈빛이었다.

"저런."

기젤라는 잠시 말을 잇지 못했다.

"몰랐어요."

앨리스가 도전적인 눈빛으로 그녀를 응시했다.

"겨우 일 년 전 일인데 벌써 기억하는 사람이 아무도 없어요. 투자에 실패해 놓고 그걸 받아들이지 못한 월 스트리트 투자자는 한둘이 아니니까요. 그래서 난 빈털터리로 거리에 나앉게 됐는데, 라이트풋 교장 선생님이 연극 지도 교사를 구한다는 이야기를 들었어요. 그래서 메이드스톤 교장 선생님한테 날 추천해 달라고 했죠. 브리어턴이 메이드스톤보단 나을지도 모른다고 생각했거든요. 그런데 웬걸요. 지긋지긋해서 죽겠어요. 뉴욕에서 일자리를 찾고 싶어요. 거기나 가야 인간답게 살죠."

"메이드스톤도 여기 같았어요?"

기젤라는 물었다.

"원칙은 같은데 그걸 적용하는 방식이 다르다고나 할까요. 메이드스톤이 좀 더 근대적이고 건강을 중시한다고들 하죠. 거기선 애들이 우유를 마시고 하이킹을 하고 짚더미에서 자곤 했답니다. 비싼 돈 내고 소박한 생활을 하는 셈이죠. 외부 방문객은 일요일 오후에만 허용되는데 그나마도 감독하에 만나야 해요. 불쌍한 아버지는 그게 나한테 좋을 거라고 생각했지만, 오히려 바깥세상으로 나가야겠다는 결심만 굳어졌지 뭐예요."

"브리어턴을 좋아하든 아니든 그래도 나보다는 익숙하고 편하지 않겠어요? 연극 지도를 하면서 학생들과 더 친해질 기회가 많을 테고, 또 나이 차이도 별로 안 나고 말이에요. 그러니 나한테는 안 할 말도 당신한테는 할 것 같은데요."

앨리스가 경계심 어린 눈초리로 기젤라를 흘끗 보았다.

"예를 들면 어떤 거 말이에요?"

"포스티나 크레일에 대한 이야기라든지."

"무슨 뜻인지 모르겠네요."

"아뇨, 알 텐데요. 당신이 가끔씩 어떤 눈빛으로 포스티나를 보는지 내가 모르는 줄 알아요? 적의와 호기심 어린 시선으로 꼭 기이한 것 보듯 보잖아요."

기젤라가 맞받아치자 앨리스가 무례하게 대꾸했다.

"나 참, 웃기지도 않네요. 포스티나 크레일은 그냥 바보일 뿐이에요. 기이하기는커녕 오히려 너무 흔해 빠졌죠. 나약하지, 내성적이지, 생기도 없지, 그러면서 죽어라 남의 눈치만 살핀다고요. 유머 감각이 있길 하나, 친구 사귀는 재능이 있길 하나. 완전히 노처녀 예비군에, 타고난 피해자라니까요. 줏대라곤 눈곱만큼도 없는 빙충이예요. 왜 그런 사람 있잖아요, 만날 비타민 알약을 먹는데 효과는 전혀 없는 사람. 식사할 때 그 여자 접시 옆에 늘 놓여 있는 리보플래빈 등등이 담긴 조그만 약병 봤죠? 그런 사람들은 대책이 없어요. 성격이 팔자를 만든다고, 그 여자는 남을 놀리고 괴롭히길 좋아하는 사람들의 밥이 될 팔자인 거예요. 그런데 '무거운 발굽' 할멈도 꽤나 약한 사람 괴롭히는 걸 좋아하잖아요?"

"무거운 발굽 할멈?"

기젤라는 되물었다. 이 낯선 미국식 표현이 무슨 뜻인지 알 수 없었다.

앨리스가 씩 웃었다.

"애들이 라이트풋 교장을 그렇게 불러요."

기젤라는 생각에 잠겨 말을 이었다.

"그럼 만일 포스티나가 쫓겨난다면 사람이 약해서 좋은 교사가 될 수 없기 때문인 건가요?"

앨리스가 기젤라를 유심히 바라보았다.

"그럴지도 모르죠. 왜요, 쫓겨났어요?"

"그건 나나 당신이나 상관할 바가 아니고요."

기젤라는 서둘러 화제를 돌렸다.

"혹시…… 방금 부친 편지를 되찾을 수 있을까요? 마을 우체국에 전화해서 이야기하면 돌려줄까요?"

앨리스가 귀에 거슬리는 소리로 까르르 웃었다.

"이거 봐요, 당신 편지는 이미 국가의 손으로 넘어갔다고요. 십중팔구 관료주의의 정글을 헤치고 나가면서 쉰 종류의 서류를 작성해야 할걸요. 그것도 각각 다섯 벌씩. 그런다고 편지를 돌려받을 수 있을지는 의문이지만요. 왜요? 뭐 화끈한 내용이라도 썼어요?"

"아니에요."

기젤라는 울컥했다.

"그럼 뭔데요?"

"충동적으로 추신을 덧붙였는데 괜히 그랬다 싶어서요. 아마 미국에선 이런 걸 걱정도 석 자라고 하겠죠."

"내 코가 팔자 말이에요?"

현관까지 다 왔다. 앨리스가 문고리를 돌렸다.

"어머, 이상하네? 잠겼는데요."

기젤라는 초인종을 눌렀다.

바람이 불고 날은 저물어 어둠이 밀려오는데, 추위에 떨며 아무리 기다려도 문은 열리지 않았다.

"아이 참! 우리 뒤로 돌아 들어가요. 거기라면 늘 열려 있으니까."

앨리스가 말했다.

라이트풋 교장이 알면 격식에 어긋난다고 싫어할 것 같았지만 기젤라는 그 말에 찬성했다.

두 사람은 바람을 맞으며 모자를 쓰지 않은 머리를 낮게 숙이고 장갑을 끼지 않은 손은 주머니에 쑤셔 넣은 자세로 길을 따라 저택 주위를 빙 돌아 걸어갔다. 거실 창문은 어두웠으나, 모퉁이를 돌자 부엌 창문에서 어둑어둑한 땅거미 속으로 기분 좋은 빛이 흘러나왔다. 앨리스가 뒷문을 열었다. 기젤라는 그 뒤를 따라 들어갔다.

이곳은 오래된 시골 저택이라 부엌이 웬만한 뉴욕 아파트의 거실보다 컸다. 요리사가 흔했고 임금은 낮았던 시절에 만든 부엌이다 보니 식사를 준비하면서 몇 걸음을 걸어야 하건 아무도 신경 쓰지 않았던 것이다. 창문마다 커튼을 달았고 매일 닦고 왁스칠을 해야 하는 떡갈나무 마루를 깐 이 넓은 공간에, 흰 가스레인지며 스테

인리스 싱크대, 전기 냉장고 같은 현대식 설비는 무척 생경하게 보였다.

요리사는 싱크대 앞에 서서 싹 양배추를 손질하고 씻는 일을 하고 있었다. 오븐에서 그에 더할 밤을 굽는 맛있는 냄새가 풍겼다. 부엌 중앙에 있는 테이블에는 국화와 쑥부쟁이, 떡갈나무, 옻나무 등 가을철의 꽃과 잎사귀가 한 아름 쌓여 있고, 포스티나가 그것을 커다란 스튜번 유리 꽃병에 꽂고 있었다. 브리어턴에서 꽃꽂이는 젊은 교사들 일이었다. 그녀는 파란색 커버트 코트에 갈색 펠트 모자를 쓴 외출복 차림이었다.

앨리스가 멈춰 섰다.

"방금 밖에서 들어왔어요?"

"그런데요."

포스티나는 살짝 놀란 표정으로 대답했다. 그때 뒤쪽 계단으로 통하는 문이 열리고 알린이 들어왔다. 한 손에 조그만 찻쟁반을 들었다.

"삼십 분쯤 화원에 있다가 방금 들어왔어요. 왜 그런 걸 묻죠?"

포스티나는 불필요하게 느껴질 만큼 정색하고 말했다.

"아…… 아무것도 아니에요."

앨리스는 짙은 갈색 눈썹을 한쪽만 치올리고 도톰한 입술을 씰그러뜨렸다. 경멸과 의혹이 오묘하게 뒤섞인 표정이었다.

"방금 진입로를 올라오는데 2층 창문으로 당신 얼굴이 보인 것 같아서요."

유리와 자기가 와장창 깨지는 소리가 났다. 알린이 쟁반을 떨어뜨린 것이다. 요리사가 매섭게 소리 질렀다.

"알린, 넌 하여간 조심한다는 걸 모르는 애구나! 찻잔 두 개를 또 깨뜨렸어! 내가 젊었을 땐 비싼 자기 잔을 조심해서 다루게 훈련을 받았건만. 넌 요새 꼭 손가락을 풀로 붙인 애 같더라. 대체 왜 그러는 거야? 좋아하는 사람이라도 생긴 거니?"

알린은 겁에 질린 눈으로 포스티나를 바라보며 멍하니 서 있었다. 요리사가 말을 이었다.

"빗자루하고 쓰레받기 들고 와서 얼른 치우지 못해? 교장 선생님께 깨진 찻잔 값을 네 임금에서 제하시라고 말씀드릴 테니 그리 알고."

"찻잔 값은 내가 물겠어요! 따지고 보면 알린은 나 때문에 놀란 거니까요."

포스티나가 충동적으로 나섰다.

흥미진진하게 사태의 추이를 지켜보던 앨리스가 끼어들었다.

"터무니없는 소리 말아요, 포스티나! 당신은 아무것도 안 했잖아요. 안 그래요?"

앨리스는 기젤라를 돌아보았다.

"그러게요. 내가 본 바로는요."

기젤라는 마지못해 대답했다.

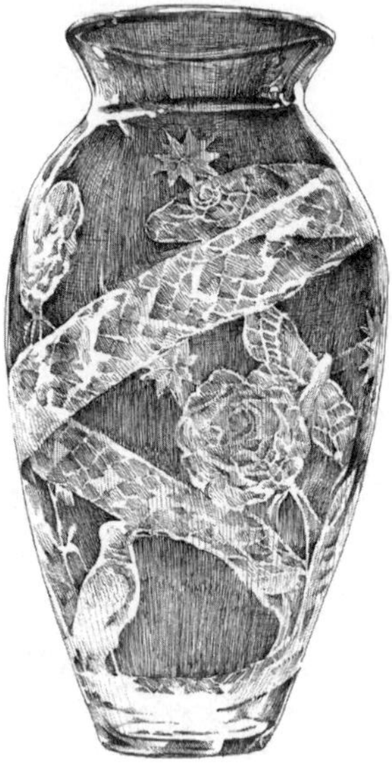

스튜번 유리 꽃병

/

스튜번은 1903년 설립된 유리 제작소로,

다양한 유리 제품을 만들었다.

앨리스는 그녀의 대답에 심란한 듯했으나 그 자리에서는 그 이상 뭐라 하지 않았다. 그러다가 기젤라와 단둘이 되어 식당을 가로질러 복도로 나가면서 그제야 입을 열었다.

"개학하고 학교를 그만둔 사람이 다섯 명이나 된다는 건 당신도 알겠죠?"

"몰랐어요. 학생 셋이 그만둔 건 알고 있었지만 다섯 명씩이나 되는 줄은 몰랐는걸요."

"하녀 둘이 갑작스레 나가 버렸어요."

앨리스는 기젤라를 돌아보았다. 복도로 통하는 문간의 불빛이 그녀의 얼굴을 비추었다. 눈은 번들거리고 붉은 입술은 비웃듯이 일그러져 있었다.

"내가 한마디 하죠, 기젤라 폰 호헤넴스. 혹시 정신과 의사 친구한테 보내는 편지에 포스티나 크레일 이야기를 썼다면 당신 후회하게 될걸요!"

003

포도주와 몹쓸 독, 젖과 피가

그곳에서 뒤섞여……

다음 날, 기젤라는 종일 불안한 기분에서 헤어나지 못했다. 포스티나에 관해 아는 몇 안 되는 사실로는 왜 그렇게 불안한지 설명할 수 없었다. 그러나 이와 유사한 상황에 대한 어렴풋한 기억이 의식의 문턱 바로 너머에 있는 듯했다. 잊어버린 사실들과 연관된 감정이 그녀의 의식에 끈질기게 찾아들었다. 어떤 사악한 일이 벌어지고 있다는 느낌을 떨쳐 낼 수 없었다. 그녀는 흡사 전쟁 후유증 탓에 폭발음만 들리면 저도 모르게 몸을 움츠리는 사람 같았다. 감정이 사실이나 생각보다 의식의 다양한 표층을 더 자유로이 돌아다닌다는 것을 기젤라는 다시금 실감했다.

배질 윌링에게서 답장이 금방 올 가능성은 거의 없었다. 마지막으로 온 편지는 일본에서 보낸 것이었다. 잘은 몰라도 아마 아직 해군과 함께 외국에 나가 있을 것이다. 그런데도 편지를 보낸 것은, 그 외에 달리 털어놓을 사람이 없다는 이유가 컸다.

포스티나를 다시 만난 것은 그리스 연극 준비 위원회 모임에서였다. 비뚜름하게 담배를 문 앨리스가 맨 먼저 나타났다.

"포스티나가 해고됐다는 게 대체 무슨 소리예요?"

창가 붙박이 걸상에 다리를 끌어올리고 앉으며 그녀가 나른하고 건방진 태도로 물었다.

"나도 그 이상은 몰라요. 그저 포스티나가 떠난다는 것밖에."

기젤라는 대답했다.

"이유가 뭔데요?"

앨리스가 캐물었다.

"몰라요."

어느새 포스티나가 문간에 서 있었다. 기젤라도, 앨리스도 문 열리는 소리를 듣지 못했다. 포스티나는 스케치를 담은 포트폴리오를 옆구리에 끼고 있었다.

"노크했는데 못 들었나 봐요. 말소리가 들리기에 들어왔어요."

포스티나가 주저하며 말했다. 앨리스가 비웃는 듯한 태도로 올려다보았다.

"당연히 예의에 어긋나게 행동하지 않으셨겠죠. 다 아니까 걱정 말아요, 포스티나."

포스티나는 떨리는 손으로 포트폴리오 끈을 풀었다.

"내가 엿듣는다고 생각하는 게 싫었을 뿐이에요."

"왜 우리가 그런 생각을 한다는 거죠?"

앨리스가 따졌다.

포스티나는 스케치를 테이블 위에 늘어놓더니 앨리스를 똑바로 쳐다보았다.

"앨리스, 당신은 늘 날 그런 식으로 의심하는 것 같던데 이유가 뭐죠?"

"맙소사, 어처구니가 없네. 왜 성질을 부리고 그러실까?"

앨리스가 웃었다.

포스티나가 움찔했다.

"어떻게 그런 식으로 말할 수 있어요?"

기젤라는 고대 그리스풍 의상을 입은 여자의 수채화 스케치를 집어 들었다.

"이게 메데이아의 의상인가요?"

포스티나는 화제가 바뀐 것을 반기는 듯했다.

"그래요. 그 옷 자료 하나 찾는 데 아침나절이 다 갔지 뭐예요. 페플로스를 머리에 쓴 건, 슬픔에 젖거나 상중인 여자는 그런 식으로 입었기 때문이랍니다. 메데이아는 극 초반부터 슬픔에 빠져 있잖아요? 주름은 되도록 우아하게 잡아야 해요. 주름이 솜씨 없게 잡힌 건 촌스러움의 상징이었대요."

티아라 관

/

보석으로 장식한 (반)원형의 띠로 된 왕관.

"그럼 메데이아는 주름을 솜씨 없게 잡아야 할 것 같은데요. 메데이아는 이방인이었으니까요."

앨리스가 곧바로 끼어들었다.

"이방인이긴 하지만 그리스에 오래 살았죠. 게다가 왕녀였고요."

기젤라가 수정했다.

"귀퉁이엔 조그만 추를 달아야 해요. 우리 할머니들은 긴 치맛자락에 납추를 달곤 했잖아요? 그런 식으로요."

"머리에 얹은 나머지 하나는 또 뭐예요? 꼭 거대한 바구니처럼 생겼는데."

앨리스가 물었다.

"그건 미트라 관冠이에요! 곡물 바구니처럼 생긴 데메테르의 관이죠. 그리스 여자들은 저 관을 많이 썼어요."

"메데이아가 데메테르도 아닌데 미화된 가정과 교사 같은 스타일을 따라 할 리 있겠어요? 메데이아는 페미니스트에 마녀였다고요."

기젤라가 끼어들었다.

"글쎄요, 과연 그럴까요. 고대 여자들은 빵 굽는 일을 자랑스럽게 여겼는데요. '레이디'라는 말 자체가 '빵을 주는 이'라는 뜻이죠."

"그럼 티아라 관으로 할까요? 헤라나 아프로디테처럼?"

포스티나가 한 발짝 물러났다.

"그게 훨씬 낫죠."

앨리스가 우겼다.

"그럴게요. 금방 고쳐요. 신발은 어때요? 꽃을 수놓은 샌들을 신겼는데 괜찮겠어요?"

"참 예뻐요. 나도 이런 신발이 있으면 갖고 싶네요."

기젤라가 재빨리 나섰다. 그러나 앨리스는 시답잖다는 눈초리로 샌들을 바라보았다.

"너무 흔해 빠졌어요. 고양이 털가죽으로 만들고 끈을 묶는 신발은 어때요? 주둥이랑 발톱을 장식으로 쓰고요. 그리스 여자들은 진짜 그런 신발을 신었다고요. 고양이를 죽여서 가죽을 벗긴다면 얼마나 재미있겠어요? 발 한쪽에 한 마리씩, 두 마리겠네요."

"아예 산 채로 가죽을 벗기지그래요? 앨리스, 당신 같으면 꽤나 좋아할 것 같은데."

기젤라는 조용히 말했다. 앨리스는 눈썹 하나 까딱하지 않았다.

"내가 잔인하다고 생각하죠? 난 그저 이곳 생활이 지겨울 뿐이에요. 조금이라도 재미를 얻을 수 있다면 무슨 일이든 하겠어요."

"이아손과 크레온은 어때요?"

포스티나가 스케치 두 장을 더 내밀었다.

기젤라가 말했다.

"좋은데요. 이아손은 직업 군인의 그 잘생기고 아둔한 느낌이 잘 살아 있고, 크레온도 지역 로터리 클럽 회장을 그리스풍으로 그리면 딱 저럴 테죠."

앨리스가 느닷없이 요란하게 웃음을 터뜨렸다.

"포스티나, 당신은 정말 알아줘야 한다니까! 메데이아를 창녀로 만들어 놨군요."

"그게 무슨 말이에요?"

포스티나가 당황해서 물었다.

"튜닉하고 긴 옷 말이에요. 푸른 보랏빛이잖아요. 이 색깔 옷을 입는 건 창녀뿐이라고요."

"어머나. 정말 그래요?"

포스티나는 기젤라에게 도움을 청했다.

"네. 난 생각도 못했지만 사실이에요."

기젤라는 말했다. 앨리스가 거만하게 말을 이었다.

"그야 당연히 사실이죠. 아테나의 홍등가 케라미코스도 몰라요? 예컨대 테세우스란 남자가 멜리타란 여자한테 관심이 있으면, 테세우스는 벽에 '테세우스는 멜리타를 사랑한다'고 써요. 응할 마음이 있으면 멜리타는 그 밑에 '멜리타는 테세우스를 사랑한다'고 쓰고 은매화 가지를 입에 물고 그를 기다리죠."

"그렇지만 그건 아테네에서만 그랬던 거잖아요? 이 연극은 코린토스가 배경이라고요."

포스티나가 이의를 제기했다.

"그럼 코린토스에선 창녀들이 무슨 옷을 입었는지, 또 아침나절을 들여 조사해야겠네요!"

앨리스는 포스티나의 일거리가 늘어난 것을 기뻐하는 듯 보였다.

"아니면 벌써 알려나요? 당신은 창녀들의 풍습에 관해 아는 게 많겠죠? 로자 다이아몬드라고 들어 봤어요?"

포스티나의 얼굴이 어디 아픈가 싶을 만큼 붉어졌다.

"아뇨. 어쨌든 난 스케치는 더 못 그려요. 오늘 오후에 떠나니까요. 영영."

"부럽기도 하지!"

"뭐가 부럽죠? 난 그만두고 싶지 않단 말이에요."

"그럼 왜 그만두죠?"

기젤라가 또다시 끼어들었다.

"메데이아의 의상, 구태여 다시 그리지 않아도 돼요. 옷감을 고를 때 색깔만 바꾸면 그만이니까요. 연노랑은 어때요? 푸른 보랏빛 못지않게 샌들이랑 잘 어울릴 것 같은데."

"마음대로 해요."

앨리스가 관심 없다는 듯 말하더니 또 다른 스케치를 집어 들었다.

"이건 또 뭐예요? 꼭 뉴욕 교외에서 만든 페이즐리 숄의 싸구려 모조품 같네요."

포스티나는 서글픈 시선을 기젤라에게 돌렸다.

"메데이아가 이아손의 신부에게 주는, 독이 묻은 로브예요. 텍스트에 '색색의'란 말이 여러 번 나와요. 디자인은 에우리피데스와 비슷한 시대의 그리스 항아리 사진을 보고 베낀 거예요. 다만 원래 제비꽃이었던 걸 디기탈리스 잎사귀로 바꿨어요. 디기탈리스엔 독이 있으니까요."

그러자 앨리스가 이의를 제기하고 나섰다.

"메데이아가 자기 의도를 그런 식으로 광고할 것 같아요? 만약 누가 나한테 디기탈리스 잎을 수놓은 로브를 보낸다면 나 같으면 당장 의심하겠어요. 추리 소설 독자라면 누구나 다 그럴걸요."

"하지만 크레온의 딸은 추리 소설 독자가 아니었죠. 상징적이고 근사한데요. 메데이아처럼 주술을 믿는 사람이 할 법한 일이에요."

기젤라가 말했다.

"색깔은 어떻고요? 내 눈엔 페르시아풍으로 보이는데."

앨리스가 말을 이었다.

"페르시아와 그리스는 서로 영향을 주고 또 받았어요. 그것도 내가 자료를 조사하다가 알게 된 여러 흥미로운 사실들 중 하나예요. 왜 늘 그렇지 않나요? 뭘 찾다 보면 원래 찾던 것과는 상관없는 걸 잔뜩 발견하게 되죠. 그거 알아요? 시바리스 사람들은 손님을 만찬에 초대할 때 일 년 전에 했대요. 음식과 복장에 갖은 사치를 부릴 수 있게 준비 시간을 넉넉히 잡은 거라나요. 그런가 하면 그리스에서도 테니스를 쳤다는군요. 스파르타에서 했다는데, 그 사람들은 알몸으로 테니스를 쳤다지 뭐예요."

"대단하셔라! 참 조사를 철저하게도 했네요."

앨리스는 이제 한껏 즐기고 있었다.

"다음번에 테니스 코트에 갈 때는 실오라기 하나 안 걸치고 가야겠네요. 만약 교장 선생님이 뭐라고 하면 이렇게 말하는 거예요. '어머, 이건 포스티나 크레일의 생각이에요. 그리스 사람들은 늘 테니스를 발가벗고 쳤다면서 저도 꼭 한번 해 보라고 그러더라고요' 라고요."

"내가 언제 해 보라고 그랬어요? 제발 그러지 말아요, 앨리스."

포스티나는 울상이 되어 말했다.

"두고 봐요, 꼭 하고 말 테니까."

앨리스의 눈이 악의로 이글이글 타올랐다. 기젤라가 나섰다.

"하긴 뭘 해요? 포스티나, 당신이 그렇게 쉽게 속으면 앨리스를 자꾸 부추길 뿐이에요."

"아…… 장난이었군요." 포스티나는 생채가 없고 진지한 본래 모습으로 돌아갔다. "다른 게 더 없으면 스케치는 여기 두고 갈게요. 그리고 메데이아 것만 갖고 가서 이따 오후에 떠나기 전까지 관을 고치고요."

포스티나가 나가고 문이 닫히자 잠시 침묵이 흘렀다. 이내 앨리스가 도전적으로 소리쳤다.

"그런 식으로 보지 말아요! 난 저런 인간들을 보면 도저히 못 참겠다고요. 저런 인간들은 좀 자극을 줄 필요가 있어요."

"그런가요? 앨리스, 당신 너무 잔인했어요. 떠날 사람을 붙들고 그렇게 심하게 할 필요 없잖아요?"

앨리스가 벌써 몇 대째인지 모를 담배를 짓이겨 끄고 일어섰다.

"당신은 너무 물러요. 누군가는 포스티나한테 반격하는 법을 가르쳐야 한다고요."

"그래서 몽둥이로 두들겨 패서 거의 인사불성으로 만든단 말이에요? 당신이 한 행동은 심리적으로 그와 다를 바 없다고요."

앨리스가 문간에 멈춰 섰다. 그녀의 무르익은 갈색 아름다움이 전에 없이 이글이글 타오르는 듯 보였다. 그녀는 뭐라 말하려다 말고 "아, 몰라!"라고 중얼거리고는 그냥 나가 버렸다.

그날의 마지막 수업이 끝난 뒤, 기젤라는 산책을 나갔다. 몸을 움직이면 잠재의식으로부터 자꾸만 찾아드는 망령들을 마음속에서 쫓아낼 수 있을 것 같았다.

맑고 포근해 보이는 햇살에 속아 나가 보면 뜻밖에 쌀쌀한 그런 가을날이었다. 숲 속 오솔길을 따라 걸어가니 브리어턴 부지 경계를 따라 흐르는 샛강이 나왔다. 그녀는 발길을 돌려 다른 길로 숲을 빠져나왔다. 샛강에서부터 저택까지 잔디밭이 오르막을 이루며 이어지는데, 그 탁 트인 공간 한가운데서 누가 이젤을 세우고 그림을 그리는 게 보였다. 기젤라는 멈춰 섰다.

포스티나였다.

예의 파란색 커버트 코트를 입고 있었지만 모자는 쓰지 않았다. 색이 옅은 머리에 수평으로 비치는 오후의 햇살이 금빛을 입혀, 평소의 그녀답지 않게 얼굴이 환해 보였다. 그녀는 저택을 등진 채, 샛강을 따라 늘어선 버드나무들과 강 건너 나무가 듬성듬성한 언덕 등 잔디밭에서 보이는 풍경을 스케치하고 있었다. 바람 한 점 없는 새파란 하늘을 배경으로 나뭇잎 하나하나가 도드라져 보였다. 포스티나는 발치에 화구통을 놓고 왼손에 조그만 팔레트를 든 채 빠르고 능숙하게 붓을 놀리고 있었다. 그림에 푹 빠져 기젤라가 있는 것도 알아차리지 못하는 듯했다.

마침 고무 밑창을 댄 단화를 신고 있었으므로, 기젤라는 포스티나에게 방해되지 않게 발소리를 죽이고 몇 발짝 다가갔다. 그때 이해할 수 없는 일이 일어났다. 기젤라는 움찔해서 멈춰 섰다.

포스티나는 여전히 그림에 열중하고 있었다. 붓을 든 손은 능숙하고 정확하게 움직였다. 다만, 조금 전 같은 기세가 사라지고 없었다. 그녀의 모든 동작이 느닷없이 흡사 슬로 모션처럼 느릿하고 둔중해졌다.

고요하고 화창한 오후에, 시간이 태엽 풀린 시계처럼 늘어지는 것 같았다. 우주는, 일부 현대 물리학자가 주장하듯 폭발하는 게 아니라 힘이 다해 소리 없이 소멸되어 가는 듯했다. 그때 바람이 불어와 머리 위 나뭇가지를 흔들었다. 그 움직임은 정상적인 속도였다. 오로지 포스티나 크레일만이 갈수록 잠에 취한 사람처럼 느려져, 당장이라도 생기 없는 손에서 붓이 툭 떨어질 것 같았다. 생명력이 그렇게 갑작스레 시들었다는 게 너무나도 무섭게 느껴졌다.

흡사, 동력을 다른 작업에 빼앗겨 점점 느려지는 기계 같았다.

얼마나 그러고 서 있었는지 기젤라는 끝내 알지 못했다. 갑자기 들려온 외침 소리에 퍼뜩 정신이 들면서 다른 모든 일을 잊어버렸다. 포스티나의 뒤쪽으로 열린 창문 중 하나에서 들린 소리였다.

기젤라는 가장 가까운 창문으로 달려갔다. 그곳은 도서실이었다. 인기척 없이 조용한 도서실에는 오로지 커튼만 바람에 가볍게 나부끼고 있을 뿐이었다. 반쯤 내려진 블라인드가 오후의 황금빛 햇살을 차단한 탓에 실내는 어둑어둑했다. 복도로 나가는 문은 닫혀 있었고 또 다른 문이 살짝 열려 있었다. 그 틈으로 훌쩍이는 새된 목소리가 들려왔다.

"애, 베스, 정신 차려! 아, 어쩌면 좋지?"

기젤라는 서둘러 그 방으로 들어갔다. 책상들을 갖춰 놓은 작은 방이었다. 이곳에서는 복도로 통하는 문과 맞은편 창문 모두 열려 있는 탓에 커튼이 마구 펄럭이고 있었다.

메그 바이닝이 바닥에 쭈그리고 앉아 있었다. 평소에는 분홍빛이 돌고 예쁘장한 얼굴이 지금은 핏기를 잃고 딱딱하게 굳어서 추하게 보일 지경이었다. 그 옆에 베스 체이스가 의식을 잃고 쓰러져 있었다. 유령처럼 창백해진 얼굴에 오래된 잉크 얼룩처럼 갈색으로 두드러져 보이는 주근깨는 이제 익살맞아 보이지 않았다.

기젤라는 그 옆에 무릎을 꿇고 베스의 얼음장처럼 찬 손을 문질렀다. 맥을 찾으려 했으나 처음에는 너무 약해서 짚어지지 않았다.

"쇼크 상태야. 관리인한테 가서 담요랑 뜨거운 물주머니를 갖다 달라고 하겠니?"

기젤라의 차분한 목소리에 메그의 울음소리가 잦아들었다.

"무슨 일이에요?"

떨리는 목소리로 물은 것은 포스티나였다. 그녀는 눈을 둥그렇게 뜨고 열린 프랑스식 창문 밖에 서 있었다. 젖은 붓을 든 그녀 뒤로 샛강 쪽으로 완만한 경사를 그리며 이어지는 잔디밭, 하늘과 맞닿은 언덕 등 그녀가 그리던 경치가 보였다. 그녀가 안으로 들어오려고 한 발짝 내디뎠다. 그러자 메그 바이닝이 비명을 질렀다.

"싫어! 저리 가요!"

"마거릿! 진정하지 못하겠니?"

기젤라는 매서운 목소리로 말해 놓고 스스로 놀랐다.

"포스티나, 미안하지만 관리인을 좀 불러다 줄래요? 담요랑 뜨거운 물주머니를 갖다 달라고 해 줘요. 베스 체이스가 기절했어요. 서둘러요."

"알았어요."

포스티나는 문을 통해 복도로 나갔다.

기젤라는 재킷을 벗어 베스에게 덮어 주고 품에 끌어안았다.

"무슨 일이 있었던 거야?"

그녀는 베스의 창백한 얼굴에서 눈을 떼지 않은 채 메그에게 물었다.

"모, 몰라요."

기젤라는 메그에게 시선을 돌렸다.

"그게 무슨 말이니? 이렇게 된 데엔 무슨 이유가 있을 거 아냐?"

메그의 뺨이 들장미 색으로 물들고 아랫입술이 고집스럽게 다물어졌다.

"전 베스가 왜 기절했는지 몰라요, 폰 호헤넴스 선생님. 뭘 봤나 보죠. 아니면 어디 아픈지도 모르고요. 그냥 갑자기 소리를 지르더니 쓰러졌어요."

복도에서 이쪽으로 서둘러 다가오는 발소리가 들려왔다. 메그와 단둘이 있을 수 있는 시간은 이제 얼마 없을 터였다. 그녀는 그 짧은 순간을 어떻게든 활용하려 애썼다.

"이건 중요한 문제야, 마거릿. 사실대로 말하렴. 무슨 일이지?"

메그의 눈이 푸른 다이아몬드처럼 싸늘하게 빛났다. 그녀가 냉담하게 말했다.

"전 사실대로 말씀드린 거예요, 폰 호헤넴스 선생님."

"아니, 내가 보기엔 아닌 것 같은데."

그러나 말을 더 잇기 전에 라이트풋 교장이 방 안으로 달려 들어왔다. 포스티나와 담요를 든 관리인이 그 뒤를 따랐다.

베스를 위층으로 안고 간 사람은 라이트풋 교장이었다. 기젤라는 그녀의 이런 일면을 처음 목격했다. 좌절된 모성애가 타인의 자식들을 보살피는 데서 배출구를 찾은 것이었다. 자기 침대에 베스를 눕히고 돌보는 교장은 자기 자신도 학교도 일체 염두에 없는 듯했다. 소녀의 핼쑥한 뺨에 서서히 핏기가 돌아오고 관자놀이께의 연갈색 머리가 땀에 젖어 색이 짙어지자, 그녀는 진심으로 안도의 한숨을 내쉬었다.

드디어 모래색 눈썹이 꿈틀거리더니 베스가 눈을 뜨고 낯선 실내를 둘러보았다.

"어…… 여기가……."

"그냥 가만히 누워 있으려무나. 관리인이 곁을 지킬 테니까 원하는 게 있으면 뭐든 말하고."

라이트풋 교장이 부드럽게 말하고는 일어나 다른 사람들을 둘러보았다.

"폰 호헤넴스 선생, 잘했어요. 선생의 대처가 신속했던 덕이에요. 마거릿, 넌 서재로 따라오렴."

"네, 교장 선생님."

안색을 되찾은 메그는 안심한 표정으로 라이트풋 교장을 따라 방에서 나갔다.

기젤라가 복도를 따라 방으로 돌아가는데 다급한 발소리가 들려왔다. 포스티나가 가볍게 숨을 몰아쉬며 그녀 옆에 나란히 섰다.

"교장 선생님이 왜 나한테는 아무 말도 않는 거죠? 오늘로 난 여기를 떠나는데요. 이제 한 시간만 있으면 택시가 올 거라고요. 좀 더 친절하게 대해 줘도 되잖아요."

"베스가 왜 기절했는지 혹시 알아요?"

기젤라는 그런 말로 되물었다.

"아뇨. 당신은요?"

기젤라는 고개를 가로저었다.

포스티나는 자기 방 앞에 이르자 멈춰 섰다.

"난 저택을 등지고 있었거든요. 그림을 한 이십 분 그렸나, 갑자기 웬 아이의 비명 소리가 들리더군요. 어찌나 놀랐는지 바로 정신을 차리지 못했어요. 그림을 그린다든지 뭔가를 쓸 때 열중하면 어떤지 알죠? 겨우 정신을 차리고 돌아봤는데 아무도 없지 뭐예요. 그런데 보니까 창문이 열려 있기에 거기서 들렸겠구나 싶어서 가장 가까운 창문으로 달려갔어요. 그게 자습실이었던 거예요."

"내가 도서실로 달려가는 건 봤나요?"

"아뇨. 나보다 당신 행동이 더 빨랐나 봐요. 내가 자습실에 갔을 땐 당신이 이미 베스 곁에 무릎을 꿇고 있었으니까요."

"난 도서실을 거쳐서 자습실로 갔어요. 당신은 잔디밭에서 자습실로 바로 왔죠. 그런데도 당신이 더 나중에 왔어요."

"너무 놀라서 그랬어요. 게다가 난 원래 당신처럼 행동이 재빠르지 못하잖아요."

포스티나가 애걸하는 눈빛으로 말했다.

"복도로 통하는 문 바로 정면에 있는 창가에 서 있었죠? 혹시 복도에서 누구 못 봤어요?"

"어…… 아뇨……. 누굴 본 건 아닌데……."

포스티나가 미간을 찌푸리며 확신 없는 목소리로 말했다.

"뭘 보긴 한 건가요?"

기젤라는 답답한 듯이 다그쳤다.

"그러고 보니까 복도에서 뭔가가 움직였던 것 같기도 해요. 그렇지만 워낙 어두워서…… 블라인드를 반쯤 내려 햇빛을 가려 놨잖아요? 게다가 복도를 그리 주의해서 보지 않았기도 하고요. 난 자습실의 당신이랑 베스를 보고 있었으니까요."

기젤라는 말을 이었다.

"샛강 쪽에서 올라오다가 당신이 그림 그리는 걸 봤는데, 그때도 당신은 천천히 움직이더군요. 평소보다 더 느리던데 혹시 어디 아팠어요?"

"아픈 건 아니고 그냥 졸렸어요. 눈을 뜨고 있기도 힘들더라고요. 그 끔찍한 비명을 듣고 겨우 잠이 깼죠. 공포심에 갑자기 정신이 확 맑아질 때가 있잖아요. 심지어 진짜 잠들어 있을 때도 악몽을 꾸면 깨게 되죠."

"그럼 당신은 무서웠단 뜻이에요?"

기젤라가 물었다.

"네, 그래요. 당신은 안 무서웠어요?"

"무서웠겠죠. 하지만 반응이 늦어질 정도는 아니었어요. 지금은 괜찮고요?"

포스티나는 한숨을 쉬더니 힘없이 미소를 지었다.

"네. 그냥…… 좀 피곤하네요."

"짐 싸는 거 도와줄게요."

기젤라는 말했다.

"정말요? 고마워요. 그렇지만 할 일은 별로 없어요. 짐은 아침에 거의 다 싸 놨고, 어차피 가진 것도 별로 없거든요."

다소 초라한 여행 가방 세 개 중 마지막 가방을 스트랩으로 묶고 자물쇠를 채운 뒤, 포스티나는 침대 옆 작은 탁자에서 책 한 권을 집었다. 송아지 가죽으로 장정된 표지에 금박 장식이 찍혔고 가장자리가 다 해진 낡은 책이었다. 그녀가 살짝 난처한 표정으로 말했다.

"이거 당신 책이에요. 괴테 자서전 1권요. 어느 날 당신이 없을 때 말도 없이 빌렸어요. 찾아보고 싶은 게 있었거든요."

"고마워요."

기젤라는 책을 받아들며 면지를 흘깃 보았다. 옅은 갈색으로 퇴색된 가늘고 각진 이탈리아풍 글씨체로 '아말리 드 부아시, 볼마르, 노이벨케, 1858년'이라 적혀 있었다. 또다시 마음 한 언저리, 기억이 날락 말락 하는 부분에서 뭔가가 꿈틀거렸다.

"가기 전에 내 방에서 차 한 잔 들어요. 택시가 오려면 아직 좀 더 있어야 하잖아요?"

두 사람이 기젤라의 방에 들어섰을 때는 이미 날이 많이 어두웠다. 기젤라는 호박색 실크 갓을 씌운 스탠드를 켰다. 그리고 알코올 램프로 물을 끓여 고풍스러운 은제 다기 세트로 레몬을 곁들여 차를 냈다.

"당신의 앞날을 위해 건배! 다음번 일자리는 이보다 더 낫기를!"

기젤라는 마치 와인 잔이라도 되는 양 씩씩하게 찻잔을 치켜들며 말했다.

그러나 포스티나는 의연하지 못했다. 그녀는 한 모금만 마시고 바로 찻잔을 내려놓더니 멍하니 말했다.

"나한테 이제 앞날은 없어요."

"말도 안 돼요. 식기 전에 마셔요. 기분이 한결 나아질 거예요."

포스티나는 순순히 차를 마셨다. 그녀는 늘 남의 말에 고분고분 따랐다. 아니면 '귀가 얇다'고 하는 게 더 어울릴까?

그녀가 빈 찻잔을 내려놓았다.

"고마워요. 이제 가 봐야겠네요. 택시를 계속 기다리게 할 순 없죠. 뉴욕행 기차도 놓치고 싶지 않고요."

"나도 같이 내려가요. 자리 잡는 대로 꼭 편지 쓰고요."

그들은 복도로 나갔다. 쌀쌀한 가을 저녁에 파란색 얇은 봄 코트를 입고 학교를 영영 뒤로하는 포스티나는 가련하고 의지할 데 없어 보였다. 더욱이 그 많은 브리어턴 사람들 중에 문간까지 나와 그녀를 배웅하고 작별 인사를 할 사람이 달랑 한 명밖에 없다니.

모퉁이를 돌아 계단 꼭대기에 이르렀을 때 포스티나는 기젤라보다 몇 발짝 앞서 걷고 있었다. 복도 양쪽 벽에 조명등이 붙어 있어서 계단참까지는 밝았지만, 그 밑은 짙은 어둠에 잠겨 있었다. 1층 복도에는 아직 불을 밝히지 않았기 때문이다.

그 환한 계단참에 라이트풋 교장이 꼼짝도 않고 서 있었다. 한 손을 난간에 얹고 1층 복도의 어둠을 내려다보고 있었다. 희끗희끗한 아마빛 머리를 새로 잘 말고 카메오 조각 같은 색 배합으로 차려입었다. 풍성하게 주름 잡힌 회갈색 벨벳 망토는 발목까지 내려왔고, 그 밑으로 똑같은 색의 시폰 치맛자락과 새틴 슬리퍼의 발부리가 살짝 엿보였다. 그리고 목 언저리에 담비 모피와 치자 꽃, 진주로 흰색을 더했고, 팔꿈치 길이의 벨벳 소매 밑으로 주름이 진 새하얀 긴 장갑을 꼈다. 그녀는 1층 복도의 어둠에서 눈을 떼지 않은 채 또렷한 목소리로 말했다.

"크레일 선생!"

"네, 교장 선생님."

포스티나가 대답했다.

라이트풋 교장은 눈에 띄게 흠칫하더니 계단 꼭대기에 있던 포스티나에게 시선을 돌렸다. 한순간 숨 막히는 침묵이 흘렀으나, 이내 포스티나가 그것을 깼다.

"절 부르셨어요?"

라이트풋 교장은 평소의 그녀답지 않게 침착함이 결여된 목소리로 말했다.

"언제부터 거기 있었죠?"

포스티나는 머뭇머뭇 미소를 지었다.

"얼마 안 됐어요. 시간이 촉박해서 교장 선생님을 그냥 앞질러 갈까 생각도 했지만 물론 그러지 않았어요. 그런 건 큰 결례니까요."

라이트풋 교장은 입술을 꽉 다물었다.

"그렇죠. 시간이 촉박하다니 이 이상 붙들지 않겠어요. 크레일 선생, 잘 가요."

그녀는 벨벳 망토 자락을 늘어뜨린 우아한 자태로 계단을 마저 내려갔다. 그녀 세대의 여자들이 교육받은 대로 허리를 똑바로 펴고 머리를 꼿꼿이 치켜들었다.

포스티나와 기젤라는 적당한 거리를 두고 그 뒤를 따랐다.

라이트풋 교장이 마지막 계단에 이르렀을 때, 검은 드레스에 흰 앞치마를 두른 알린이 응접실에서 나와 불을 켰다. 갑작스레 눈부신 불빛이 쏟아진 복도에는 아무도 없었고 평소와 다른 점도 없는 듯했다. 도대체 무엇이 라이트풋 교장의 시선을 그렇게 끌었는지 알 길이 없었다.

"왜 이렇게 늦었지, 알린? 여기 불은 계단이 어두워지기 전에 켜야지. 그러다 누가 발을 헛디디면 어쩌려고."

라이트풋 교장이 짜증스럽게 말했다.

"알겠습니다, 교장 선생님."

알린이 부루퉁하게 대꾸했다.

라이트풋 교장은 짐짓 무심한 척 장갑 한 짝의 주름을 폈다.

"방금 전에 혹시 누구 못 봤니? 복도에 아무도 없데? 아니면 찬방에서 식당으로 나왔을 때 누구 못 봤어?"

"아뇨, 교장 선생님. 아무도 못 봤는데요. 교장 선생님은 보셨나요?"

악의 비슷한 것이 알린의 입술에 떠올랐다.

"아니, 못 봤다!"

그러나 라이트풋 교장의 목소리에서 평소와 같은 위엄은 찾아볼 수 없었다.

그때 전화벨 소리가 정적을 깨뜨렸다. 라이트풋 교장은 신경이 예민해졌는지 갑작스럽게 울려 퍼진 요란한 소리에 놀라 펄쩍 뛰어올랐다. 기젤라는 마치 계시를 받은 양 돌연히 깨달았다. 베스 체이스를 공포에 빠뜨린 누군가, 또는 뭔가가 라이트풋 교장을 그에 못지않게 두려움에 떨게 한 것이다.

알린이 계단 밑 전화실에서 전화를 받았다.

"네, 브리어턴 학교입니다. ……성함을 말씀해 주시겠어요? ……잠깐만 기다리세요. ……폰 호헤넴스 선생님, 선생님 전화예요. 수신자 지정 장거리 전화인데요. 배질 윌링 씨란 분이래요."

004

마치 한숨 같은 어렴풋한 웃음은

죽은 슬픔과도 같으니……

그는 그녀가 검은 옷을 입을 줄 알고 있었다. 그녀는 유럽 사람에, 샤넬 세대의 빈 사람이니, 검은 옷이 아니면 잘 차려 입은 게 아니라고 생각할 것이다. 오늘 그녀가 입은 옷은 거무스름한 크레이프로, 허리가 잘록하게 들어가고 치맛자락은 날씬한 종아리 언저리에서 살랑살랑 흔들렸다. 그 밑으로 검은 그림자처럼 비치는 스타킹과 더할 나위 없이 가냘픈 하이힐이 보였다. 흰 어깨는 탄탄한 선을 소매나 어깨 끈으로 망가뜨리지 않고 그대로 드러냈다. 목에도 머리에도 보석 장신구는 없었으나, 그녀가 머리를 드는 당당한 자태에서 보석의 화려한 광채가 느껴졌다. 관을 썼던 지체 높은 조상들의 환영이리라. 전보다 약간 짧아진 머리는 귀 뒤로 빗어 넘겼다.

윤기가 흐르고 굽슬굽슬한 검은 머리 밑에서 그녀의 얼굴은 한 송이 흰 꽃처럼 여리고 섬세하게 피어났다. 눈은 차갑게 번쩍인다기보다 부드럽게 반짝였다.

그는 그녀의 두 손을 잡았다.

"기젤라……."

그 이상 아무 말도 할 수 없었다.

그녀가 유쾌함과 상냥함이 어린 미소를 지었다. 유럽과 전전戰前 세계의 추억을 불러일으키는 미소였다. 전쟁을 한 번만 더 했다간 이런 식으로 미소를 짓는 사람이 세상에서 영영 사라질 것이다. 그런 생각을 하자 씁쓸한 기분이 들었다. 한순간 그녀가 잃어버린 문명의 유산처럼 보였다. 팔다리가 떨어져 나간 아티카나 리디아의 조각상처럼 부서졌어도 여전히 아름다운.

정신을 차려 보니 그는 쿠션을 넣은 벽 앞 긴 의자에 그녀와 나란히 앉아 있었다. 웨이터가 차고 쌉싸래한 마티니 두 잔을 테이블에 내려놓았다.

그녀는 그가 맨 흰 나비넥타이를 흘끗 보았다. 서랍 속에서 육 년간 잠들어 있었던 탓에 약간 누르스름하게 변색되어 있었다.

"이제 군복은 벗은 거야, 완전히?"

"하느님이 보우하사 두 번 다시 입는 일이 없길! 그래서 오늘 밤 약속 장소로 여기를 고른 거야."

배질은 진심으로 건배를 들었다. 그리고 최신 유행에 맞춰 금속

성 색으로 번쩍번쩍하게 꾸민 실내를 둘러보았다.

"크레인 클럽보다 더 민간인다운 데가 어디 있겠어?"

기젤라는 또다시 미소를 지었다.

"그러게……. 전에 곧잘 갔던 1번가의 그 작은 바도 별로 군인 같은 느낌은 아니었는데."

"안 잊어버렸군?"

"잊어버렸을 줄 알았어?"

나머지 말은 서로 눈빛으로 말했다. 배질이 웃었다.

"그래, 난 그 바를 좋아하긴 해. 거기 있는 사람은 죄 디킨스나 사로얀의 등장인물 같거든. 그렇지만 내가 망자들의 세계에서 귀환한 걸 축하할 곳은 아무래도 아니란 말이지. 난 과거를 되찾기 위해 온갖 노력을 다하고 있어. 우선은 지방 검찰청 의학 전문가로 복직하게 됐어. 그새 지방 검사하고 시장 둘 다 바뀌었지만 말이지. 예전에 있던 니커보커 병원 정신과 과장 자리는 던바란 친구한테 돌아갔어. 그 친구를 마지막으로 만난 게 스코틀랜드에서였는데. 그렇지만 난 그보다 더 좋은 머리 힐 병원에서 같은 자리를 따냈거든. 전쟁중에 집을 세 줬던 사람들은 시카고로 돌아갔기 때문에 어제 주니퍼하고 같이 이사 들어갔어. 꾀죄죄해 보이건 말건 실내 장식을 다시 할 생각이 없다는 걸 주니퍼한테 납득시킬 수만 있다면 이제 정말 집에 돌아왔다는 생각이 들 테지. 그러면 부족한 건 딱 하나뿐이야."

"그게 뭔데?"

"당신."

그녀의 하얀 뺨이 보일 듯 말 듯 발갛게 물들었다.

"대체 왜 브리어턴에 있는 거지?"

그는 따지듯 물었다.

"나도 먹고살아야 할 거 아냐. 남들이 그럴 필요가 있다고 생각하든 안 하든!"

"거기는 당신이 있을 데가 못 돼. 고용 계약은 맺었고?"

"유월에 끝나."

"그런데 지금은 십일월이란 말이지. 계약을 파기해."

"세상에, 당신 지금 농담하는 거야?"

"천만에, 이렇게 진지해 본 적이 없다고. 브리어턴은 당신한테 유익하지 못해. 심지어 안전하지도 못하고."

"그게 무슨 소리야?"

"그 여자 말이야, 이름이 뭐랬지? 그래, 포스티나 크레일하고 너무 가까이 지냈어."

기젤라는 웃었다.

"저런, 내가 보낸 편지 때문에 그러는구나. 난 까맣게 잊어버리고 있었어. 그때 전화로 오늘 저녁 약속을 할 땐 당신, 그 이야기를 안 꺼냈잖아. 그렇지만 이렇게 당신이랑 같이 있으니까 어째 진짜 있었던 일 같지 않은걸."

"하지만 이따가 밤에 돌아가면 다를 텐데."

"그 일은 이제 다 끝났어."

"글쎄, 과연 그럴까."

"그럼 물론이지. 포스티나는 떠났는걸."

"하지만 그 여자를 쫓아낸 사람들은 아직 거기 있지."

웨이터가 송아지 췌장 요리를 내왔다. 배질은 다시 둘만 남기를 기다려 몸을 앞으로 내밀었다.

"편지엔 대략적인 이야기만 썼던데, 언제 무슨 일로 크레일 선생한테서 기묘한 느낌을 받았는지 말해 주겠어?"

"포스티나는 아무렇지도 않았어. 이상한 건 다른 사람들이 포스티나에 대해 보인 반응이지."

기젤라는 항의했다.

"그게 그거야. 대체 언제부터 그랬던 거지?"

"포스티나가 브리어턴에 온 지 며칠 안 돼서."

배질이 그 일을 이렇게 심각하게 받아들인다는 게 뜻밖이었다.

"무슨 일이 있었는데?"

그녀는 침울하게 대답했다.

"잘 기억이 안 나. 새로운 직장에 가면 할 일이 워낙 많아야지. 포스티나뿐 아니라 나도 이번이 첫 학기였잖아? 한 일주일쯤 됐을 때부터 사람들이 포스티나를 피한다는 걸 깨달은 것 같아. 처음엔 하인들만 그러더니 점점 학생들한테까지 번져서, 나중엔 다른 교사들까지 가담해서 괴롭히는 지경이 됐어. 그러다가 해고된 거야."

"그게 다야?"

"당신한테 편지를 쓴 뒤로 몇 가지 일이 더 있었어."

"어떤 일?"

그녀는 자세하게 이야기했다.

"다른 교사들이 크레일 선생을 피한 이유는 뭐지? 혹시 뭐 짚이는 데 없나?"

기젤라는 잠시 주저했다.

"묘한 이야기지만 포스티나를 무서워한다는 느낌을 받았어. 무서운 건 미워하게 마련이잖아?"

"뭘 무서워한 거지?"

"오, 나도 모르지! 처음부터 끝까지 섬뜩한 일투성이였는걸. 아마 군중 심리 같은 게 아닐까. 게다가 이 비슷한 일을 아주 오래전에 어디서 봤거나 읽었다는 느낌이 드는데 뭔지 모르겠어."

"어쩌면 정말 그랬을지도 모르지. 당신 편지를 읽자마자 브렌타노 서점에 전화해서 마담 칼로비츠가 번역한 프랑스어판 괴테 자서전을 주문했어."

"나도 책을 돌려받은 다음 1권을 다시 읽어 봤지만, 포스티나의 상황을 연상시키는 건 아무것도 없던데."

"그건 뭘 찾아야 하는 건지 몰라서 그래. 당신은 크레일 선생의 상황이란 게 정확히 뭔지 아직 모르잖아?"

악단이 최신 유행이라는 음악 같지 않은 음악을 요란하게 연주하기 시작했다. 기젤라는 한숨을 쉬었다.

"이렇게 시끄러운 데서 그런 막연한 이야기를 하자는 거야?"

"그럼 장소를 옮기지. 당신, 어차피 여기가 별로 마음에 들지 않잖아?"

배질이 즉각 대답했다.

"응, 그렇긴 하지만……."

그는 아랑곳하지 않고 놀란 웨이터를 불러 손도 대지 않은 저녁 식사 값을 계산했다.

그런 연유로 1번가 어느 동네 술집의 평범한 단골들은 그날 밤 그들의 영역을 침범한 웬 이국적인 커플을 보고 어안이 벙벙했다. 그들은 5번가나 파크 애비뉴에 속한 이방인이었다. 여자는 진홍색 실크로 옷깃을 단 긴 검정 벨벳 코트를 입었고, 남자는 실크해트를 쓰고 흰 스카프를 걸쳤다. 그야말로 영화에 나오는 사람들 같았다. 그러나 1번가 사람들은 5번가나 파크 애비뉴 사람들보다 더 예의가 바른지라 빤히 쳐다보거나 수군거리지 않았다. 1번가의 장점은 관대함이었다. 말썽 부리지 않고 조용히만 있어 준다면 재수 없는 부자들조차 참아 줄 용의가 있었다.

배질은 세월과 담배 연기, 도시의 검은 먼지로 찌든 벽을 향수 어린 눈빛으로 둘러보았다.

"처음부터 여기로 올걸. 하나도 안 변했군."

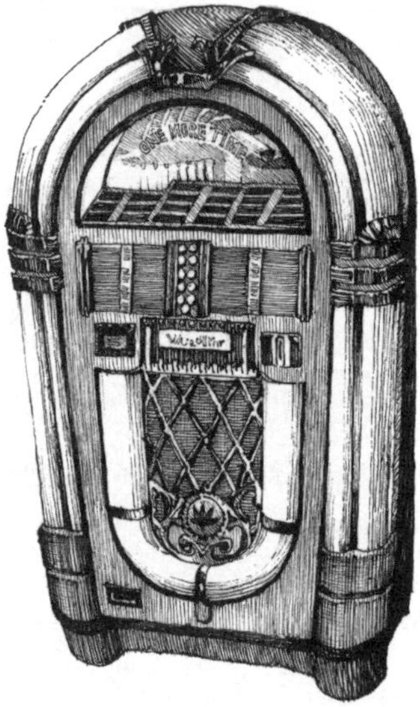

1950년 주크박스

/

자동판매기의 일종으로

내부에 수많은 레코드를 내장하고 있어서

동전을 투입하면 임의로 음악을 연주한다.

"주크박스는 전엔 없었어."

기젤라가 반론했다.

자욱한 담배 연기 사이로 불빛이 번쩍거리는 괴물이 그들을 노려보고 있었다. 두 사람은 그것을 불쾌한 듯 바라보았다.

"꼭 자체 발광하는 심해의 물고기 같네."

기젤라가 중얼거리더니 그곳 방식을 따르기로 했다.

"동전 가진 거 있어?"

"저 순록 같이 생긴 녀석을 틀 게 아니라면 줘도 되는데."

배질은 그들이 늘 주문하던 대로 구운 치즈 샌드위치와 필젠이나 거의 다를 바 없는 맥주를 시켰다. 주크박스에서 배질의 할아버지 바실리 크라스노이가 작곡한 '신데렐라 모음곡' 중 〈유리 구두 왈츠〉를 발견한 기젤라는 환한 얼굴로 자리로 돌아왔다.

"물론 재즈풍으로 편곡되긴 했지만 그래도 멋지지 않아? 어떻게 이 곡이 있는지 모르겠네. 나머지는 죄 들쩍지근한 곡들뿐이던데."

음악을 듣는 사람은 그들뿐이었다. 옆 테이블에서는 부랑자 둘이 맥주 한 잔을 나눠 마시며 누가 버리고 간 타블로이드 신문을, 중세 시대의 사본을 해독하는 학자들처럼 진지하게 들여다보고 있었다. 대체 어떤 뉴스가 실려 있기에 앙상하게 여위고 굶주리고 지저분한 그들이 자신의 걱정거리를 잊어버릴 정도로 마음을 빼앗긴 것일까?

그때 한 명이 말했다.

"웃기시네, 비듬을 없앨 방법은 없다니까. 과학으로도 별수 없어."

"하지만 여기 이렇게 나와 있는데."

또 한 남자가 힘겹게 신문을 읽었다.

"먼저…… 머리를…… 깨끗이…… 감고……."

"그야말로 사로얀 소설의 한 페이지인걸! 크레인 클럽이 어떻게 여기만 하겠어?"

기젤라가 속삭였다.

여기서는 얼마든지 마음 편하게 이야기할 수 있었으려니와 그동안 쌓인 이야기가 워낙 많았던 탓에, 기젤라가 바 안쪽에 걸린 시계를 신경 쓰기 시작했을 때야 비로소 포스티나가 다시 화제로 등장했다.

배질은 석 잔째 맥주를 물끄러미 바라보며 말했다.

"당신이 그리로 돌아간다는 게 난 마땅찮아. 크레일 선생한테 아무 잘못도 없었다면 라이트풋 교장도 경력을 망쳐 놓는 일까지 하진 않았을걸."

"포스티나가…… 뭔가 수를 썼다는 거야? 그렇지만 어떻게? 이유는 뭔데?"

"크레일 선생이 자기에 관해 무슨 소문 못 들었느냐고 물었을 때 당신은 못 들었다고 대답했지. 왜 그랬어?"

"사람들이 포스티나에 관해 수군거리는 건 알고 있었지만 내용까진 몰랐단 말이야. 그리고 행여 알고 있었다 해도…… 뒷소문의 당사자가 자기 친구라면 그 당사자한테 소문을 옮기진 않잖아. 그건 해선 안 되는 일이야. 불문율로 그렇게 정해져 있어. 그건 당신 부인이 바람을 피운다고 그 남편한테 말하는 거나 다름없다고."

"당사자가 가르쳐 달라고 해도?"

"그럼 더 그렇지! 남들이 자기를 어떻게 생각하는지 진짜로 알고 싶어 하는 사람은 아무도 없어. 혹시 묻는다 해도 그건 그저 안심하고 싶은 것뿐이야. 자기 작품에 대해 진짜 비평을 원하는 화가나 작가가 아무도 없는 거나 마찬가지라고. 그들이 원하는 건 칭찬뿐인걸. 옛날 페르시아의 왕들은 나쁜 소식을 가져온 전령을 죽였대. 우리 모두 사실은 그러고 싶을 거야."

"정말 그런 이유였어? 크레일 선생을 못 믿어서 그런 건 아니고?"

배질은 순순히 의혹을 접지 않았다.

"맙소사, 그건 아냐! 난 포스티나의 말을 믿었고 지금도 그래. 포스티나를 도울 수만 있다면 무슨 일이든 하겠어."

"확실해?"

"그래."

"그럼 대리인 위임장 같은 걸 얻어 주겠어? 내가 내일 브리어턴에 가서 라이트풋 교장한테 해명을 요구하지. 정신과 전문의로서 난, 뒷소문이 브리어턴에 미치는 다소 충격적인 영향에 관심이 있거든."

"말도 안 되는 소리 마! 날 골치 아픈 문제에서 떼어 놓으려는 거지?"

"자기중심주의가 따로 없군! 다만 나 같으면 '골치 아픈 문제'가 아니라 '위험'이라 하겠어."

"왜?"

"악의가 느껴지거든. 그 때문에 포스티나 크레일은 일자리를 잃었어. 악의가 은밀하고 승리감에 차 있을 땐 아주 고약하단 말이지. 새로운 희생자를 원할지도 몰라."

"포스티나는 지금 뉴욕에 있어. 퐁텐블로 호텔에. 펜이나 연필 있어? 주소 써 줄게."

기젤라는 구슬로 장식된 핸드백에서 명함을 꺼냈다. 배질은 바텐더에게서 만년필을 빌렸다.

"그럼 이제 그랜드 센트럴 역까지 차로 바래다주지. 정말 꼭 11시 10분 기차를 타야겠다면."

"내일 오후에 학교에서 파티가 있는데 오겠어?"

"오후엔 정신 감정 심리에 참석해야 해. 브리어턴엔 오전에 가지."

"난 오전에 수업이 있는데!"

기젤라는 얼굴을 살짝 찡그렸다.

"금요일에 같이 저녁 먹을까?"

"응, 좋아. 마침 토요일엔 수업도 없으니까 급하게 돌아와야 할 필요도 없고."

차가 1번가와 2번가 사이에 멈춰 섰다. 길 양옆의 창고들은 모두 셔터를 내렸고 하나뿐인 가로등은 멀리 모퉁이에 있는지라 거리는 한산하고 어두웠다. 길 가는 사람도 아무도 없었다. 말없이 서로를 바라보던 두 사람은 입을 맞추었다.

얼마 후 기젤라가 몸을 꼼지락거리자 그제야 배질은 그녀를 놓아주었다.

"이것 때문에 장장 십만 킬로미터를 돌아온 거야. 원래는 일이년 더 일본에 있어 달라고 하는 걸 뿌리치고 말이지."

"그러지 않아서 정말 얼마나 다행인지 몰라."

그녀는 떨리는 목소리로 말했다.

"그래? 그럼 브리어턴하고 맺은 계약을 파기해."

"난…… 오, 글쎄, 모르겠어!"

"뭘 모른다는 거지?"

"오늘 밤 당신 눈엔 미치광이나 절름발이만 아니면 어떤 여자건 다 매력적으로 보일 거야. 내일……."

그녀는 어깨를 으쓱했다.

"그냥 여기서 내릴게. 역까지 두 블록만 더 가면 되니까."

그는 대꾸하지 않고 클러치에서 서서히 발을 뗐다. 차는 렉싱턴 애비뉴의 번쩍이는 불빛을 향해 출발했다. 그랜드 센트럴 역에서 그는 고개를 숙여 그녀의 손에 입을 맞추었다.

"내일 아침에 브리어턴에 갈게."

"내일 아침? 그렇지만 그 전에 먼저 포스티나를 만나야지!"

"크레일 선생은 오늘 밤에 만나겠어."

005

최초에 악마가 그대를 걸고

신과 주사위를 던졌기에, 포스틴……

퐁텐블로 호텔은 지난번 전쟁, 지난번 인플레이션의 산물이었다. 고급 호텔로 위장하고 있지만, 그 실체는 직업을 가진 여자들이 거주하는 고풍스러운 기숙사를 현대식으로 치장한 것이었다. 남자는 방 출입이 허용되지 않았다. 방은 비좁고 가재도구도 빈약했지만, 번화가 주변에 우뚝 솟은 고층 건물이었다. 1층에는 으리으리하게 꾸민 응접실들이, 지하에는 수영장과 스쿼시 코트가 있었다. 호텔 측은 여자들이 갖는 두 가지 기본적인 공포를 이용한 셈이다. 초라해 보일지도 모른다는 공포, 그리고 점잖지 못해 보일지도 모른다는 공포를. 그러나 배질은 포스티나가 이렇게 사람이 많고 경비가 잘되는 곳을 택한 것은 그런 평범한 불안 때문이 아닐 것이라고 생각했다.

로비로 들어서는데 이십 년 전 뉴욕에 갓 왔을 무렵, 고향 볼티모어에서 알고 지냈던 여자들을 만나러 퐁텐블로를 찾던 생각이 났다. 그들의 부모는 이 여성 전용 호텔에서 지낸다는 조건으로 딸이 뉴욕에서 일하거나 공부하는 것을 허락했다.

이십 년 사이에 달라진 것은 아무것도 없었다. 응접실은 여전히 인조 대리석과 마호가니처럼 마무리한 금속 장식으로 겉만 번드르르하게 꾸며져 있었다. 이런 시간에도 여기저기서 여우나 담비처럼 보이는 늑대나 토끼 모피를 입은 젊은 아가씨들이 같이 연극이며 영화를 보러 갔던 순박한 청년들에게 작별 인사를 하고 있었다. 환하게 피어나는 얼굴과 앳된 입매, 마디가 튀어나온 긴 손목을 보니 자기가 늙고 닳아빠진 것처럼 느껴졌다. 배질은 내선 전화로 크레일 씨의 방으로 연결해 달라고 청했다.

"여보세요?"

"전 윌링이라고 합니다, 배질 윌링이죠. 선생님은 절 모르시겠지만 기젤라 폰 호헤넴스의 친구랍니다."

"아, 네. 성함은 기젤라에게 들었어요."

"기젤라는 브리어턴으로 돌아간다 해서 방금 역까지 바래다주고 오는 길입니다. 같이 저녁을 먹다가 선생님이 처한 상황에 관한 이야기를 들었습니다. 제가 도움이 되어 드릴 수 있을지도 모르는데 잠깐 뵙고 이야기를 나눌 수 있을까요?"

"감사합니다. 친절한 말씀이시네요. 그럼 내일……."

"선생님이 생각하시는 것보다 더 위급한 상황일 수 있습니다. 지금 1층 로비에 있는데, 오늘 밤에 뵙기엔 시간이 너무 늦었을까요?"

"아, 아뇨…… 아마 괜찮겠죠. 옥상에 정원이 있으니 거기서 뵐까요? 직행 엘리베이터가 있으니 그걸 타고 올라오시면 돼요. 제 방엔 거실이 따로 없고, 로비는 이 시간에 늘 붐비니까요."

옥상에는 저 멀리 모퉁이에 커플 한 쌍이 있을 뿐 그 밖에 아무도 없었다. 희끄무레한 얼굴과 빨간 담뱃불이 가까스로 보였다. 배질은 반대편 코너로 걸어가 난간에 기대섰다. 그곳은 밤에도 가로등과 다른 고층 건물의 불빛을 받아 항상 괴이하고 어슴푸레하게 밝았다. 타일을 붙인 직사각형 화단에 심어진 비실비실한 산울타리가 하나 있고 금속제 테이블이며 의자가 놓여 있는데, 하나같이 도시의 먼지를 뒤집어써 지저분했다. 그러나 조망만은 숨 막히게 훌륭했다. 밤하늘을 배경으로 위태롭게 쌓아 올려진 직육면체 건물들에서 노란 불빛이 깜박였다. 그 광경은 마치 횃불을 든 수많은 행렬이 발푸르기스의 밤을 지내러 수많은 브로켄 산을 올라가는 듯했다. 그런 인위적인 장관이, 섬에 형성된 도시가 지나치게 비대해진 결과 생긴 부산물이라는 게 도무지 믿기지 않았다. 배질은 퐁텐블로 호텔에 대한 인상이 조금 좋아졌다. 어쩌면 오슈코시 출신의 젊은 여자는 이곳에서 아파트 건물 3층 뒤쪽 집에서는 얻을 수 없는 뭔가를 얻는지도 모르겠다.

"윌링 씨?"

호감 가는 목소리였다. 조용하고, 들뜬 데가 없고, 발성이 보석 세공처럼 또렷또렷했다. 배질은 목소리가 들린 쪽으로 돌아섰다. 여자는 키가 그와 거의 비슷한데, 워낙 호리호리하게 마른데다 어깨가 좁고 처진 탓에 체격이 커 보이지 않았다. 흰색, 또는 어둠 속에서 희게 보이는 옅은 색의 간소한 옷을 입었다. 달걀형 얼굴과 가늘고 보드라워 보이는 머리는 서로 다른 색조의 비스킷 색으로, 입은 옷 못지않게 희끄무레했다. 그녀는 나지막한 테이블 주위에 놓인 의자로 그를 안내했다.

배질은 자리에 앉아 입을 열었다.

"먼저 제가 찾아온 이유부터 설명드리죠. 브리어턴에서 있었다는 일들이 어째 심상치 않게 들리더군요. 기젤라가 그리로 돌아가서 걱정입니다. 기젤라에게 위험이 미치지는 않을까 싶어서 말이죠."

"기젤라에게요? ……기젤라에게 무슨 위험이 미칠 수 있다는 건지 잘 모르겠네요."

작고 단조로운 목소리가 되물었다.

포스티나를 옥상이 아닌 다른 곳에서 만났으면 좋았을 텐데. 이 기묘하고 인공적인 어스름 속에서는 그녀를 똑똑히 보기가 불가능했다. 키가 크고, 몸통은 홀쭉하니 가늘고, 살빛과 머리, 옷 색깔 모두 희끄무레하다 보니, 마치 종이 인형처럼 얇고 실체가 없어 보였다. 표정이 없는 것도 종이 인형 같았다.

"기젤라는 학교에서 선생님 편을 들었다고 들었습니다. 이제 선생님이 학교를 떠났으니 짓궂은 장난을 치는 인간이 기젤라에게 관심을 돌릴지도 모릅니다. 선생님이 속내를 털어놓는 상대는 기젤라뿐이었겠죠?"

"네, 거기서 있었던 일은 전부 기젤라한테 이야기했어요."

"전부?"

설사 포스티나의 얼굴빛이 달라지고 그녀가 눈길을 피했다 해도 그에게는 보이지 않았다. 어슴푸레한 불빛 속에 꼼짝 않고 앉은 그녀는 적어도 겉으로는 침착해 보였다. 그녀의 반응은 회피였다. 심지어 가늘고, 표정이 없고, 약간 지나칠 정도로 정확한 목소리마저 변함없었다.

"새로 덧붙일 말은 아무것도 없는데요. 윌링 씨, 윌링 씨는 정신과 전문의이시죠?"

"네."

"기젤라가 윌링 씨를 보낸 건 그 때문인가요? 제가 사람들이 늘 저를 지켜보는 것 같다고 한 말을 듣고, 기젤라는 제가 망상에 시달린다고 생각하는 건가요? 제가 노이로제…… 아니면 더 심각한 상태라고 생각하는군요?"

"크레일 선생님, 솔직히 말씀드리죠. 기젤라는 그런 생각을 안

했습니다만, 전 처음 이야기를 들었을 때 그렇게 생각했습니다."

"그럼 지금은요?"

"그건 검사를 해 봐야 압니다."

"지금까지 정신 건강에 무슨 문제가 있었던 적은 한 번도 없어요."

포스티나가 주장했다.

"신체 건강도 늘 좋았고요. 빈혈이 약간 있긴 하지만 그 때문에 철분이랑 비타민 알약을 먹는걸요. 정말 검사가 필요하다고 생각하세요?"

"그보다 더 간단히 알아낼 방법이 있습니다. 선생님이 그럴 용기만 있다면 말이죠."

"그게 뭐죠?"

"선생님의 대리인으로 제가 라이트풋 교장을 만나 보겠습니다. 교장은 선생님께 사태를 해명할 의무가 있죠. 선생님에게 직접 못 할 말도 저에게는 할지 모릅니다."

"저런……."

포스티나는 여전히 꿈결 같은 어스름 속에 파묻혀 흐릿했으나, 이번에는 목소리에 감정이 묻어났다. 포스티나가 라이트풋 교장의 고압적인 처사에 상처를 입거나 화가 났다면 그것은 얼마든지 이해할 수 있었다. 그렇지만 어째서 두려워하는 건가?

"기젤라에게 듣기로 가족이 없으시다죠? 맞습니까?"

"네. 그나마 가족이라고 할 만한 사람은 왓킨스 씨뿐이에요. 저희 어머니 변호사였던 분인데, 어머니가 돌아가신 뒤에 제 후견인 겸 신탁 수탁자가 되어 주셨어요."

"그분께 이번 일을 의논드릴 생각은 안 해 보셨습니까?"

"왓킨스 씨는 연세가 많으신데다 실재적이고 명확한 걸 좋아하는 분이세요. 그런데 명확하게 드릴 수 있는 말씀이라곤, 제가 아무런 설명도 없이 해고됐다는 것뿐인걸요. 그분께 말씀드릴…… 용기가 나지 않아서요."

"그분이나 저, 둘 중 하나가 선생님 대리인으로 라이트풋 교장을 만나야 합니다."

"윌링 씨가 가 주셨으면 좋겠어요."

"힘들고 괴로운 경험이 될 텐데 감내하실 수 있겠습니까? 지금 당장? 하지만 감내하셔야 합니다. 선생님의 앞날이 걸린 문제이니까요."

"알았어요. 감내할게요. 지금 당장요."

그녀의 목소리는 여전히 겁에 질려 있기는 해도 무모함이 어렴풋이 느껴졌다. 소심하고 심약한 사람이 궁지에 몰려 더는 도망갈 구멍이 없을 때 보이는, 자포자기에 가까운 대담함이었다.

"좋아요. 내일 교장 선생님을 만나 보죠. 당분간 여기 계실 겁니까?"

그는 사무적으로 말했다.

"네. 좀…… 숨을 돌리고 싶어요."

"그다음엔 어떻게 하실 겁니까?"

"새 일자리를 못 찾으면 뉴저지로 갈 거예요. 브라이트시 해변에 어머니가 남긴 작은 별장이 있거든요. 거기서 겨울을 나면 돼요."

"무례한 질문인 줄 압니다만…… 생활비는 있고요?"

"라이트풋 교장 선생님께 여섯 달 치 봉급을 받았고 저금도 조금 있어요. 합치면 반년은 지낼 수 있을 거예요. 절약해서 쓰면 여덟 달까지도 버틸 수 있고요."

"가진 재산은 그게 전부입니까?"

"브라이트시에 있는 별장은 제 소유예요. 그리고 서른 살 생일에 어머니가 남긴 유산 나머지를 상속하게 돼요. 보석인데, 아마 대부분 별 볼일 없는 싸구려겠지만 왓킨스 씨 말로는 꽤 괜찮은 보석도 몇 점 있대요. 내년 가을이 돌아오기 전까지 현금이 필요할 경우엔 그 보석을 담보로 왓킨스 씨한테서 돈을 미리 탈 수 있어요. 서른 살 생일이 내년 시월이거든요."

"왜 별장을 상속할 때 나머지 유산도 상속하지 않았는지 아십니까?"

"별장은 별로 값어치가 없기 때문에 어머니가 그냥 직접 상속받게 남겼어요. 그래서 성인이 됐을 때 자동으로 제 소유가 됐죠. 하지만 제가 갖게 될 유일한 동산動產이라곤 그 몇 개 안 되는 보석뿐이거든요. 어머니는 제가 너무 어린 나이에 보석을 물려받으면 재산의 소중함도 모르고 팔아서 함부로 써 버리지 않을까 걱정되셨던 거예요. 어머니가 돌아가셨을 때 전 겨우 열일곱 살이었으니까요. 어머니가 남긴 돈으로 이럭저럭 대학까지는 졸업할 수 있었어요. 방학이면 왓킨스 씨가 자비로 절 여름 캠프에 보내 주시곤 했답니다. 왓킨스 씨는 부인도 자식도 없기 때문에 절 어떻게 대하면 좋을지 모르셨던 거죠."

"친가나 외가에 고모나 이모, 사촌은 없었습니까?"

"네, 없어요. 전 정말이지 저희 집안에 대해 아는 게 거의 없답니다, 윌링 씨. 어머니가 아름다운 분이었다는 것밖에 기억 안 나요. 머리는 적갈색에 바다표범 가죽 반코트를 입고 흰 새끼 염소 가죽 장갑을 끼고 계셨어요. 토시엔 제비꽃 브로치가 달려 있었고요. 또 하나, 머리끝부터 발끝까지 하얀 옷을 입고 자루가 길고 수를 놓은 흰 리넨 양산을 든 모습도 생각나네요. 아버지에 대한 기억은 전혀 없는 걸로 봐서 아마 제가 아주 어렸을 때 돌아가셨나 봐요. 실은 친가 쪽 친척에 관해 저도 많이 생각해 봤답니다."

그녀의 목소리가 침울해졌다.

"어머니가 천애 고아란 건 원래부터 알고 있었지만, 아버지까지 친척이 아무도 없다는 건 이상하잖아요? 왓킨스 씨께 한두 번 여쭤 봤는데, 그때마다 양가 친척 모두 세상을 떠났다고 아주 단호하게 말씀하시더군요. 세상에 의지할 곳 없는 홀몸이란 사실에 익숙해지도록 노력해야 한다면서요."

"라이트풋 교장을 만난 뒤 어쩌면 왓킨스 씨란 분과 이야기를 나눠야 할지도 모르겠군요. 어떻게 하면 연락을 취할 수 있을까요?"

"브로드 스트리트랑 월 스트리트 모퉁이에 그분 사무소가 있어요."

배질은 놀랐다.

"설마 셉티머스 왓킨스 씨 말씀입니까?"

그는 '왓킨스 씨'가 대로변을 벗어난 어느 옆 골목에 조그만 사무실을 둔 이름 없는 변호사일 것이라고 멋대로 생각하고 있었다. 포스티나를 보고 어머니의 변호사가 그 세대를 대표하는 법조인일 것이라고 생각하기는 쉽지 않았다.

"네, 맞아요, 그게 그분 성함이에요. 그런데 직접 그분을 뵙고 싶으면 일찍 일어나셔야 할걸요. 근무 시간이 굉장히 특이하거든요. 오전 6시부터 7시까지랍니다."

포스티나가 마치 그녀의 안면 근육은 그런 표정을 짓는 데 익숙하지 않다는 양 조심조심 미소를 지었다.

"그렇습니까."

배질은 그녀가 착각한 게 틀림없다고 생각했다. 왓킨스를 만날 작정이라면 그의 비서에게 전화해서 적당한 시간에 면담 약속을 잡으면 간단할 것이다.

그는 일어섰다.

"이 문제와 정면에서 맞서기로 하셔서 기쁩니다."

그녀는 엘리베이터 앞까지 그와 함께 걸어갔다.

"뉴욕으로 돌아오시는 대로 바로 전화 주시겠어요?"

"물론입니다."

그는 생각에 잠겨 그녀를 내려다보았다.

"여쭤 보고 싶은 게 한 가지 더 있습니다만. 기젤라가 갖고 있던 괴테 자서전 1권을 왜 빌리신 겁니까? 무슨 특별한 이유라도 있었나요?"

"그런 건 아니에요. 전 원래 괴테에 관심이 있었거든요."

정신과 전문의로서 쌓은 경험으로 배질은 포스티나의 서툰 거짓말을 간파할 수 있었다. 그러나 지금은 그녀에게 거짓말을 지적할 때가 아니었다. 우선은 그녀의 신뢰를 먼저 얻어야 한다. 그녀가 그런 사소한 거짓말도 천연덕스럽게 하지 못한다는 사실에 그는 호감을 느꼈다. 근본은 정직한 사람인 것이다. 계획적으로 없는 일을 꾸며 내거나 계략을 쓸 사람 같지 않았다.

"윌링 씨……."

그녀의 목소리가 점차 잦아들었다.

"네?"

그녀는 심호흡을 한 번 하더니 그를 올려다보았다.

"내일 교장 선생님이 뭐라 말씀하시건 제가 사실대로 말씀드렸다는 걸 믿어 주시겠어요?"

"전 당신 이익을 대변하러 그곳에 가는 건데 그야 당연하지 않겠습니까."

그는 진지하게 대답했다.

"더 하실 말씀은 없습니까?"

엘리베이터 문이 철컹하고 열렸다. 돌연히 쏟아진 환한 불빛에 포스티나의 눈이 마치 주먹이 날아온 양 움찔했다. 배질은 처음으로 그녀의 얼굴을 똑똑히 보았다. 갸름하고 핏기 없는 얼굴에 온순한 표정을 띠고 있었다. 의심과 불안으로 그렇게 심하게 상하지만 않았다면 앳되고 순진한 얼굴이라 했을 것이다.

"아뇨, 지금은 없어요. 하지만…… 돌아오시는 대로 바로 다시 뵙고 싶어요."

그녀는 작은 목소리로 말했다.

"내일 저녁에 전화 드리죠. 이 엘리베이터를 타십니까?"

"아뇨, 제 방은 16층인데 이건 직행이니까요. 안녕히 가세요. 그리고…… 감사합니다."

1층으로 급하강하는 엘리베이터 안에서 배질은 생각했다. 엘리베이터가 도착하기 직전에 포스티나는 무슨 말을 하려고 했던 걸까.

이튿날 아침 9시 반, 배질은 병원의 자기 비서를 시켜 셉티머스 왓킨스의 법률 사무소에 전화해 사무소 대표를 언제 만날 수 있는지 알아보게 했다. 그녀는 얼떨떨한 표정으로 전화를 끊더니 배질에게 말했다.

"비서가 왓킨스 씨는 미리 약속을 잡지 않는다는데요."

짜증이 난 배질은 이번에는 직접 전화해 똑같은 질문을 했다. 남자 목소리가 일상적인 일을 반복하듯 단조로운 어조로 말했다.

"왓킨스 씨는 면담 약속을 잡지 않으십니다."

"그렇지만……."

"오전 6시에서 7시 사이에 오시면 언제든 만나실 수 있습니다."

"지금 나하고 농담하자는 겁니까? 내가 누군지도 모르잖습니까?"

배질은 성이 나서 따졌다. 비서는 영국인 하인처럼 냉담하고 정중하게 말했다.

"네, 선생님. 저희 법률 사무소에서는 전부터 그렇게 하고 있습니다. 약속을 미리 잡지 않으셔도 오전 6시부터 7시 사이에 오시면 왓킨스 씨를 만나실 수 있습니다."

기분이 언짢아진 배질은 수화기를 내려놓고 아래층으로 내려가 자기 차에 올라탔다.

꾸준히 차를 달려 두 시간 만에 브리어턴에 도착했다. 철문을 통과하며 그는 속도를 늦추고 저택과 부지에 호기심 어린 시선을 던졌다. 잔디밭과 화단은 교도소에서나 볼 수 있을 것처럼 깔끔했다. 저택은 멋대가리 없는 붉은 벽돌 건물로, 십일월의 구름 사이로 비쳐 드는 음울한 햇살을 받아 갈색으로 보였다.

초인종을 누르자 파란 샴브레이 옷을 입은 하녀가 문을 열었다.

뜻하지 않게 남자 방문객을 보자 흐리멍덩한 눈에 별안간 생기가 돌았다.

"라이트풋 교장 선생님 계십니까?"

"약속하고 오셨는지요?"

"아뇨, 하지만 제 명함을 보시면 아마 만나 주실 겁니다."

명함을 눈으로 읽는 하녀의 입술이 달싹였다. 의학 박사 배질 윌링, 뉴욕 군 지방 검찰청 의학 전문가. 그녀는 한순간 유명 인사의 사인을 닥치는 대로 수집하는 인간의 염치없고 탐욕스러운 눈으로 그를 보았다. 그러나 이내 하녀로서 자신의 직분이 생각난 듯했다.

"들어오시죠. 교장 선생님이 계시는지 알아보겠습니다."

006

그대의 갓 태어난 벌거숭이 영혼은

그대를 두고 내기를 건 둘 사이에

눈이 가려진 채 섰다네.

신이 말하길, "이기는 자가 포스틴을 차지하노라."

"윌링 씨이신가요?"

라이트풋 교장은 서재 책상 옆으로 나와 섰다. 배질의 명함을 깐깐하게 엄지와 검지로 들고 있었다.

"여기는 뉴욕이 아니라 코네티컷입니다만. 게다가 브리어턴에는 지방 검찰청이나 그곳 의학 전문가가 관심을 가질 만한 일이 있을 것 같지 않은데요."

"공교롭게도 그게 제가 갖고 있던 유일한 명함이었습니다. 지방 검찰청에서 제가 하는 일은 제 직업의 일부에 불과합니다. 본업은 정신과 전문의죠."

배질은 대답했다. '정신과 전문의'라는 말은 '지방 검찰청'이라는 말 못지않게 라이트풋 교장을 심란하게 한 듯했다.

"우리 학교 폰 호헤넴스 선생님과 아는 사이시죠? 전화가 왔었던 기억이 있군요."

"실은 폰 호헤넴스 선생님에게 포스티나 크레일 선생님을 소개받았습니다."

라이트풋 교장은 짐짓 한숨을 쉬었다.

"그 불운한 사건을 다시 끄집어내시겠다는 말씀은 설마 아니겠죠. 관계된 모든 사람에게 매우 부당한 처사입니다. 크레일 선생 본인을 포함해서요."

억누른 노여움을 교묘하게 내보이는 솜씨가 가히 수준급이었다.

"교사를 추천장도 써 주지 않고 해고하는 건 정당한 처사라고 생각하십니까? 뚜렷한 이유도 제시해 주지 못하면서?"

"우선 앉으시죠, 윌링 씨."

라이트풋 교장은 책상 너머 자기 자리로 돌아갔다. 압지 위로 깍지 낀 손은 어린애처럼 포동포동했으나, 의자 뒤 장밋빛 커튼을 배경으로 한 땅딸막한 옆얼굴에서 성숙함과 강인함이 느껴졌다. 그녀라면 당연히 만사를 자기 학교의 번영과 결부시켜 생각할 것이다. 그녀의 위엄은 직업적 방편으로서 신중하게 익힌 것이리라. 그러나 그런 모습 뒤에는 만족을 모르고, 머리 좋고, 저돌적인 본성이 숨어 있었다. 자신의 이익이 위협받으면 그녀는 수단을 가리지 않을 것이다.

배질이 라이트풋 교장을 관찰하고 분석하는 동안, 그녀 또한 그를 관찰하고 분석하고 있었다. 미간을 살짝 찌푸린 것으로 보건대 그녀는 당혹한 듯했다. 그녀는 분명 뉴욕 군 행정 기관과 연관된 사람은 부패한 아일랜드계나 연합파 이탈리아계 같은 판에 박힌 정치적 타입이 틀림없다고 생각했을 것이다. 그러나 배질은 말 몇 마디와 몇몇 행동으로 판단하고 분류할 수 있는 사람이 아니었다. 그는 모순으로 가득 찬 인물이었다. 라이트풋 교장처럼 세속적 가치 기준으로 남을 평가하는 일에 숙달된 사람도 그 앞에서는 당혹할 테고 십중팔구 약이 바짝 오를 것이다.

라이트풋 교장이 말을 이었다.

"제가 이유도 설명하지 않고 크레일 선생을 해고했다고 하셨죠. 맞는 말씀입니다. 전 심지어 다른 사람들이 크레일 선생에 대해 제기한 기묘한 의혹에 대해서도 조사하지 않았습니다."

"왜죠?"

"전 천박한 호기심을 가진 사람이 아니니까요."

배질은 미소를 지었다.

"천박하다고요? 호기심은 지적 생활의 근본이고 우리가 가진 유인원적 특성 중 가장 값어치 있는 것입니다만."

라이트풋 교장도 마지못한 듯이 미소를 지어 보였다.

"좀 더 명확하게 말씀드리죠. 크레일 선생에 관한 참으로 특이한 소문들이 전부 거짓말이거나 환각이었다 해도 달라지는 것은 아무것도 없습니다. 그 소문들이 사실이건 아니건 학교에 미치는 영향은 다를 바 없을 텐데, 제가 관심 있는 건 오로지 그것뿐이니까요."

"하지만 크레일 선생님에겐 그렇지 않습니다. 어째서 크레일 선생님에게 소문에 관해 설명하지 않으신 겁니까? 그 정도 배려는 해 주셔야 마땅하지 않을까요?"

"보통은 그렇겠지만, 이번 같은 경우는 다르죠. 이런 경우엔 한시라도 빨리 잊고 넘어가는 게 관계된 모든 사람들을 위한 일입니다. 원하시는 게 뭡니까, 윌링 씨?"

라이트풋 교장은 필요하다면 얼마든지 단도직입으로 말할 수 있는 사람이었다. 배질도 똑같이 단도직입으로 물었다.

"크레일 선생님이 해고된 사유를 설명해 주십시오. 겨우 다섯 주 근무했는데 여섯 달 치 봉급을 주셨으니, 여간 강력한 동기가 아니었을 테죠."

"맞습니다. 크레일 선생이 그…… 동기에 관해 힌트를 전혀 안 주던가요?"

"본인도 짚이는 데가 없는데 어떻게 그게 가능하겠습니까?"

"그 점을 잘 모르겠더군요."

라이트풋 교장은 자단 책상을 내려다보며 말했다.

"뭘 말씀입니까?"

"크레일 선생 본인이 당시 브리어턴에서 벌어지고 있던 일을 알고 있었는지 아닌지 말입니다. 어떨 때는 아는 게 틀림없다 싶었거든요. 심지어 동기는 모르겠지만 모든 일을 직접 꾸미지 않았을까 하는 의혹까지 들더군요. 그러다가도 또 어떤 때는 크레일 선생도 본인이 자각하고 제어할 수 없는 힘의 희생자라는 생각이 들더란 말이죠."

"힘이라고요?"

배질은 공격 지점을 변경했다.

"그건 말씀이 너무 애매하군요. 물론 의심은 가지만 입증이 불가능한 모호한 일은 존재합니다. 알코올 중독부터 공산주의에 이르기까지 다양하죠. 그런 경우, 교장 선생님은 위험을 무릅쓸 수는 없으니 크레일 선생님을 내보냅니다. 하지만 증거도 없이 말했다간 크레일 선생님이 명예 훼손으로 고소할지도 모르니 이유는 설명할 수 없죠. 크레일 선생님이 이유도 모른 채 해고됐다는 사실이 알려지면 사람들은 그런 식으로 수군거릴 겁니다. 그것도 학교를 위해 별로 좋을 것 같지 않은데요."

"그런 문제가 아닙니다."

교장이 눈을 들었다. 에나멜처럼 반지르르하고 단단하던 태도의 표면에 처음으로 금이 갔다. 그녀는 몹시 심란하고 괴로운 듯 보였다.

"말씀드릴 수밖에 없겠군요."

"어째서 말씀하시기가 그렇게 힘든 겁니까?"

배질은 좀 더 상냥하게 물었다.

"제 말을 믿지 않으실 테니까요."

예기치 못한 대답이 돌아왔다. 그녀가 한숨을 쉬었다.

"실은 저도 믿기지 않습니다. 그렇지만…… 목격자들에게 직접 이야기를 들으시는 게 낫겠죠. 그럼 제가 없는 일을 꾸며 냈다고 생각하시지 않을 테니까요. 목격자도 이제 넷밖에 안 남았으니 오래 걸리진 않을 겁니다. 나머지 일곱 명은 모두 떠났거든요."

교장이 책상 위의 벨을 눌렀다.

"알린이 들어오기 전에 한 가지 분명하게 해 두고 싶은 게 있습니다. 전 아직 무엇이 진실인지 모릅니다. 어쩌면 크레일 선생이 이곳에서 일어났던 모든 일의 원흉일 수도 있고 아닐 수도 있겠죠. 하지만 이것만은 압니다. 그 모든 불쾌한 사태의 발단, 중심은 크레일 선생입니다. 크레일 선생이 떠난 지금은 그런 일이 없으니까요. 그렇기에 크레일 선생을 내보낼 수밖에 없었던 겁니다. 같은 이유로, 윌링 씨가 아무리 절 설득하시거나 제 동정심에 호소하셔도 크레일 선생을 다시 받아들일 생각은 없습니다. 그리고……."

노크 소리가 그녀의 말을 가로막았다. 그녀는 목소리를 높였다.

"들어와!"

문이 열렸다. 아까 현관문을 열어 줬던 하녀가 문간에 서 있었다. 배질은 조금 전보다 더 관심 있게 그녀를 관찰했다. 몸집은 크고 볼품없고, 묵직한 살덩어리 같은 얼굴은 마치 솜씨 없는 손이 인간의 얼굴이랍시고 서둘러 빚어 놓은 것처럼 생겼다. 파란 샴브레이 제복은 하이넥에 소매가 길고 치마폭이 풍성한 탓에 그녀에게 전혀 어울리지 않았다. 굽 낮은 신발과 앞치마, 캡은 치열한 싸움 끝에 승리를 거둔 라이트풋 교장이 강요한 것이겠으나, 알린도 지지만은 않았다. 알린의 전리품은 립스틱과 살색 스타킹이었다.

"부르셨나요, 교장 선생님?"

"그래. 윌링 씨, 이 아이는 우리 학교 보조 하녀인 알린 머피입니다. 문 닫고 들어오렴, 알린. 네가 크레일 선생에 관해 한 이야기를 윌링 씨께 다시 한번 해 드리겠니? 네가 그때 말했던 그대로."

"교장 선생님께서 아무한테도 말하지 말라고 하셨잖아요."

"이번 한 번만은 허락하마."

알린은 호기심 어린 눈으로 배질을 보았다. 목덜미에 동그랗게 말아 묶은 머리에서 삐져나온 머리카락은 숱이 많은데, 눈썹은 없다시피 했다. 그 때문에 얼굴이 묘하게 맨숭맨숭한 인상을 주었다. 아마 호르몬 결핍일 것이다. 입으로 숨을 쉬는 것으로 보건대 축농증이나 편도선 비대증도 있는 것 같다. 그 말은 어렸을 때 집안 형편이 여의치 않아 치료를 받지 못했다는 뜻이다. 그녀의 골난 태도는, 피부와 치아, 머리를 보면 부유하고 교양 있는 집안에서 보살핌을 받으며 자랐음을 명확히 알 수 있는 브리어턴 학생들에 대한 노여움에서 비롯되는 걸까? 그들 옷장에 걸린 모피 코트를 질시 어린 시선으로 바라보고 그들의 교과서를 분개하며 만지작거리곤 할까?

저 나이 때 소녀가 자기보다 훨씬 윤택하게 사는 같은 또래 소녀들의 방을 청소하고 침대를 정돈해 주면서 산다면, 인간으로서 그럴만도 하다.

알린이 이야기를 시작했다.

"발단은 한 달 전이었어요. 학교가 개학하고 두 주밖에 안 됐을 때요. 전 2층 침실들을 돌면서 잠자리를 준비했어요. 일이 다 끝나서 뒤쪽 계단으로 내려왔죠. 응접실에 가서 불을 피우고 휴지통을 비우려고요. 앞쪽 계단으로 가면 이 분 더 빨리 갈 수 있는데, 교장 선생님이 저희는 뒤쪽 계단을 쓰라고 하셔서 그랬어요."

그녀는 말을 멈추고 라이트풋 교장에게 실쭉한 눈길을 던졌으나, 교장은 그것을 무시했다.

알린은 말을 이었다.

"어두워지고 있었지만 아직 계단이 보일 정도로는 밝았어요. 그러니까 그게, 어둑어둑하긴 해도 불을 켜긴 아직 너무 일렀다는 거죠. 뒤쪽 계단은 벽으로 가로막혀 있지만 창문 두 개가 있거든요. 두 번 커브를 그리며 돌아요. 아니, 창문 말고 계단이요."

그녀는 숨도 못 쉬고 혼자 키들키들 웃더니 금세 뚝 그치고 무표정해졌다. 마치 신경성 경련처럼 갑작스레 시작됐다 갑작스레 끝났다. 그녀가 숨을 꿀꺽 삼켰다. 손이 떨리고 있었다.

"그런데 그때…… 크레일 선생님이 계단을 올라오는 게 보였어요."

"그래서요?"

배질은 그녀의 긴장을 풀어 주려 물었다.

그런데 알린은 앞치마 자락을 쥐었다 폈다 하며 주름을 잡기 시작했다.

"그때는 별생각 없었어요. 그냥 앞쪽 계단이 아니라 뒤쪽 계단을 쓰다니 이상하다고만 생각했죠. 첫 번째 모퉁이에서 갑자기 딱 마주쳐서, 전 걸음을 멈추고 먼저 지나가게 길을 비켜 줬어요. 그러곤 '안녕하세요, 선생님' 하고 인사했죠. 전 늘 그 선생님을 좋아했거든요. 다른 몇몇 선생님들처럼 거만하지 않아서요. 그런데 그때는 대답을 안 하는 거예요. 심지어 절 쳐다보지도 않았어요. 그냥 말도 없이 2층으로 올라가 버리데요. 평소엔 진짜 누구한테나, 심지어 저한테까지 상냥하게 대하는 사람인데 좀 이상하더라고요. 하지만 그래도 별생각 안 하고 내려가서 부엌으로 들어갔는데……."

알린이 또다시 말을 멈추고 숨을 꿀꺽 삼켰다.

"크레일 선생님이 있었어요."

앞치마를 쥔 그녀의 손은 이제 움직이지 않았다. 그녀가 배질의 표정을 살폈다.

"하느님께 걸고 맹세해요, 정말이에요. 제가 뒤쪽 계단을 마저 내려가서 부엌으로 들어가기까지 그 짧은 시간 내에, 크레일 선생님이 2층 복도를 지나 앞쪽 계단을 내려가서 식당을 가로질러 부엌으로 돌아갈 순 없어요. 그건 불가능하다고요. 뛰어갔어도 마찬가지예요. 전 그 자리에 우두커니 서서 크레일 선생님을 빤히 쳐다봤어요. 제 머리가 이상해진 건가 싶었어요. 그러다 겨우 정신을 차리고 '에구머니나, 선생님, 진짜 깜짝 놀랐잖아요'라고 했어요. 그런데 크레일 선생님은 놀란 표정으로 '나 때문에? 그게 무슨 말이야?'라고 하시더군요. 그래서 제가 그랬죠. '방금 전에 제가 뒤쪽 계단으로 내려오다가 2층으로 올라가는 선생님이랑 지나쳤는걸요. 맹세할 수 있어요.' 그런데 크레일 선생님이 이러는 거예요. '착각했겠지. 난 3시부터 내내 밖에서 그림을 그리다가 방금 전에 들어왔는걸. 아직 2층으론 올라가지도 않았어.'

그랬더니 요리사도 나서서 한마디 거들더군요. '그 말씀이 맞아. 크레일 선생님은 밖에서 들어오신 이래로 내내 여기 나랑 같이 계셨어.'

그래서 제가 말했거든요. '하지만 진짜 선생님을 봤다고요. 바로 이 초 전에 제가 계단을 내려올 때 올라가는 선생님을요.' 그랬더니 크레일 선생님이 '아마 나랑 비슷한 코트를 입은 다른 사람일 거야'라고 했어요.

전 말했어요. '죄송하지만 그건 아니에요. 내가…… 제가 선생님 얼굴을 봤는걸요.'

요리사는 예절에 관해 잔소리가 진짜 많은 사람이거든요. 그래서 저더러 '그만 좀 해, 알린. 말대답하지 말라고 전에도 말했지?'라고 하는 거예요. 그래서…… 전 그냥 입을 다물었어요."

"크레일 선생님은 부엌에서 뭘 하고 계셨죠?"

배질은 물었다.

"이젤이랑 화구통을 갖고 있었거든요. 싱크대에서 붓을 빨고 있었어요. 밖에서 가을에 피는 그 조그만 보라색 꽃을 그리고 있었대요."

"두 사람의 복장이 정확히 똑같던가요? 뒤쪽 계단에서 만난 사람과 부엌에서 만난 사람이 말입니다."

"네, 선생님. 찍어 낸 것처럼 똑같았어요. 갈색 펠트 모자에 청회색 코트였어요. 아마 그런 감을 커버트라고 하는 것 같던데, 제가 보기엔 너무 수수하던데요. 모피도 없지, 스타일이 너무 없어요. 그리고 갈색 구두를 신었고요. 발등 덮개가 없고 끈을 교차해서 묶는 '길리'란 구두예요."

"모자에 챙은 있었습니까?"

"그죠…… 아니, 네. 챙이 넓고 늘어지는 모자였어요. 흐늘흐늘하게요."

배질은 이 더할 나위 없이 아둔한 여자가 다른 여자의 복장을 꼼꼼히 체크하는 것을 신에게 감사했다.

"계단에서 마주쳤을 때 크레일 선생님의 얼굴을 똑똑히 봤나요?"

"글쎄요, 봤다고도 할 수 있고 못 봤다고도 할 수 있어요. 특별히 주의해서 본 건 아니거든요. 제가 왜 그래야 하겠어요? 게다가 모자챙이 눈을 가렸고요. 그렇지만 지나치면서 입이랑 턱을 똑똑히 봤어요. 지금도 크레일 선생님이 틀림없다고 맹세할 수 있지만……. 그게 그렇잖아요? 그런 일이 한두 번 있으면 그냥 어우, 젠…… 아니, 어이구야, 내가 착각했나 보네, 하고 생각하게 되잖아요? 적어도 그 뒤로 아무 일이 없으면 그렇게 생각하겠죠."

"그런데 아무 일이 없지 않았군요?"

"그건 그냥 시작이었을 뿐이에요! 얼마 안 돼서 다른 하녀들도 크레일 선생님에 대해 비슷한 말을 하기 시작했어요. 그러다 그중 둘이 나갔고요. 저도 뒤쪽 계단으로 혼자 다니거나 밤에 캄캄한 복도를 지날 땐 달음박질을 치곤 했어요. 크레일 선생님이 나간 바로 그날도, 그러니까 그게 이틀 전이네요, 크레일 선생님이 부엌에서 꽃을 꽂고 있고 제가 뒤쪽 계단으로 내려오는데, 에이치슨 선생님이 폰 호헤넴스 선생님이랑 뒷문으로 들어왔거든요. 그런데 크레일 선생님이 에이치슨 선생님한테 '삼십 분쯤 화원에 있다가 방금 들어왔어요'라고 하더라고요. 그랬더니 에이치슨 선생님이 이상한 목소리로 '2층 창문으로 당신 얼굴이 보인 것 같아서요'라고 하지 뭐예요. 전 어찌나 놀랐는지 들고 있던 쟁반을 떨어뜨리고 말았어요. 그게 글쎄, 제가 그 바로 전까지 2층에서 또 잠자리를 준비하고 있었는데, 저 말고 아무도 없는데도 발소리가 들리는 거예요……."

"알린, 윌링 씨는 네가 실제로 본 것에만 관심이 있단다."

라이트풋 교장이 끼어들었다.

"그래요, 그리고 제 말도 믿지 않으시겠죠."

알린이 곁눈으로 배질을 흘끔 보았다.

"교장 선생님도 처음엔 믿지 않으셨으니까요. 처음 그 일이 있은 뒤에 요리사가 교장 선생님한테 일러바쳤나 봐요. 일주일 뒤에 교장 선생님이 절 불러 물어보시더니 병원에 가서 진찰을 받아 보라고 하시는 거예요."

"신체 질환으로 인한 환각일 가능성도 없지 않으니까요."

라이트풋 교장이 조심스럽게 설명했다.

"그래서 병원에 갔지만 아무 이상 없었어요."

알린은 배질을 똑바로 바라보았다.

"알린이 진찰을 받은 의사는 자기 가족 주치의랍니다. 소도시 일반 개업의이니 아무래도 이런 문제를 다루는 데 적합하다고 하긴 어렵죠. 비용을 부담할 테니 뉴욕에 있는 정신과 전문의에게 진찰을 받으라고 했는데도 알린이 싫다고 거절하더군요."

"정신 어쩌고 하는 의사는 반경 백 킬로미터 이내로 가까이 가기도 싫어요! 영화에서 다 봤다고요."

알린은 음침한 목소리로 덧붙였다.

배질이 곤혹 어린 표정으로 라이트풋 교장을 보자, 교장이 날카롭게 말했다.

"이제 됐다, 알린. 방금 여기서 한 말을 다른 사람에게 하면 안 된다는 건 알겠지? 윌링 씨 이야기도 하지 말고. 그럼 이만 가서 바이닝 양과 체이스 양에게 지금 바로 내 서재로 오라고 하렴."

"알겠습니다, 교장 선생님."

알린이 무뚝뚝하고 골난 표정으로 되돌아갔다. 그녀는 훈련받은 대로 소리 없이 걸어 나가 조용히 문을 닫았다.

라이트풋 교장은 배질에게 도전적인 눈길을 던졌다.

"어떻습니까? 이런 이야기를 듣게 될 줄은 모르셨겠죠?"

그는 생각에 잠겨 미소를 지었다.

"그렇군요. 하지만 이제 몇 가지가 이해가 되는데요. 괴테 자서전 1권. 금박으로 가장자리를 장식한 회색 옷. 에밀리 사제와 '토드라프레이크 이야기'. 독일의 도펠겡어. 그리스의 아이돌론. 이집트의 카, 영국 민간전승의 페치, 켈트족의 가바르 보어. 예컨대 이런 거죠. 당신이 방에 들어갔는데, 또는 거리나 시골길을 걷는데 저 앞에 웬 사람이 보입니다. 실체가 있고, 입체적이고, 색채도 있어요. 움직이고 있고, 시각과 관련된 모든 법칙에 어긋나지 않습니다. 복장과 자태가 어쩐지 낯이 익은 것도 같습니다. 좀 더 자세히 보려고 서둘러 다가가니 그 사람이 고개를 돌려요. 그런데 그게 자기 얼굴인 겁니다. 아니, 자기의 완벽한 거울상이에요. 다만 거울이 없어서 그렇죠. 즉, 자기 생령인 겁니다. 당신은 겁에 질립니다. 전설에선 자기 생령을 보면 죽음이 머지않았다고 하니까요."

"윌링 씨는 정신과 전문의이시니 당연히 그에 관해 잘 아시겠군요. 전 며칠 전에야 비로소 알았답니다. 이 생령 전승이란 게 심리학적으로 다소…… 기이하더군요."

"너무 기이해서 여학교에 퍼지게 그냥 둘 수 없다는 말씀이십니까?"

라이트풋 교장은 황동 펜 접시에 놓인 펜들을 만지작거렸다.

"바로 그겁니다. 가끔은…… 그런 환영이 순전히 주관적인 건지, 혹시 어떤 미지의 조건하에 공기가 거울 역할을 하는 건 아닐까 싶을 때가 있습니다. 말하자면 신기루와 유사한 현상인 셈이죠. 신기루는 따뜻한 공기층에 반사된 땅이나 하늘이니까요."

배질은 그녀를 꼼짝 않고 응시했다.

"혹시 크레일 선생님에게 원한이 있는 사람을 아십니까?"

라이트풋 교장이 놀라 시선을 들었다.

"아뇨. 왜 그런 걸 물으시죠?"

"생령은 전통적으로 죽음과 연관됩니다. 자기가 보건, 타인이 보건 말이죠. 그러니 크레일 선생님의 생령이 출현했다는 건, 비록 꾸며 낸 일일지언정 크레일 선생님의 죽음을 상징적으로 암시하는 게 됩니다. 심리학적으로는 익명의 협박 편지나 다를 바 없죠."

배질은 그녀에게서 눈을 떼지 않으며 물었다.

"크레일 선생님은 이 학교에서 그리 인기가 없었던 것 같던데, 실제로 미워한 사람은 없습니까?"

라이트풋 교장이 대답하기 전에 노크 소리가 그녀의 말을 가로막았다.

007

주사위가 모로 떨어지며 딸랑 울렸지,

작고 갈라진 소리로,

마치 지옥 저 밑바닥에서 들려오는

남자의 웃음소리처럼, 포스틴.

예의 바른 태도로 서재에 들어온 메그와 베스는 라이트풋 교장이 배질을 소개하자 무릎을 굽혀 정중하게 인사했다.

메그는 해 뜰 무렵의 분홍빛 장미처럼 풋풋한 소녀였으나, 섬세한 입술 곡선에서 신경질적인 성격이 느껴졌다. 표정은 온화한데도 입매는 당장이라도 울음이나 웃음을 터뜨릴 듯 보였다. 베스는 메그와 정반대의 타입으로, 연갈색 머리를 네덜란드 시골 소년처럼 고르게 일자로 잘랐고 조붓한 얼굴은 주근깨투성이였다.

두 소녀는 라이트풋 교장의 설명을 진지한 태도로 들었다.

"너희 둘 다 크레일 선생님이 학교를 떠나시기 전 자습실에서 있었던 일을 다른 사람들에게 말 않겠다고 선생님이랑 약속했지.

이번 한 번만은 그 약속에서 풀어 줄 테니, 윌링 씨께 될 수 있는 대로 정확하게 기억을 살려 빠짐없이 말씀드리렴."

"지난 화요일이었어요……."

"메그랑 제가 자습실에 있는데……."

두 소녀는 동시에 말하다 말고 입을 다물더니 서로를 쳐다보았다.

"마거릿, 네가 윌링 씨께 말씀드리는 게 어떻겠니? 엘리자베스는 틀린 데가 있으면 고쳐 주고."

"네, 교장 선생님."

메그는 자기가 무대 중심을 차지한 것을 기뻐하는 기색이 역력했다. 친구를 곁눈으로 흘끗 보는 베스의 눈길에는 부러움이 서려 있었다.

"저희 둘은 1층 자습실에 있었어요."

메그가 이야기하기 시작했다.

"도서실 바로 옆에 있는 작은 방이에요. 펜이랑 편지지가 있어요."

베스가 배질에게 설명했다. 메그가 덧붙였다.

"조그만 우체통도요. 진짜 우체통이 아니라 학교에서 놔둔 거예요. 전 저희 오빠 레이먼드한테 편지를 쓰고 있었고, 베스는 자기 엄마한테 쓰고 있었어요. 다른 애들은 전부 승마하러 나가고 없었어요. 선생님들도 대부분 나가 계셨고요. 십일월치곤 꽤 포근한 날

씨였어요. 창문이 열려 있었고, 샛강으로 이어지는 잔디밭에 햇살이 아주 환하게 비쳤어요."

"창밖에서 국화 향기가 났어요. 꼭 햇볕에 구워지는 것처럼요."

베스가 끼어들었다.

"크레일 선생님은 창밖 바로 근처에 계셨어요. 똑똑히 보였어요. 잔디밭 가운데에 이젤을 세우고 수채화로 그림을 그리고 있었어요. 파랑 코트를 입고 갈색 모자를 썼고요. 발치에 화구통이 놓여 있고 왼손에 작은 팔레트를 들고 있었어요. 크레일 선생님은 수채화를 꽤 잘 그렸거든요. 유화보다 나아요. 전 편지에 쓸 말이 생각 안 날 때마다 고개를 들고 선생님이 빠른 속도로 붓을 놀리는 걸 바라봤는데, 팔레트에 물감을 섞는가 싶으면 다음 순간 벌써 칠하는 거예요."

"빠른 속도로?"

베스가 이야기를 중단시켰다.

"그때는 그랬어."

메그가 맞받아쳤다.

"그건 그래. 하지만 안락의자를 빠뜨렸잖아."

"무슨 안락의자? 아, 그 파란 거?"

메그는 배질을 돌아보았다.

"자습실 바로 바깥 복도에 파란 능직 커버를 씌운 안락의자가 있거든요. 문이 열려 있으면 자습실에서 그 의자가 보여요. 저희는 그걸 '크레일 선생님 의자'라고 불렀어요. 크레일 선생님은 복도 창문으로 보이는 정원 풍경이 마음에 든다면서 만날 그 의자에 앉아 있었거든요."

베스가 덧붙였다.

"그림을 다 그리면 들어와서 거기 앉겠구나 생각했어요. 그런데 그때 그 일이 벌어진 거예요."

베스의 목소리가 느닷없이 소심하게 기어들었다.

"어떤 일이 말이지?"

배질은 참을성 있게 물었다.

"교장 선생님께 못 들으신 거예요?"

메그는 타고난 활달함도 잃고 그 이상 말을 잇지 못했다. 오히려 베스가 어른처럼 침착하게 이야기를 이어받았다.

"문득 고개를 들었더니 어느새 크레일 선생님이 복도로 들어오셨더라고요. 아무 소리도 못 들었는데요. 무릎에 손을 아무렇게나 올려놓고 머리를 뒤로 기댄 채 파란 안락의자에 앉아 있었어요. 꼭 피곤한 것처럼요. 눈은 뜨고 있긴 했는데…… 어디 먼 데를 보는 것 같았어요."

"초점이 없이 멍했단 뜻이니?"

배질이 거들었다.

"네, 아마 그런 것 같아요."

"엘리자베스, 말을 할 땐 명확하게 하렴."

라이트풋 교장이 나직이 주의를 주었다. 베스가 말을 이었다.

"여전히 그 파랑 코트를 입고 갈색 모자를 쓰고 있었지만 붓이랑 팔레트는 안 갖고 온 것 같았어요. 선생님은 절 쳐다보지도, 말을 하지도 않았어요. 제가 있는 것도 아예 모르는 것처럼 그냥 꼼짝 않고 가만히 앉아 있었어요. 그래서 전 다시 편지를 쓰기 시작했거든요. 그러다 다시 고개를 들었더니, 선생님은 여전히 안락의자에 앉아 있었어요. 순간 제가 무심코 창밖을 내다봤는데……."

베스가 갑자기 용기를 잃었다.

"메그, 네가 말씀드려."

"그렇지만…… 내 말을 안 믿을 텐데."

메그는 난색을 표했다.

"모르는 일이니 한번 이야기해 보렴."

배질은 말했다. 그래도 메그가 주저하기에 그는 직접 대답했다.

"크레일 선생님이 창밖에서 그림을 그리고 계시던?"

메그가 흠칫 놀라 배질을 보았다.

"어떻게 아셨어요? 하긴 교장 선생님께서 말씀하셨겠네요. 전 베스가 숨을 훅 들이마시기에 무슨 일인가 해서 고개를 들었거든요. 베스는 하얗게 질려선 두 명의 크레일 선생님을 응시하고 있었어요. 한 명은 실내에 저희랑 같이 있고, 또 한 명은 창밖 잔디밭에 있고요."

"그 둘 사이에 무슨 차이가 있던?"

배질은 물었다.

“의자에 앉은 쪽은 꼼짝도 안 했지만 창밖에 있는 쪽은 움직였어요. 다만…….”

메그의 목소리가 잦아들었다.

“다만 뭐지?”

“아까 크레일 선생님이 붓을 굉장히 빨리 놀렸다고 말씀드렸는데 기억나세요? 진짜 꼭 새가 부리로 쪼는 것처럼 이리 휙 갔다가 저리 휙 갔다가 했거든요.”

“그래.”

“그런데 저희가 의자에 앉은 사람을 본 뒤로, 창밖에 있는 사람이 더…… 느려졌더라고요. 동작 하나하나가 느리고 어쩐지 무거웠어요. 굉장히 피곤하거나 졸린 것처럼요.”

“꼭 몽유병자 같았어요.”

베스가 끼어들었다.

배질은 기젤라의 이야기에도 이와 유사한 기이한 묘사가 있었던 게 생각났다. 게다가 기젤라는 신뢰할 수 있는 목격자였다. 그녀는 두 번째 인물을 보지도 않았으려니와 심지어 그런 이야기를 들어 보지도 못했다.

“두 사람은 너희가 있었던 데서 얼마나 떨어져 있었지?”

베스가 재빨리 대답했다.

“잔디밭에 있던 쪽은 십 미터 훨씬 더 넘었어요. 잔디밭은 창문에서 샛강까지 십팔 미터인데 선생님은 가운데 있었거든요. 의자에 앉은 쪽은 아마 십 미터 좀 안 될 거…… 십 미터 좀 안 됐어요. 자습실은 모양이 길쭉한데다 복도는 또 폭이 넓거든요."

"잔디밭에 환하게 햇빛이 비쳤다고 했지. 복도는 어땠니?"

"저희는 불을 안 켜고 편지를 쓰고 있었어요. 그때가 한 3시쯤이라 아직 밝았거든요. 그렇지만 복도 쪽은 서쪽 해가 들기 때문에 블라인드를 반쯤 내려 두었는데, 그래서 실제보다 약간 더 침침해 보였어요. 밖이 훨씬 환했던 탓도 있고요."

"안락의자에 앉아 있던 두 번째 사람은 얼마나 거기 있었지?"

"최소한 오 분은 있었을 거예요."

메그가 생각에 잠겨 말했다.

"시간은 가늠하기가 쉽지 않은데, 시계를 본 거니?"

"그건 아니에요. 하지만 저희가 본 뒤로 몇 분 지난 건 확실해요."

"진짜 얼마나 무서웠는지 몰라요. 안락의자에 그런 게 있는데 주위에 다른 사람은 아무도 없이 저희 둘뿐이고, 게다가 진짜 크레일 선생님은 창밖에서 그렇게 느릿느릿 섬뜩하게 그림을 그리고 있고요."

베스의 목소리가 높아졌다. 메그가 말을 이었다.

"나중에 저희는 생각해 봤어요. 그때 어떻게 하는 게 좋았을까 하고요. 복도로 나가서 안락의자에 앉은 쪽을 건드려 봤어야 했나.

아니면 창문 너머로 크레일 선생님을 불러 깨웠어야 했나. 하지만 실제로 그 일이 벌어지는 동안엔 너무 무서워서 아무 생각도 할 수 없었어요.

전 꼼짝도 못하고 앉아서 내가 꿈을 꾸는 거다, 이건 현실이 아니다, 하고 제 자신을 타일렀어요. 그렇지만 그건 현실이었어요. 눈을 감았다 떠 봐도 그게 여전히 저희 앞에 있는 거예요. 전 이 상태가 영원히 계속될 리 없다, 끝날 때가 꼭 온다, 하고 계속해서 되뇌었어요. 어쩌면 실제로는 겨우 일 분 남짓이었을 수도 있지만 기분으로는 백 년쯤 그러고 있었던 것 같은데, 의자에 앉아 있던 쪽이 일어서더니 소리 없이 복도를 따라 걸어가더라고요. 그러더니 복도 반대편, 식당 문 쪽 어둠 속으로 스르르 사라져 버렸어요. 그 순간, 베스가 비명을 지르면서 기절했어요. 폰 호헤넴스 선생님이 곧 도서실에서 달려오셨고요."

"정신이 들었을 때는 평소랑 똑같았어요. 크레일 선생님 말이에요. 동작도 빨랐고, 꼭 무슨 일이 있었던 건지 모르는 것처럼 말했어요."

베스가 말했다.

"안락의자에 앉아 있던 사람의 얼굴은 확실히 봤고?"

"그럼요. 크레일 선생님이었어요. 그건 틀림없어요."

"크레일 선생님과 관련해서 기이한 경험을 한 건 그때가 처음이었니?"

두 소녀가 서로 쳐다보았다. 베스가 "저……"라고 말을 꺼내다가 말았다.

메그는 그보다 망설임이 없었다.

"소문은 들었지만, 실제로 본 건 그때가 처음이에요."

"소문이라니 어떤 소문?"

배질의 물음에 베스가 대답했다.

"어…… 음……. 크레일 선생님이 절대 있을 수 없는 곳에서 크레일 선생님을 봤댔어요. 방금 전에 선생님을 봤는데, 그 직후에 딴 데서 또 봤다는 거죠. 처음 본 곳에서 나중에 본 곳으로 그 짧은 시간 내에 가려면 자기를 지나쳐야만 하는데…… 그런 적 없는데도 말이에요. 처음에는 다들 무슨 착오가 있는 거라고 생각했어요. 그러니까 크레일 선생님이 아닌데 선생님으로 착각했다든지, 한 곳에서 다른 곳으로 이동하는 시간을 잘못 생각했다든지요. 만약 그런 일이 한두 번 있고 말았다면 다들 그렇게 생각했을 거예요. 하지만 그런 일이 대여섯 번 생기고 그것도 매번 크레일 선생님만 그러니까, 어쩌면 크레일 선생님한테…… 어딘가 이상한 데가 있을지도 모른다고 수군거리기 시작했어요."

"이상한 데? 어떻게 이상하단 말이지?"

배질은 물었다.

메그가 나서서 베스를 거들었다. 메그의 예쁜 입술이 바르르 떨렸다.

"베스는 겁나서 말씀 못 드리는 거예요. 월링 씨께서 웃으실까 봐요."

"전혀 웃을 기분이 아니니 걱정 말렴."

배질은 정색하고 안심시켰다. 베스가 머뭇머뭇 말했다.

"전에도 이런 일이 있었던 것 같아요. 물론 자주는 아니지만 그래도 분명히 있긴 했어요. 그런데 이야기해 봤자 아무도 자기 말을 안 믿어 줄 걸 아니까 다들 그 이야기를 안 하는 것뿐이에요. 그렇잖아요, 이런 건 자기 눈으로 직접 봐야지만 믿잖아요? 그러니까 봐도 대개 입 다물고 가만있어요. 그런데 옛날에 저희 집에 스코틀랜드 하일랜드 출신 어린이방 하녀가 있었는데, 그 하녀한테 스코틀랜드에서 사람이 죽기 전에 나타난다는 생령 이야기를 들은 적이 있거든요. 가바르 보어라고 한댔어요. 전 그동안 그 이야기를 까맣게 잊고 있었는데 크레일 선생님 일이 있으면서 그게 생각나더라고요. 그래서 메그한테 그 이야기를 했어요."

"그러고 얼마 안 돼서 온 학교에 그 이야기가 퍼졌죠. 학생들에, 하인들뿐 아니라, 명색이 교육받은 사람이라는 교사들 사이에까지 말입니다."

라이트풋 교장은 어깨를 으쓱하더니 이어서 말했다.

"월링 씨께서 너희한테 더 질문하실 게 없다면 그만 가 봐도 된다."

배질은 고개를 가로저었다.

메그와 베스는 그를 보고 있었다. 눈에는 궁금증이 가득했으나, 두 소녀는 감히 라이트풋 교장 앞에서 그에게 질문할 엄두를 내지 못했다. 배질이 문을 열어 주자, 그들은 미소를 지으며 입을 모아 얌전히 말했다.

"안녕히 가세요, 윌링 씨!"

그가 문을 닫고 라이트풋 교장을 돌아보자, 그녀는 지친 표정으로 말했다.

"어떻습니까? 저처럼 현실적인 여자가 이보다 더 황당무계한 문제와 맞닥뜨린 적이 과연 있을까요? 게다가 현실적인 면도 없지 않았거든요. 학생들이 쓴 편지를 보고 왜곡된 형태로 이 이야기를 알게 된 학부형이 어떤 반응을 보였을지 짐작이 가시겠죠? 이미 학생 다섯 명이 전학 갔습니다."

"목격자 일곱 명이 떠났다고 하셨는데요."

"학생 다섯 외에 하녀 둘이 더 있었어요. 별안간 나가겠다고 하더니 예고 기간도 없이 바로 나가더군요. 소문이 퍼지는 걸 즉각 막지 않으면 같은 일이 계속될 테죠. 크레일 선생을 내보내야만 했던 이유가 그겁니다.

물론 크레일 선생님에 관한 소문이 사실이라고 생각하는 학부모는 아무도 없어요. 미신에 사로잡힌 사춘기 아이들의 히스테리 발작이라고만 생각하죠. 그리고 그건 학교 측에서 학생들이 정상적인 학업과 여가 생활에 흥미를 갖게끔 지도하지 못하기 때문이라고 간주된답니다."

"마거릿과 엘리자베스는 아직 여기 있는데요. 그 학생들은 부모님께 편지를 쓰지 않았습니까?"

"마거릿은 부모님이 안 계세요. 오빠가 하나 있죠. 스물네 살 된 다소 속 편한 청년인데, 후견인으로서 자기 의무를 그리 심각하게 생각하지 않는답니다. 엘리자베스의 부모님은 이혼하셨고요. 어머니는 위자료를 올려 달라고 법원을 들볶는 데만 관심 있고 아버지는 52가 나이트클럽에서 유명한 인물인데, 두 분 다 딸에게는 별 관심이 없거든요. 엘리자베스는 9학년부터 우리 학교에 다녔고, 마거릿은 올 가을에 들어왔습니다. 여기 오기 전엔 뉴욕에서 일반 학교에 다녔죠."

배질은 벽난로 선반 위에 한 손을 얹은 자세로 서 있었다.

"크레일 선생님의 생령을 실제로 본 사람이 또 있습니까? 얼굴을 분명하게 확인할 수 있을 정도로 가까이서요. 열세 살 소녀 둘과 열일고여덟 된 하녀 말고 말이죠."

라이트풋 교장은 질문에 담긴 의도를 파악했다.

"학교에 남아 있는 목격자가 네 명이라고 말씀드렸죠. 나머지 하나는 중년에, 성격은 침착하고 회의적이며, 그런대로 관찰력이 있는 사람이랍니다."

"그게 누굽니까?"

"접니다."

배질은 벽난로 선반 위에 얹었던 손을 내렸다.

"진심으로 하시는 말씀입니까?"

"더없이 진심입니다. 앉으시죠. 원하신다면 담배를 피우셔도 됩니다."

그녀는 차분하고 담담하게 말했다.

"크레일 선생이 떠나는 바로 그날이었습니다. 그날 저녁 전 다른 곳에서 저녁 약속이 있었어요. 그래서 옷을 갈아입고 6시경에 망토를 걸치고 장갑을 끼고 방에서 나왔죠. 그 시간에는 2층 복도에 늘 조명등 두 개를 켜 두곤 한답니다. 백 와트짜리 전구 하나에 조그만 종이 갓을 씌운 조명등인데, 그 불빛이 앞쪽 계단의 계단참까지 비춰 줍니다. 그날 저녁 알린이 1층 복도에 불 켜는 것을 깜박하는 바람에 계단참 아래는 꽤 어두웠습니다.

전 난간에 한 손을 얹고 계단을 내려가기 시작했습니다. 치맛자락이 길고 풍성해서 다소 천천히 움직이고 있었죠. 그런데 계단참까지 내려왔을 때, 누가 뒤에서 저보다 훨씬 빠른 속도로 내려오더니 실례한다는 말 한마디 없이 홱 지나치더군요. 대체 누군가 싶어 보니 크레일 선생이었습니다.

기척은 보기 전에 이미 느껴졌어요. 크레일 선생이 실제로 절 밀치고 지나간 건 아니지만, 누가 빠른 속도로 바로 옆을 지나치면 공기의 움직임이 느껴지게 마련이니까요.

얼굴은 보지 못했습니다. 절 지나치고도 돌아보지 않더군요. 그렇지만 뒷모습으로 크레일 선생이라는 걸 알 수 있었습니다. 체격과 자태, 입은 옷이 모두 크레일 선생이었거든요. 평소대로 갈색 모자를 쓰고 파란 커버트 코트를 입었더군요. 아직 옷장에서 꺼내지 않은 겨울 코트를 빼면 그게 크레일 선생의 유일한 외출용 겉옷이에요.

전 크레일 선생의 무례한 태도에 울컥했습니다. 그야 저에게 화가 나는 것도 이해는 하지만, 예의에 어긋나는 태도로 노여움을 표현하는 것만큼 저열한 일이 또 어디 있겠어요? 전 멈춰 서서 언성을 높였습니다. 최대한 또렷또렷하고 단호하게 목소리를 냈죠. 제법 그럴싸하답니다. 학교를 운영하려면 권위를 나타내는 그런 기술을 익혀야 하거든요. 전 큰 소리로 '크레일 선생!' 하고 불렀어요.

대답은 즉각 돌아왔습니다. '네, 교장 선생님.'

그렇게 대답한 목소리는 분명히 크레일 선생 것이었습니다. 그런데 윌링 씨, 그 목소리는 글쎄, 제 뒤, 2층 복도에서 들려온 거예요. 바로 그 순간에도 어두운 1층 복도로 내려가는 크레일 선생의 뒷모습이 보였는데 말입니다.

전 오싹해서 난간 쪽으로 뒷걸음쳤습니다. 평소에 어지간해선 눈 하나 깜짝하지 않는데 말이죠. 그 위치에선 고개를 재빨리 움직이면 계단 밑에서부터 꼭대기까지 단번에 볼 수 있었거든요. 전 위쪽을 올려다봤습니다. 크레일 선생이 계단 꼭대기에 2층 복도의 불빛을 바로 받으며 서 있더군요. 갈색 모자를 쓰고 파란 코트를 입고요. 크레일 선생은 생기와 총명함이 느껴지는 눈으로 절 똑바로 보더니 '절 부르셨어요?'라고 했습니다. 크레일 선생이 틀림없었어요. 그럼 방금 전 계단에서 그렇게 거칠게 절 지나쳤던 건 누구란 말인가요? 공기의 움직임이 그렇게 생생하게 느껴졌는데? 전 다시 밑을 내려다봤습니다. 그때는 1층 복도에 아무도 없었어요. 오로지 어둠뿐이었죠.

전 어떻게든 정신을 수습하려고 노력하며 '언제부터 거기 있었죠?' 하고 물었습니다. 스스로 생각해도 부자연스러운 목소리였습니다.

크레일 선생은 이렇게 대답하더군요. '얼마 안 됐어요. 시간이 촉박해서 교장 선생님을 그냥 앞질러 갈까 생각도 했지만 물론 그러지 않았어요. 그런 건 큰 결례니까요.'

즉, 실행에 옮기지 않았을 뿐이지, 계단에서 절 앞질러 가고 싶은 충동이 있기는 했단 말이죠. 이유를 설명하기는 쉽지 않습니다만 그게 몹시 마음에 걸리더군요. 몽유병자는 깨어 있을 때 억압했던 충동을 자는 중에 실현시키는 경우가 많다는 이야기가 기억나서 그랬던 걸까요. 솔직히 계단을 마저 내려가 어두운 1층으로 발을 디디는 데 얼마나 용기가 필요했는지 모릅니다. 물론 아무도…… 아무것도 없었죠. 마침 부엌에서 나온 알린을 제외하고는 말입니다. 응접실과 복도에 불을 켜기 위해 식당을 가로질러 나온 건데, 누가 없었냐고 물었더니 아무도 못 봤다고 대답하더군요. 그렇지만 절 앞질러 계단을 내려간 사람이 1층 복도를 벗어날 수 있는 방법은, 응접실을 통과하는 것과 현관으로 나가는 것, 그 두 가지뿐이거든요. 그런데 제가 현관문에서 시선을 뗀 건 크레일 선생을 올려다봤던 몇 초간뿐입니다."

배질은 골몰히 생각한 끝에 입을 열었다.

"혹시 알린이……?"

그는 질문을 끝맺지 않았다.

"그건 불가능합니다. 그 애는 바로 직전까지 요리사와 함께 부엌에 있었으니까요."

"생령이 지나쳤을 때 공기가 움직였다고 하셨죠. 소리는 들리던가요? 휙 하는 소리라든지, 아니면 옷자락 스치는 소리라든지요."

"아무 소리도 안 들렸습니다."

"발소리는요?"

"그것도 없었어요. 그렇지만 카펫이 워낙 두껍고 푹신푹신하니까요."

배질은 혼잣말 하듯 말했다.

"사람은 누구나 몸에서 희미하게나마 냄새가 나게 마련입니다. 꼭 한 가지가 아니라 여러 가지가 뒤섞인 냄새일 수도 있죠. 얼굴분, 립스틱, 모발 제품, 파마 약, 면도 로션. 요오드 같은 약품. 음식, 와인, 담배 같은 입 냄새. 또 옷에서 나는 냄새도 있죠. 좀약, 구두약, 드라이클리닝 약품, 러시아 가죽, 해리스 트위드. 그리고 마지막으로 비누 광고에서 걱정을 부추기는 체취도 있고요. 교장 선생님은 생령을 가까이서 접하셨는데, 무슨 냄새를 맡진 못하셨습니까? 희미하게, 아주 잠깐 났을 뿐이라도 상관없습니다."

라이트풋 교장은 확고하게 고개를 내저었다.

"아무 냄새도 안 났습니다, 윌링 씨. 제가 못 맡았을 뿐인지도 모릅니다만."

배질은 창턱에 한 줄로 놓인 화분들에 눈길을 던졌다.

"글쎄요, 그건 아닐 것 같군요. 감각이 예민한 사람이 아니면 로즈 제라늄이며 레몬 버베나처럼 섬세한 향기를 즐기지 않을 겁니다."

라이트풋 교장은 미소를 지었다.

"손수건에 레몬 버베나 향을 뿌리기도 한답니다. 그게 제 유일한 사치죠. 하지만 프랑스 회사에서 내놓은 베르벤 에센스가 있는데 도저히 그 유혹을 뿌리칠 수가 있어야죠. 원래는 남성용 면도 로션이라니까 아마 세상에서 그걸 쓰는 여자는 저 혼자뿐일 거예요."

"크레일 선생님은 평소 향수를 썼습니까?"

"네, 라벤더 향이었죠. 손수건에 늘 라벤더 향수를 뿌렸어요."

"생령에게서 라벤더 향이 나진 않았고요?"

라이트풋 교장은 비꼬듯이 말했다.

"아뇨. 거울에 비친 모습이나 신기루에서 냄새가 나리라곤 생각하지 않잖습니까, 안 그런가요?"

배질은 담배를 피웠다.

"교장 선생님께선 어떻게 해석하고 계십니까?"

라이트풋 교장의 얼굴에서 미소가 사라졌다.

"가능성은 세 가지뿐이라고 생각합니다. 첫째, 포스티나 크레일이 고의로 꾸민 장난이다. 하지만 그 경우, 대체 어떻게 자기 환영을 만들어 냈을까요? 게다가 뭣 때문에 그런 일을 하죠? 그렇게 해서 크레일 선생이 득 본 게 아무것도 없는데요. 오히려 괜찮은 일자리를 잃었죠. 둘째, 크레일 선생은 자기가 그런 일을 한 줄 모른다. 이중인격인 셈이죠. 사람들을 놀래고 겁주고픈 충동이 있는데, 본인이 그걸 의식하지 못하니 통제하지도 못합니다. 일종의 몽유병 같은 상태에서 제2인격이 그런 충동을 실행에 옮긴 것이라, 제1인격은 그에 관해 아무것도 모르는 거죠. 실제로 그런 사례가 있잖습니까?"

"피에르 자네와 모튼 프린스가 그런 사례를 기록한 바가 있긴 합니다. 게다가 교장 선생님께서 내쫓았을 때 크레일 선생님이 진심으로 당혹한 것처럼 보였다는 사실도 그로써 설명이 될 테고요."

배질은 시인했다. 라이트풋 교장도 동의했다.

"어째서 그런 일을 했는지 하는 문제는 그걸로 해결되죠. 하지만 또 하나의 문제, 어떤 방법을 썼느냐 하는 문제는 해결되지 않거든요. 대체 어떤 방법으로 밖에서 수채화를 그리면서, 두 여학생으로 하여금 자기가 실내에서 의자에 앉아 있다고 믿게 할 수 있었던 거죠?"

"그럼 세 번째 가능성은 무엇입니까?"

라이트풋 교장은 그를 똑바로 쳐다보았다.

"몽유병이나 최면, 또는 이중인격의 경우, 의식 수준의 주主 인격은 무의식 수준의 부 인격이 신체를 장악하는 동안 수면 상태에 빠집니다. 그사이 부 인격은 각성 상태에서는 억제되는 행위들을 하곤 하죠. 무의식에 의한 이런 통제되지 않는 자발적 행위가 좀 더 심화되면 어떻게 될까요? 마거릿과 엘리자베스는 생령이 출현한 동안 포스티나 크레일의 동작이 잠에 취한 사람 같았다고 했습니다. 전 진짜 크레일 선생이 억누른 충동을 생령이 실행에 옮긴 것을 목격했고요. 이 '생령'이란 게 꼭 크레일 선생의 잠재의식이 가시화된 형태인 것 같지 않습니까?

제가 하려는 말이 무슨 뜻인지 아시겠습니까? 만약 무의식이 자신의 상을 허공에 투사하기에 충분한 생체 에너지를 모아들일 수 있다면? 어쩌면 어떤 형태의 굴절 반사 현상이 일어나는지도 모르죠. 꿈을 꾸는 당사자뿐 아니라 타인까지 볼 수 있는 꿈인 셈입니다. 다만 볼 수 있을 뿐이지, 실체는 없어요. 거울에 비친 상도 볼 수는 있지만 실체는 없잖습니까? 무지개나 신기루도 그렇죠. 세 가지 모두 눈에 똑똑히 보이고 사진으로 찍을 수 있습니다. 그렇지만 입체가 아니니 만질 수 없어요. 소리도 나지 않죠. 우리가 보통 말하는 시공간에는 존재하지 않는 겁니다. 또 사람이 움직이면 이미지도 따라 움직이죠. 그와 비슷한 원리에 의해 아무도 생령을 만져 보거나 생령이 내는 소리를 듣지는 못하는 겁니다. 생령은 그저 보이기만 할 뿐입니다."

"그럼 생령을 믿으신다는 말씀이군요?"

배질이 물었다.

"윌링 씨, 전 현대인입니다. 그건 제가 아무것도 안 믿는다는 뜻이죠. 종교에 대한 신앙은 나서부터 없었고, 과학에 대한 신앙은 상실했습니다. 플랑크나 아인슈타인의 이론은 도통 모르겠더군요. 그렇지만 물질계는 실체의 세계가 아니라 현상의 세계일지 모른다는 걸 깨달을 정도는 된답니다. 우리가 보고 듣고 만지는 모든 것은, 거울에 비친 상이나 사막의 신기루 못지않게 교묘한 환영일 수 있어요. 이를테면 에딩턴이 말한 '전자의 춤'이죠. 참 신기하게도 힌두교도들은 물적 생명을 마야, 또는 환상이라 불렀는데, 마야의 상징이 '무희'라더군요. 힌두 신화에 따르면, 이 무희의 춤은 인간으로 하여금 물질을 초월한 실체를 생각하지 못하도록 미혹시킨답니다. 관능적인 춤을 추는 무희가 리드미컬한 동작의 최면 효과로 다른 생각을 못하게 미혹시키듯 말이죠.

마야의 춤 뒤에 무엇이 숨겨져 있는지 우리는 모릅니다. 우리 뇌도 그 일부에 불과하니까요. 팔을 움직이고자 할 때 정신이 육체에 어떤 식으로 작용하는지, 심리학도, 생리학도 가르쳐 주지 못합니다. 그렇기에 그들은 정신과 육체의 이원성을 부정합니다. 과학은 그 시초부터 설명할 수 없는 것을 부정하는 경향이 늘 있었죠. 절대로 그냥 모르겠다고 하지 않거든요. 도펠겡어 전설은 역사가 매우 깁니다. 그 현상을 가리키는 어휘가 모든 언어에 존재할 정도예요.

윌링 씨, 이게 제가 생각하는 세 번째 가능성입니다. 그런 일이 정말 있을 수 있다면? 포스티나 크레일이, 현대 심리학이 연구는 고사하고 인정조차 않으려고 하는 그런 특수한 사례라면요?"

배질이 벌컥 화를 내며 그런 말은 못 믿겠다고 부정하리라 생각했다면, 라이트풋 교장은 상대를 잘못 본 것이었다. 그런 반응은 백이면 백, 근본적으로 남의 말을 너무 쉽게 믿는다는 증거다. 바보가 속을까 봐 전전긍긍하는 것이다.

배질은 조용히 말했다.

"다시 말해 크레일 선생님이 자각이 없는 영매라는 말씀이십니까?"

그녀의 얼굴이 붉어졌다.

"영매란 말은 마음에 안 드는군요. 전 남들처럼 사후 세계를 열망하는 감상적인 이기주의자가 아니에요."

"저도 교장 선생님이 감상적이라고 생각하진 않습니다."

배질의 시선이 창밖을 향했다. 잔디밭에서 가을바람이 눈에 보이지 않는 새끼 고양이처럼 펄쩍펄쩍 달려들어 낙엽을 흐트러뜨리고 있었다.

"그렇지만 이기주의자라고는 생각하시는군요?"

그는 그녀를 돌아보았다.

"그럴지도 모르죠. 그때까지 세계에 관해 갖고 있던 모든 선입견을 산산조각 낸 경험을 했을 때, 교장 선생님은 그걸 자세히 조사해 밝혀내려 하지 않으셨습니다. 그저 학교에 미칠 영향만 신경 쓰셨죠. 어째서 크레일 선생님 본인에게 그 말씀을 안 하신 겁니까? 해명할 기회는 주셨어야 하는 것 아닌가요?"

"맙소사, 윌링 씨, 정말 너무하시는군요! 세상에 어느 누가 다른 사람한테 그 사람이 기존의 과학적 지식과 이론의 영역을 뛰어넘는 괴물일지도 모른다는 말을 할 수 있다는 거죠? 실제로 그런 게 존재한다면…… 영매 입장에서 그게 얼마나 끔찍한 일일지 생각 안 해 보셨나요? 거의 모든 사람이 자기를 사기꾼이라 생각할 테고, 그로 인해 정상적인 사회생활도 불가능해지고 경제적으로도 타격을 입겠죠. 과학은 노여워하며 못 믿겠다고 부정할 테고, 종교는 극렬하게 박해할 겁니다. 재치 있다는 이들은 조롱할 테고, 냉소적인 이들은 상업적으로 이용하려 할 테고, 그나마 유일한 자기편이라 할 미신을 믿는 이들은 백치처럼 떠받들기만 할 거예요. 그것만 해도 벅찬데, 그게 다가 아닙니다. 자기가 자기 의지와는 무관하게 정체를 알 수 없는 어떤 특수한 힘의 먹이가 됐다는 사실에 직면해야 하죠. 입증할 수 있는 사실이 아니니 홀로 말입니다. 게다가 그 힘은 어쩌면 위험하고 사악한 것일 수도 있는데, 세상에 자기를 도와

줄 수 있는 사람은 단 한 명도 없어요. 그보다 더한 외톨이가 과연 있을까 모르겠군요. 얼마나 외롭고 무서운 삶일까요. 저 같으면 술이나 약물에 의지할 겁니다. 실제로 소위 영매란 사람들이 많이들 그러하듯 말이죠. 그걸 생각해서라도 이 이야기를 크레일 선생에게 전하지 않으셨으면 합니다."

"전 지금도 크레일 선생님에게 진실을 알 권리가 있다고 생각합니다만."

"세상에! 사실대로 말씀드리면 윌링 씨도 크레일 선생에게 알리지 않는 게 좋겠다고 하실 줄 알았더니!"

"그건 교장 선생님이 잘못 판단하신 겁니다."

배질은 미소를 지으며 말했다. 그는 일어나 모자와 운전용 장갑을 집으려다 문득 동작을 멈추었다.

"크레일 선생님의 생령이 브리어턴에서만 나타났다는 사실은 어떻게 보십니까?"

라이트풋 교장은 강력한 한 방을 준비해 놓고 있었다.

"이 말씀은 원래 안 드릴 작정이었습니다만. 몰리 메이드스톤은 제 친구랍니다. 며칠 전에 비밀을 지키겠다고 약속하고 겨우 알아냈지만…… 말씀드리죠."

"뭘 말씀입니까?"

"크레일 선생이 작년에 메이드스톤 학교를 그만둔 건, 브리어턴을 그만둔 것과 정확히 똑같은 사유에서였답니다."

008

그대가 태어난 날 별이 타올랐다네,

격렬하게, 고요하게, 붉게, 맥없이

타오르는 별은 천국을

동경하지 않았지, 포스틴.

같은 목요일, 기젤라는 새벽에 잠이 깼다. 동향 창문으로 햇빛이 쏟아지고 있었다. 그녀는 아래층으로 내려가 현관을 통해 밖으로 나갔다. 갓 태어난 태양의 상쾌하고 맑은 햇살 아래 세상이 마치 새것처럼 보였다. 그것을 그녀 혼자 독차지하고 있었다. 심지어 하녀들도 아직 일어나지 않았다.

기젤라는 남쪽 잔디밭을 가로질러 포도 넝쿨로 뒤덮인 정자가 있는 화원으로 향했다. 그곳은 주위보다 낮게 만들어진 직사각형 정원이었다. 그녀는 돌계단을 내려가 햇빛을 반사해 반짝이는 중앙의 못으로 다가갔다. 봄과 초가을에는 달콤한 향기가 진동하고 색채가 난무하는 곳인데, 지금은 시들고 빛바랜 국화 몇 송이가 꿀보다는 향신료에 가까운 향을 풍기고 있을 뿐이었다. 그녀는 대리석 벤치에 앉아 한 손으로 턱을 괴고 잔잔한 수면을 바라보았다.

"일찍 일어나는 새는 역시 재수가 좋다니까!"

느닷없이 들려온 젊은 남자의 목소리에 그녀는 흠칫했다. 고개를 들자 목소리에 걸맞은 얼굴이 보였다. 고전적인 달걀형 얼굴은 이탈리아 혈통을 짐작케 하는데, 갓난아기처럼 곱고 흰 살결은 영국인의 것이었다. 풍성한 금색 눈썹이 푸른 눈에 반짝이는 장난기를 누그러뜨려 주었다. 섬세한 곡선을 그리는 입술은 비웃음을 머금은 듯 바르르 떨렸다.

"누구시죠? 처음 뵙는 분 같은데요."

그는 권하지도 않았는데 벤치 반대편 끄트머리에 앉더니 길고 늘씬한 다리를 꼬았다.

"난 당신이 누군지 압니다. 기젤라 폰 호헤넴스 씨죠? 확실한 소식통을 통해 당신에 대해 빠삭하게 알고 있죠. 정말 대단한 사람이라고 생각합니다."

"왜요?"

그는 막연하고 과장된 몸짓을 해 보였다.

"음……. 성경의 룻처럼 빈털터리로 이국땅에서 꿋꿋이 살아 나가는 젊고 아름다운 피난민 아닙니까. 당신을 만난 적이 없는 사람들조차 대단하다고 생각할 수밖에 없죠. 하물며 난 이제 이렇게 당신을 만났잖아요?"

그는 뻔뻔스럽게 미소를 지었다.

"낭만적인 이미지를 깨뜨리는 것 같아 죄송하지만, 전 별로 젊지 않고 빈털터리는 더더구나 아닌데요. 여기서 일하면서 봉급을 괜찮게 받고 있으니까요."

"문제는 그 '일한다'는 부분입니다. 당신은 일을 해선 안 돼요. 그냥 곱게 앉아 아름다운 자태를 뽐내기만 해야지."

"그래서 따분해 죽으라고요? 고맙지만 사양하겠어요. 그보다 여기가 여학교 부지 내라는 걸 모르시나요? 남성 방문객은 정해진 시간대에만 허용됩니다. 새벽 6시는 그 시간대가 아닌데요."

그는 분개한 듯 소리쳤다.

"하여간 조직이란! 난 늘 규칙을 깨뜨리죠. 상습적으로요."

"그런 설명으로 라이트풋 교장 선생님이 만족하실지 모르겠군요. 설마 취했을 리는 없겠지만……."

기젤라는 일어섰다.

"왜 그렇게 생각하죠?"

"아직 아침 이른 시간이잖아요."

"그것도 내가 늘 깨뜨리는 규칙이랍니다. 하지만 지금은 취하지 않았습니다. 그저…… 마음을 빼앗겼을 뿐이죠. 당신한테."

"바꿔 말하자면 자아도취에 빠진 새끼 늑대란 말이군요."

"어머나, 레이 오빠! 오빠가 왜 여기 있어?"

짙푸른 교복을 입은 조그만 그림자가 금발 곱슬머리를 나부끼며 잎이 다 떨어진 인동덩굴 사이로 달려왔다.

"레이 오빠!"

마거릿 바이닝이 청년의 품에 뛰어들더니 힘껏 부둥켜안았다.

"안녕, 꼬맹이."

그는 부드럽게 소녀를 떼어 놓았다. 기젤라는 말했다.

"이제 알겠군요. 마거릿의 오빠, 레이먼드 씨죠? 마거릿이 확실한 소식통이고요."

"정답입니다."

손을 꼭 붙든 소녀를 내려다보는 그의 얼굴에서 미소가 사라졌다. 다시 고개를 들고 기젤라를 보았을 때는 진지하다 못해 회개하는 듯한 눈빛이었으나, 입술만은 여전히 당장이라도 웃음을 터뜨릴 것처럼 떨리고 있었다. 두 사람이 나란히 서 있으니 깜짝 놀랄 정도로 닮았다는 걸 확실히 알 수 있었다.

메그가 여전히 오빠 손을 붙든 채 그를 흠모 어린 눈빛으로 올려다보며 물었다.

"폰 호헤넴스 선생님! 오빠랑 마을 여관에서 아침을 먹고 싶은데 교장 선생님께서 허락해 주실까요? 학교 파티에 참석하러 오면 오빠가 아침을 사 준다고 약속했거든요. 핫케이크랑 소시지, 딸기잼을 먹자고요."

바이닝이 씩 웃으며 말했다.

"비타민이라곤 눈 씻고 찾아봐도 없죠. 듣자 하니 브리어턴 애들은 비타민이라면 신물이 나는 것 같던데요."

"교장 선생님은 8시에 내려오실 테니 그때 여쭤 보시죠."

기젤라는 바이닝에게 말했다.

메그는 오빠의 손을 붙들고 균형을 잡으며 한 발로 깡충깡충 뛰었다.

"오빠가 부탁드리면 분명히 허락해 주실 거예요. 오빠한테 안 된다고 하는 사람은 아무도 없는걸요."

'학교 파티'는 월례 행사였다. 매달 열리는 이사회가 끝나면 라이트풋 교장은 이사들에게 다과를 대접했는데, 이 자리에는 교사와 학생도 참가할 뿐 아니라 부모나 친척을 초대할 것이 장려되곤 했다. 젊은 교사들에게 학교 파티는 시련의 시간이나 다름없었다. 라이트풋 교장은 이런 자리에서 세련되고 우아하면서도 교사답게 점잖기를 요구하는데, 그 둘을 결합시키기란 쉬운 일이 아니기 때문이다.

그날 오후, 기젤라는 흰 모직 드레스에 금 목걸이 및 팔찌로 치장하고 거울 앞에 서서 오늘은 무난하게 잘 맞춘 것 같다고 생각했다. 방에서 나와 복도를 걸어가는데, 앨리스 에이치슨의 방문이 활짝 열려 있었다. 앨리스의 선택은 자기만큼 신중하지 않았음을 한눈에 알 수 있었다.

그녀는 문 쪽으로 옆얼굴을 보이며 화장대 앞에 서 있었다. 치맛자락이 길고 코트처럼 여미는 식의 골진 실크 드레스는 스카프와 똑같은 선명한 색상의 짙은 주황색이었다. 굽이 무지막지하게 높은 검정 스웨이드 펌프스에는 거대한 라인스톤 버클이 달렸다. 소매는 팔꿈치까지 내려왔으나, 목선은 풍만한 가슴이 보일 듯 말 듯한 정도로 깊이 파였다. 기젤라는 처음으로 앨리스가 아름답다고 생각했다. 대담하고 정열적인 아름다움이었다. 그렇기는 해도 이보다 더 부적절한 복장은 없을 것이다.

앨리스가 몸을 돌리려다가 기젤라를 발견했다.

"딱 메그 바이닝이나 베스 체이스가 좋아할 것 같은 차림새인데요."

기젤라는 말했다.

"그럼 어때요?"

앨리스가 앞으로 성큼 나섰다. 실크 치맛자락이 버스럭거렸다. 그녀는 짙은 살굿빛 파우더로 볼을 칠했고, 개암 색깔 눈은 밤색 머리 밑에서 거의 금빛으로 보였다.

"교장 선생님이 뭐라고 하실지 생각 안 해 봤어요?"

"뭐 어때요? 어차피 여기 오래 안 있을 건데!"

그녀는 기젤라와 팔짱을 끼며 말을 이었다.

"흰색이랑 주황색이랑 잘 맞는데요. 게다가 우리 둘 다 가무잡잡한 편이고 말이죠."

"그만두려고요?"

"아마도요. 오늘 확실히 알게 돼요."

그녀는 기젤라의 팔을 살짝 잡았다.

"그러다 혹시 잘 안 되면요?"

"그럼 아무래도 상관없어요."

두 여자가 아치형 입구를 통해 커다란 응접실에 들어섰을 때, 기젤라는 눈에 띄지도 않았다. 앨리스는 극적인 효과를 자아내기 위해 문간에서 멈춰 섰다. 칙칙한 청색 태피터 드레스를 입은 나이 많은 첼리스 선생은 입으로 가져가던 찻잔을 하마터면 떨어뜨릴 뻔했다. 품이 넉넉한 짙은 남보랏빛 벨벳 드레스를 입은 마드무아젤 드 비트레는 시기심과 악의 어린 표정을 지었다. 중서부 출신의 신임 미술 교사인 도드 선생은 재단이 잘된 베이지 크레이프 드레스로 신경 써서 모양을 냈으나, 자기가 앨리스의 그늘에 가려졌다고 느끼는 듯 보였다. 백발이 성성한 그리어 선생은 연청색 옷을 입고 파르마 제비꽃으로 치장하고는 여느 때처럼 차분해 보였다. 그러나 흰 보일 옷을 입은 모든 학생들은 '바로 저거야! 내 맘대로 옷을 입을 수 있게 되면 저렇게 입어야지!'라고 생각하는 기색이 역력했다.

그러고 보니 앨리스는 상급생과 한 살 정도밖에 나이 차이가 나지 않았다.

라이트풋 교장은 역시 대단했다. 그녀는 문간에 선 앨리스의 야단스러운 차림새를 보고도 눈썹 하나 까딱하지 않았다. 입술에는 미소를 머금고 눈빛은 무관심해서는 아무 일도 없었다는 듯 나지막하고 자연스러운 어조로 곁에 있는 나이 지긋한 남자와 이야기를 계속했다.

기젤라는 엘리자베스의 어머니, 체이스 부인과의 대화로 어색한 분위기를 모면했다.

"우리 애가 올해 그리스 연극 공연에 참가한다죠? 엘리자베스가 그리스어를 말하고 쓸 줄 알다니 얼마나 대단한 일이에요! 제 눈엔 그 글자가 꼭 낙서처럼만 보이는데 말이죠. 그렇지만 우리 어렸을 땐 여자는 교육을 못 받았거든요. 프랑스어 조금이랑 댄스만 배웠죠. 전 열여섯 살에 학교를 졸업하고 열일곱에 사교계에 데뷔해서 열여덟에 결혼했답니다. 첫 남편이랑 말이에요."

기젤라는 체이스 부인을 보며 실제 그녀가 대체 몇 살쯤 됐을지 생각했다. 붉은 갈색 머리는 입술과 손톱에 칠한 토마토 같은 빨강 못지않게 인공적인 것이 분명했다. 야단스러운 색깔 탓에 피부와 눈이 더욱 창백해 보였다. 들창코와 둥그스름한 턱은 앳되어 보였지만, 목과 이마 선에 희미하게 보이는 봉합 자국을 보면 매끈한 뺨의 그 인위적인 느낌도 이해되었다. 장갑을 만지작거리는 작고 늙은 손에서 사각 에메랄드 두 개가 번득였다. 손은 얼굴보다, 목소리는 손보다 십 년은 더 늙은 인상을 주었다.

"연극 내용이 뭐죠?"

체이스 부인이 물었다. 기젤라는 대답을 망설였다.

"〈메데이아〉 말씀인가요? 질투와 살인에 관한 이야기랍니다."

손가락의 에메랄드가 딱 멈추었다.

"살인이라고요? 여학교에서 말인가요? 세상에, 프로일라인……."

체이스 부인에게 독일어 교사는 모두 '프로일라인'이고 프랑스어 교사는 모두 '마드무아젤'이었다.

"학생들은 평소에도 라디오에서 〈갱 버스터스•〉를 듣는걸요. 저희가 할 연극은 그리스 비극의 고전이고요."

"엘리자베스가 맡은 역은 뭐죠?"

"따님은 친구인 마거릿 바이닝과 함께 메데이아의 아들들을 연기할 거예요. 메데이아는 남편의 부정을 벌하기 위해 아들들을 살해하죠."

"어머니가 제 친자식을 살해한다고요? 그것도 그런 이유로? 여자애들은 그런 걸 알아선 안 되죠!"

"그건 여자애들은 교육받지 말아야 한다는 말씀과 같은 거 아닌가요?"

"저런……."

기젤라는 처음에 체이스 부인이 여전히 에우리피데스 때문에 마음이 불편한 줄 알았다. 그런데 체이스 부인은 아예 기젤라의 말을 듣고 있지 않았다. 그녀는 눈을 휘둥그렇게 뜨고 방 반대편을 응시하고 있었다.

앨리스 에이치슨이 열린 프랑스식 창문 앞에 서 있었다. 요란한 색채를 동원한 길가 포스터처럼 모든 이의 시선이 저절로 그녀에게

• **갱 버스터스** _ 미국에서 1930년대부터 50년대까지 방송되었던 FBI 사건 드라마.

쏠렸다. 그녀는 마른 관목이 있어 위험한데도 연기가 피어오르는 담배를 흔들어 창밖에 재를 떨었다. 그 옆에는 한 남자가 다소 얼빠진 미소를 띤 채 그녀의 말을 듣고 있었다. 40대로 보이는 남자는 머리가 벗어지고 살집이 있었다. 필요 이상으로 시골 느낌이 나는 트위드 양복은 시골 생활에 익숙지 않은 도시인 그 자체였다. 어디가 어떻다 꼭 집어 말할 수는 없어도, 트위드 양복과 밑창이 두껍고 번쩍번쩍 광이 나는 편한 신발에서 돈 냄새가 물씬 풍겼다.

"저게 누구죠?"

체이스 부인이 중얼거리듯 물었다.

"남자 말씀인가요, 여자 말씀인가요?"

"여자요."

"앨리스 에이치슨이라고 해요. 저희 학교 연극 지도 교사죠. 남자는 누군지 모르겠군요. 학생의 친척분이 아닐까요."

"어떤 사람이죠?"

체이스 부인의 시선은 여전히 앨리스에게 못 박혀 있었다. 기젤라는 조심스럽게 대답했다.

"글쎄요, 그건 말씀드리기가 쉽지 않군요. 학생들하고 잘 지낸답니다. 학생들 지도도 잘하고요."

"그래요."

체이스 부인은 어린애처럼 뾰로통하게 내밀고 있던 입술을 굳게 다물었다. 그러자 별안간 확 나이가 들어 보였다.

"만나서 반가웠어요, 프로일라인."

그녀는 무심하게 미소를 짓고는 사람들을 헤치며 다른 곳으로 가 버렸다.

기젤라는 다과가 놓인 테이블로 다가갔다. 가까이서 다른 목소리가 들려왔다.

"괜찮은 봉급은 그렇게 해서 버는 겁니까? 도러시아 체이스 같은 멍청이들한테 고전 교육의 중요성을 강조하면서?"

고개를 돌리자 레이먼드 바이닝의 흥미 어린 눈이 보였다.

"우리 이야기를 엿들으셨군요?"

"놓쳤으면 아까울 뻔했죠! 이제 저 여자는 에우리피데스를 당대의 에드거 월러스쯤으로 생각할 겁니다."

"어머나! 제발 교장 선생님께 〈메데이아〉 대신 〈폴리애나〉나 〈키다리 아저씨〉를 상연하자고 건의하시지 말아야 할 텐데."

"지금 하고 있는 것 같은데요."

기젤라는 바이닝의 시선이 향한 곳을 보았다. 테이블 곁에서 체이스 부인이 라이트풋 교장에게 말을 건 참이었다. 그들이 서 있는 곳에서 얼마 떨어지지 않은 곳에서는 앨리스 에이치슨이 여전히 트위드 양복을 입은 남자와 이야기하는 중이었다. 기젤라는 충동적으로 물었다.

"저 남자분이 누군지 아시나요?"

"앨리스의 뚱보 친구 말입니까? 플로이드 체이스입니다. 주식

중개인이죠. 베스의 아버지이자 도러시아의 전남편이고요. 저 사람이 오는 걸 알았다면 도러시아는 오늘 안 왔을 겁니다. 하지만 어쨌든 애 아버지니까요. 베스처럼 서로 으르렁거리는 부모 사이를 왔다 갔다 해야 하는 애들은 참 안됐어요."

"으르렁거리는 부모랑 늘 한 집에서 살아야 하는 것보다는 낫지 않을까요?"

기젤라는 대꾸했다.

"그야 물론입니다."

바이닝의 미소는 그녀와 자기 자신과 세상을 동시에 조롱하는 듯했다.

"그렇지만 그런 말을 해선 안 돼요. 결혼을 해야 할 신비적인 이유가 설득력을 잃은 지금, 적어도 그럴싸하게 합리적인 이유라도 있어야 하거든요. 그러니 결혼 생활을 유지하면서 싸우는 건 애들한테 유익하지만, 결혼 생활을 끝장내서 싸움을 끝내는 건 애들한테 씻을 수 없는 상처를 준다고 우기는 겁니다. 경제력 때문에 이혼을 못하는 사람들한테 그게 얼마나 위안이 될지 생각해 봐요. 돈 없다고 불행해하는 대신 도덕적인 우월감을 맛볼 수 있으니 말이죠."

"인간이 싫으신가 보군요!"

"앨리스한테서 내 이야기를 들었나 보죠?"

"앨리스 에이치슨 말씀이에요? 아는 사이신가요?"

"알다마다요. 전에 약혼했던 사이거든요. 앨리스는 돈을 좋아하죠. 플로이드 체이스는 돈이 아주 많아요. 난 없고요."

그는 방 반대편의 주황색 드레스 쪽으로 얼핏 시선을 던졌다. 그의 눈에서 위험한 불꽃이 튀었다.

"솔직하시네요."

"사실대로 말하는 게 더 유리하죠. 어차피 아무도 안 믿으니까요. 다들 뭔가 숨기는 게 있거나 왜곡시키는 줄 알고 다른 데서 진실을 찾으려 들어요. 난 다과회가 싫습니다. 진입로 아래쪽에 차를 세워 놨는데, 거기 가면 글러브 박스에 오분의 일쯤 남은 버번이 있거든요. 같이 갈래요?"

기젤라는 그의 굴할 줄 모르는 뻔뻔함에 웃음이 났다.

"고맙지만 사양하죠. 전 술보다는 차가 좋거든요. 게다가……."

그러나 말을 다 마치기도 전에 알린이 나타났다.

"실례합니다, 선생님. 전화가 왔는데요. 장거리 전화예요."

"그래, 고마워. 전화 건 사람은 누구고?"

훈련받은 하인의 무표정한 가면 뒤로 교활한 호기심이 고개를 슬쩍 내밀었다.

"크레일 선생님이세요."

기젤라는 급히 문으로 향했다. 앨리스와 체이스가 서 있는 창가를 지나치는데, 앨리스가 불렀다.

"기젤라! 체이스 씨를 소개할게요. 체이스 씨, 이쪽은 폰 호헤넴스 선생님이에요."

기젤라는 사과했다.

"좀 급해서요. 전화가 왔거든요."

앨리스가 재미있다는 듯 말했다.

"정신과 의사 친구분 전화비깨나 나오겠어요."

"이번엔 포스티나 전화예요."

"그 짜증나는 바보가 아직도 당신을 못살게 구나 보죠?"

그 자리를 벗어나 계단 밑 전화 부스에 이르니 마음이 놓였다.

"여보세요?"

멀리서 들리는 듯한 작은 목소리가 대답했다.

"기젤라? 나 포스티나예요."

"잘 지내요? 푹 쉬고 있어요?"

"그럭저럭 잘 있어요. 그렇지만 당신이 보고 싶네요. 혹시 무슨 소식 없어요?"

마치 한 마디씩 억지로 쥐어짜는 양 말이 느릿하고 활기가 없었다.

"소식이라뇨?"

"윌링 씨가 교장 선생님을 만나러 오시지 않았어요? 그런다고 하셨는데."

"아, 네, 아침에 왔었어요. 그렇지만 난 수업이 있어서 못 만났거든요."

"교장 선생님이 뭐라고 하셨대요?"

"난 몰라요. 그렇지만 분명 그이가 최대한 빨리 당신한테 알릴 거예요. 어쩌면 오늘 저녁쯤 연락이 갈지 모르죠."

"그럼 좋겠네요. 그저 기다리기만 하려니까 마음이 자꾸 불안해져서요."

"뉴욕엔 언제까지 있을 거예요?"

"금요일까지요. 그러곤 뉴저지 주 브라이트시로 갈 거예요. 거기 별장이 있거든요. 주말에 놀러 올 수 있어요?"

"그러곤 싶지만 금요일에 저녁 약속이 있어요. 뉴욕에 하루만 더 있으면 안 돼요? 그럼 거기서 만날 수 있는데."

"금요일 저녁에 누가 별장으로 올 거거든요. 당신한테도 소개하고 싶은데. 그럼 식사하고 나서 저녁 늦게 오는 건 어때요?"

"글쎄요, 가능할지 모르겠네요. 내가 내일 전화할게요. 몇 시쯤이 좋아요?"

"굳이 전화 안 해도 돼요. 금, 토, 일, 아무 때나 좋으니까 언제든 편한 시간에 와요. 금요일 저녁 약속 하나만 빼면 다른 일은 없거든요."

목소리가 한층 생기 없고 느려져 거의 의식이 없는 것처럼 들리려 했다.

"무슨 소리예요, 일을 만들어야죠! 뉴욕에 있는 동안 신나게 휴가를 즐겨 봐요. 당신은 그게 필요해요. 예전 친구들도 만나고요."

기젤라는 시원스럽게 대꾸했다.

"난 친구가 없어요."

"그럼 연극을 보러 가요. 쇼핑도 하고요. 큰맘 먹고 비싼 걸 사는 거예요. 안 필요한 모자라든지."

"노력해 볼게요. 그럼 끊어요, 기젤라."

"그래요."

기젤라는 죄책감을 느끼며 수화기를 내려놓았다. 눈앞에 없으면 마음도 멀어진다고, 지난 몇 시간 동안 포스티나를 까맣게 잊고 있었다. 그녀의 쓸쓸하고 작은 모습은 이미 기억 저편으로 멀어져 가고 있었다. 라이트풋 교장 말이 맞았다. 포스티나가 떠난 지금, 한 한 달만 있으면 브리어턴의 모든 사람이 그 기묘한 사건을 잊어버릴 것이다. 설명되지 않고 설명할 수도 없는 작은 일들은 우리 모두 하루하루 바쁜 인생을 살면서 한옆으로 밀어 놓게 마련이다. 그러다 시간이 흘러 수년 후 어느 핼러윈데이에 친구들과 모닥불을 둘러싸고 앉아서 누군가가 이렇게 말할지도 모른다.

"난 괴기스러운 경험이라곤 해 본 적이 없는데, 딱 한 번, 학교 다닐 때 좀 이상한 일이 있었지 뭐야. 아니, 끝내 어떻게 된 일이었는지 밝혀지지 않았어. 젊은 미술 선생님이 있었는데……."

그러고는 세월이 흐르는 사이에 희미해지고 여타 개인적인 추억에 의해 왜곡된 기억을 늘어놓을 것이다.

응접실로 돌아온 기젤라는 차를 따라 앨리스와 체이스가 서 있던 창가로 갔다. 앨리스는 이미 보이지 않았고, 체이스와 바이닝도 사라지고 없었다. 혹시 셋이서 차보다 독한 것을 마시러 바이닝의 차로 갔을까. 앨리스라면 그럴 것도 같은데.

기젤라는 찻잔을 들려다가 무심코 창밖을 내다보았다. 정원 건너편으로 보이는 정자는 잎이 다 떨어진 십일월의 풍경 속에 헐벗고 무방비해 보였다. 어둑어둑한 정자 안에서 누가 움직인 것 같았으나, 거리가 적어도 백오십 미터는 떨어져 있는 탓에 확실히 알 수 없었다. 다음 순간, 선명한 짙은 주황색이 그녀의 시선을 끌었다. 정자 밑 화원으로 눈길을 돌린 그녀는 찻잔을 내려놓고 창문을 통해 밖으로 나가더니 이내 돌계단을 뛰어 내려가기 시작했다.

환하고 싸늘한 햇볕 속에 앨리스 에이치슨이 누워 있었다. 계단 맨 밑에 머리가 얹혀 있었다. 창백한 얼굴에 립스틱을 바른 입술이 선혈처럼 붉어 보였다. 기젤라는 몸을 굽혀 꼼짝도 하지 않는 손을 건드려 보았지만, 그러지 않아도 그녀가 죽었다는 것은 명백했다.

기젤라는 느닷없이 현기증이 나고 속이 울렁거려 몸을 일으켰다. 바람이 불고 햇빛이 환히 비치는 이곳에 죽은 여자와 그녀, 단 둘뿐이었다. 공연을 준비하면서 온 학교가 에우리피데스를 읽었던 터라, 뇌리에 그의 대사가 되살아났다. '뉘우침을 모르고 하늘 높이 날아오르는 영혼이 절망에 쫓겼을 때 어떤 끔찍한 일을 저지를지 누가 알랴.'

앨리스는 그야말로 메데이아였다. 그녀는 뉘우칠 줄 몰랐고 대담무쌍했다. 오늘 오후, 그녀는 브리어턴을 떠날 생각이라며 절망에 쫓기는 사람처럼 이렇게 말했다. '그럼 아무래도 상관없어요.' 기젤라는 맹렬한 기세로 자기 자신에게 반박했다. 하지만 사고라고 생각할 수도 있지 않나. 아니, 그렇게 생각해야 한다. 이게 자살이라는 것을 누가 구태여 알 필요는 없다. 굽이 저렇게 높은 구두를 신었으니 저렇게 질질 끌리는 치맛단을 밟는 것도 이상한 일은 아니다. 치맛단이 약간 찢어진 것을 보니 그 생각이 더욱 그럴싸하게 여겨졌다. 게다가 구두 한 짝이 벗겨져 시체에서 조금 떨어진 곳에 뒤집혀 뒹굴고 있었다.

계단을 뛰어 올라간 그녀는 걸음을 약간 늦추고 잔디밭을 가로질러 응접실 창문으로 들어갔다. 그리고 되도록 눈에 띄지 않게 조심하며 사람들을 헤치고 라이트풋 교장을 찾았다. 기젤라가 입을 떼기도 전에 라이트풋 교장이 나지막이 말했다.

"어디 갔었던 거죠? 손님들께 그런 결례가 어디 있습니까. 에이치슨 선생도 안 보이는데 어디 있는지 아나요?"

기젤라도 그에 못지않게 목소리를 낮춰 대답했다.

"죄송합니다. 전화를 받으러 갔었어요. 그런데 통화를 마치고 돌아왔다가 우연히 화원 쪽을 보니 에이치슨 선생님이 쓰러져 있기에……. 죽었습니다."

기젤라는 그 순간만큼 라이트풋 교장에게 탄복한 적이 없었다. 교장은 입술을 거의 달싹이지 않고 물었다.

"확실합니까?"

"네. 손을 대 봤습니다."

"그리로 안내해요."

라이트풋 교장은 서두르는 눈치를 눈곱만큼도 보이지 않고 일어서서는, 결례를 사과하는 미소를 입가에 살짝 머금으며 사람들을 헤치고 나아갔다. 누구나 그녀가 사소한 용건으로 불려 가는 것이라고 생각했을 것이다. 그러나 밖으로 나오자마자 그녀는 얼굴에서 미소를 거두고 잰걸음으로 걷기 시작했다. 계단 밑에 이르자, 그녀는 기젤라처럼 무릎을 꿇고 앨리스의 몸에 손을 대 보거나 하지 않았다. 그저 꼼짝 않고 서서 표정을 알 수 없는 얼굴로 죽은 여자를 내려다보기만 했다. 결국 기젤라가 먼저 입을 열었다.

"의사를 불러야 하지 않을까요? 강경증인데 죽은 것처럼 보이는 경우도 있다고……."

라이트풋 교장이 대답했다.

"보면 죽었는지 아닌지 압니다. 목을 봐요. 부러졌잖아요? 이 일이 뭘 의미하는지는 알겠죠? 사실 심문이 열릴 거란 뜻이에요. 그런데 난 심지어 코네티컷 주에 검시관이나 검찰의가 있는지조차 모르겠군요."

"사고로 처리할 수 있지 않을까 싶었는데요."

기젤라는 말했다. 그러자 라이트풋 교장은 흠칫 놀라더니 그녀를 쏘아보며 물었다.

"달리 어떤 가능성이 있다는 말이죠?"

기젤라는 주저했다.

"글쎄요…… 자살일 가능성도 없지 않으니까……."

라이트풋 교장은 단호하게 말했다.

"터무니없는 소리. 스캔들이 있어선 절대 안 됩니다. 사실 심문은 피할 수 없겠지만, 결론은 보나 마나 사고입니다. 찢어진 치맛단과 벗겨진 하이힐을 봐요. 그 때문에 발을 헛디딘 겁니다. 여기 있는 남자 중에 신뢰할 수 있는 사람은 내 운전사 스펜서밖에 없으니, 차고로 가서 불러와요. 다른 사람들 모르게 조심하고요. 파티가 끝나기 전에 차고로 시신을 옮길 수 있다면 경찰을 부를 때까지 아무도 모르게 넘어갈 수 있을 겁니다. 어린 학생들이나 학부모가 시신을 보고 충격을 받는 일은 피하고 싶군요."

"시신을 옮겨선 안 돼요! 그 전에 경찰이 먼저 봐야죠."

기젤라는 소리쳤다.

"그렇지만 이런 상황에서는……."

"제가 도와드릴까요?"

계단 위쪽에서 명랑한 남자 목소리가 들려왔다. 두 여자가 올려다보니, 플로이드 체이스가 멍청한 미소를 띠고 서 있었다. 라이트풋 교장은 순식간에 확 늙어 버린 것처럼 보였다. 그녀가 중얼거렸다.

"이제 틀렸어."

체이스가 계단을 내려왔다. 얼굴에는 여전히 미소를 띠고 있었다.

"누가 기절했습니까? 저런, 앨리스군요!"

그는 마지막 계단을 앞두고 우뚝 멈춰 섰다.

"맙소사!"

라이트풋 교장이 말했다.

"체이스 씨, 사고가 있었습니다. 시신을 치울 때까지 계단 위에서 아무도 접근 못하게 막아 주시면 도움이 되겠군요. 학생들에게 이런 광경을 보여 주고 싶지 않다는 걸 이해하시겠죠?"

체이스는 그녀가 한 말을 한마디도 못 들은 양 그녀를 쳐다보더니 쉰 목소리로 따졌다.

"어떻게 된 겁니까?"

라이트풋 교장은 초조하게 대꾸했다.

"저도 모릅니다. 에이치슨 선생을 마지막으로 봤을 땐 응접실에서 체이스 씨와 이야기하고 있었습니다만."

"이혼한 아내가 도중에 나타나서 말이죠. 앨리스는 그 즉시 우리를 두고 프랑스식 창문으로 나가더군요. 전 도러시아하고 잠깐 이야기를 나눴지만, 최대한 빨리 이야기를 끝맺고 앨리스를 찾으러 나온 건데……."

"부인은 어디로 가셨죠?"

"모릅니다."

바로 그 순간, 도러시아의 불만스러운 목소리가 들려왔다.

"플로이드! 당신 거기서 대체 뭘 하는 거야? 찾아다녔잖아. 심지어 채마밭에까지 갔었단 말이야!"

그녀는 이미 계단에 한 발을 내디뎠다. 흰옷을 입은 베스가 어머니 손을 잡아당기며 얼른 내려오라고 채근하고 있었다.

"저기 있잖아요, 엄마! 내가 허깨비를 본 게 아니에요! 진짜 있었던 일이라고요!"

베스가 소리쳤다.

"도러시아! 베스를 이리로 데려오면 안 돼! 제발 부탁이야!"

체이스가 계단을 올라가며 말했다.

부인의 심술궂은 대답을 듣고 기젤라는 처음으로 그 남편을 동정하고 싶어졌다.

"얘가 날 데려가는 거지, 내가 얘를 데려가는 게 아니야! 그리고 당신이 왜 나더러 내려오면 안 된다는 건지 꼭 알아야겠는걸! 난……."

그녀는 말하다 말고 우뚝 멈춰 서서 목이 부러진 시체를 믿을 수 없다는 표정으로 내려다보았다.

"엘리자베스! 당장 네 방으로 돌아가라!"

그녀가 소리쳤다. 그러나 베스 체이스는 꼼짝도 하지 않고 어머니 곁에 서 있었다. 그녀도 공포와 흥미가 뒤섞인 표정으로 시체를 내려다보고 있었다. 체이스가 나지막이 욕설을 내뱉었다. 라이트풋 교장은 한 발짝 앞으로 나서 풍성한 치맛자락으로 앨리스를 가렸다.

"체이스 부인, 밖에서 남편분을 찾으시던 중에 혹시 여기서 에이치슨 선생을 보셨는지요?"

"아뇨, 전 건물 반대편에 있었어요."

체이스 부인은 무관심하게 대답했다. 그녀의 아둔한 머리로는 질문의 의미를 파악하지 못하는 듯했다.

"전 봤어요!"

그 자리에 있던 모두가 베스를 돌아보았다. 그녀는 방금 자기가 가늘고 새된 목소리로 한 말의 효과를 깨닫지 못한 듯했다.

"엄마가 아버지를 찾아보라고 해서 전 혼자 건물 이편으로 왔었어요. 그런데 정자 쪽을 봤더니 에이치슨 선생님이 계단 꼭대기에서 있었어요."

"뭘 하고 있던?"

체이스가 물었다.

"이야기요."

"그럼…… 혼자가 아니었다는 말이니?"

라이트풋 교장은 쥐어짜듯 말했다.

"네, 교장 선생님. 제가 언제 에이치슨 선생님이 혼자 있었다고 했나요?"

"같이 있던 사람이 누구지?"

체이스는 쉰 목소리로 물었다.

"다른 선생님이에요. 창백하고 깡마른, 미술을 가르치던 선생님요. 크레일 선생님 말이에요."

“그럴 순 없어. 방금 전에 뉴욕에서 내게 전화를 걸었는걸.”

기젤라가 소리쳤다.

“하지만 전 분명히 봤단 말이에요. 엄마한테 말씀드렸더니 엄마도 제 말을 안 믿어서, 그래서 직접 보라고 같이 온 거예요. 크레일 선생님은 만날 입던 파랑 코트를 입고 갈색 모자를 쓰고 있었어요. 크레일 선생님이 서서 기다리는데 에이치슨 선생님이 정자 모퉁이를 돌아 나타나더라고요. 에이치슨 선생님이 뭐라고 했는데, 무슨 말을 했는지는 안 들려서 모르겠어요. 그랬더니 크레일 선생님이 손을 내밀어서 에이치슨 선생님을 확 떠미는 거예요. 에이치슨 선생님은 비명을 지르며 뒤로 넘어지더니 계단 밑으로 떨어졌어요. 그러고 나서 크레일 선생님은 늘 그랬던 것처럼 조용하게, 소리 없이 다른 데로 가 버렸어요.”

막달라 마리아로부터 일곱 마귀를

쫓아낸 그조차도 아마

그대에게는 별 도움이

안 될 테지, 포스틴.

그날 저녁, 신문사 사주이기도 한 머리 힐 병원 이사장의 사무실에서 임원 및 이사들이 참석한 회의가 열렸다. 자정이 넘어서야 비로소 밖으로 나온 배질은 차를 세워 놓은 7번가를 향해 브로드웨이를 걷기 시작했다.

전쟁이 끝나고 평화가 찾아오면서 브로드웨이는 또다시 코니아일랜드처럼 천박해졌다. 네온등이 움직이고 전구가 번쩍이는 거대한 광고판이 피곤한 그의 눈길을 이 회사, 저 회사의 담배며 위스키로 억지로 잡아끌었다. 그것은 예술의 정반대요, 뻔한 선전 문구와 원색, 단순하고 반복적인 동작을 좋아하는 다 자란 어린애들을 위한 거대한 기계 장치 장난감이었다.

수많은 전광판의 불빛이 뒤섞여 발밑의 지저분한 아스팔트를 마치 대낮처럼 환히 비추었다. 신문팔이 소년이 배질의 손안에 방금 나온 조간을 쑤셔 넣었을 때도 이 병적이고 부자연스러운 빛이 있었기에 1면의 기사 제목이 보인 것이었다. '교사, 목 부러져 사망.' 기사의 발신지와 날짜에 그의 눈이 쏠렸다. '브리어턴, 11월 17일 목요일.' 그는 그 자리에 멈춰 서서 기사를 읽었다.

오늘 오후 5시경 뉴욕 근교에 위치한 브리어턴 여학교 부지 내에서, 이 학교 연극 지도 교사인 앨리스 에이치슨 씨가 쓰러져 있는 것을 동료 교사인 그리젤 폰 호헨슈타인 씨가 발견했다. 시신은 화원으로 이어지는 돌계단 아래에 누워 있었다. 경찰의 발표에 따르면, 에이치슨 씨는 당시 발목까지 내려오는 연청색 태피터 드레스를 입고 굽 높이가 칠 센티미터에 달하는 구두를 신고 있었는데 찢어진 드레스 밑단에 구두 굽이 걸리는 바람에 계단에서 떨어지면서 목이 부러져 사망한 것으로 보인다.

호헨슈타인 씨가 시신을 발견하기 직전, 이 학교 학생인 엘리자베스 체이스 양(13)이 사고를 목격하고 마침 학교를 방문중이던 어머니에게 달려가 알렸다. 학생의 아버지 플로이드 체이스 씨의 반대로 기자들이 엘리자베스 양을 만나는 것은 허용되지 않았으나, 소문에 따르면 엘리자베스 양은 비극적인 사건 직전에 에이치슨 씨가 이 학교의 전직 교사 포스티나 크레일 씨와 이야기하는 것을 목격했다 한다. 현재 맨해튼의 한 호텔에 머물고 있는 크레일 씨는 저녁 늦도록 연락이 되지 않았다.

에이치슨 씨의 아버지는 1945년, 월스트리트에서 투자에 실패하고 스스로 목숨을 끊은 고故 스탠리 모던트 에이치슨 씨다. 장례는 가족장으로 치러질 예정.

배질은 신문을 접어 코트 주머니에 쑤셔 넣고 급히 차가 있는 곳으로 향했다. '기젤라 폰 호헤넴스'를 '그리젤 폰 호헨슈타인'이라고 쓰는 기자라면 기사의 나머지 내용도 그리 믿을 만한 게 못 될 것이다. 그러나……. 배질은 운전대를 돌려 시 외곽으로 향하는 차량들 사이에 끼어들었다.

새벽 1시에 퐁텐블로에 도착했을 때는 로비가 텅 비어 있었다. 그는 야간 담당 직원에게 명함을 주며 말했다.

"난 기자가 아닙니다. 크레일 씨를 지금 당장 만나야 하니 1층에 와 있다고 전해 주시겠습니까?"

"6시 이후로 크레일 씨 방 전화가 불통입니다. 지금은 분명 주무시고 계실 테고……."

"급한 일입니다."

직원은 명함을 다시 한번 보더니 내선 전화를 걸었다.

"크레일 씨가 바로 내려오시겠답니다."

포스티나가 로비를 가로질러 다가왔다. 배질은 처음으로 환한 데서 그녀를 제대로 보았다. 그녀는 여전히 그레이하운드처럼 깡마르고 연약해 보였으나 지난번처럼 낭만적으로 실체가 없는 인상은 아니었다. 그저 여위고 핏기가 없을 뿐이었다. 옅은 황갈색 머리는 머리카락이 가늘고 푸석푸석했고, 부연 푸른색 눈은 꿈을 꾸는 양 몽롱했다. 흐늘거리는 갈색 니트 원피스를 입었고, 혈색이 나쁜 얼굴에는 한쪽 뺨에 조그만 뾰루지가 빨갛게 났다. 어스름 속에서 유령 같아 보였던 그녀의 매력 중 남은 것이라고는 조용하고 부드러운 태도뿐이었다.

그들은 로비 구석에 자리를 잡고 앉았다. 배질이 담배를 권하자 그녀는 사양했다.

"만나셨나요? 교장 선생님 말씀이에요."

"네."

배질은 자기 담배에 불을 붙이고 의자에 몸을 기댔다.

"크레일 선생님, 오늘 오후 5시에 어디 계셨습니까?"

"여기 있었는데요. 제 방에요."

"혼자서요?"

"네."

"뭘 하고 계셨죠?"

"5시에요? 장거리 전화로 기젤라와 통화하고 있었어요. 그 이야기는 뉴욕 경찰청에서 나왔다는 분께 이미 설명했는데요. 아까 코네티컷 주 경찰에서 보냈다면서 몇 가지 물으러 왔더군요. 그 뒤로 기자들한테서 전화가 걸려 오기 시작해서 전화가 연결되지 않게 한 거예요."

"경찰이 왜 선생님을 만나러 왔는지는 아십니까?"

"앨리스 에이치슨이 죽은 것 때문이죠? 그냥 형식적인 절차라고 했어요."

배질은 주머니에서 신문을 꺼냈다.

"경찰은 말로는 늘 '형식적인 절차'라고 합니다. 하지만 실제로는 절대 그렇지 않아요. 이걸 읽어 보시죠."

두 번째 문단에 이르자 그녀의 손에서 신문이 툭 떨어졌다.

"말도 안 돼요. 전 오늘 오후에 브리어턴 근처에도 가지 않았다고요. 제가 기젤라에게 전화를 건 게 그 증거예요."

"아마 그래서 그 이상 조사를 받지 않았을 테죠."

"다행히 전 제가 오늘 종일 외출하지 않았다는 걸 입증할 수 있어요. 퐁텐블로엔 출입구가 하나뿐이고, 엘리베이터 조작원이랑 객실 담당 직원, 도어맨 모두 제 얼굴을 알거든요. 제가 오후부터 저녁까지 밖으로 한 발짝도 안 나갔다는 걸 그 사람들이 알아요."

"비상계단이나 업무용 출입구도 있을 텐데요."

"경찰이 전부 확인했어요. 업무용 출입구로 가려면 레스토랑 주방을 지나야 하거든요. 요리사랑 보조 두 명이 오후 내내 거기 있었대요. 비상계단은 주방 통로로 이어지기 때문에 아무도 모르게 그리로 지날 순 없고요."

"전화를 끊고 나서 뭘 하셨습니까?"

"끊고 나서……? 그게 저…… 잤어요."

"오후 5시에 말씀입니까?"

"네. 기젤라랑 통화하는데 잠이 오더라고요. 여기 온 이래로 오후에 잠깐 눈을 붙이는 습관이 생겼어요. 특히 차를 마시고 난 다음에요."

배질은 그녀가 말하지 않은 부분을 헤아리고 고개를 끄덕였다. 그녀는 브리어턴에서 해고됐다는 사실에 충격을 받은 것이다. 그래서 활력을 잃고 무기력감과 따분함에 젖어서는, 깨어 있는 시간을 견디지 못하고 노인이나 갓난아기처럼 낮잠으로 현실에서 도피하려는 것이다.

한기가 든 것은 십일월의 선득한 밤기운 때문만은 아니었다. '몽유병자는 깨어 있을 때 억압했던 충동을 자는 중에 실현시킨다.'

"앨리스 에이치슨을 죽이고 싶다고 생각해 본 적 있습니까?"

"세상에, 아뇨!"

그녀는 진심으로 충격을 받은 듯했다. 그러나 그런 충동은 의식하지 못한 채 억압될 것이다. 본인이 모르는 것도 당연하다.

"에이치슨 선생님을 좋아하지는 않으셨죠?"

"네. 좋아했다곤 할 수 없어요. 앨리스는 상스러운데다 절 늘 함부로 대했거든요. 가끔은 정말 미웠어요……."

배질은 또다시 고개를 끄덕였다. 포스티나가 앨리스를 미워한 것을 이해할 수 있었다. 약한 자가 강한 자를 미워하며 자신의 나약함을 '고상하다' 하고 상대방의 강함을 '상스럽다' 하는 것이다. 현실에서 적을 직접 공격할 수 없는 이들은 안전하고 자유로운 상상 속 세계에서 적을 치려고 한다. 누군가를 미워한다는 것은 곧 그가 말살되기를 원하는 것인데, 인간을 말살하는 방법은 오직 하나, 즉, 죽음뿐이다. '미워! 죽어 버려!'라고 부르짖는 아이들은 이를 본능적으로 아는 것이다. 포스티나는 혹시 오늘 오후 앨리스의 죽음을 마음속으로 잔학하게 그려 보며 자리에 눕지는 않았을까? 잠들기 직전 마지막으로 생각한 게 그녀의 죽음이었나? 그래서 몽유병자처럼 반半지각 상태에서 일어나…….

그러나 시간상 그런 일은 불가능했다. 깨어 있건 잠들어 있건 포스티나가 아무도 모르게 퐁텐블로를 빠져나갈 수는 없었으려니와, 전화를 끊고 나서 앨리스 에이치슨이 죽기까지 몇 분 사이에 뉴욕에서 코네티컷까지 가는 일은 있을 수 없다. 다만…… '무의식이 자신의 상을 허공에 투사하기에 충분한 생체 에너지를 모아들일 수 있다면……. 무지개나 신기루도 우리가 보통 말하는 시공간에는 존재하지 않는다…….'

생각만으로 사람을 죽이는 것. 태곳적부터 마녀들이 행했다고 여겨지는 범죄다. 배질은 이런 케케묵고 낡은 생각에 미소를 지었으나 마치 바다를 향해 빠르게 흐르는 해류처럼 격세 유전의 본능이 마음의 연약한 이면을 자꾸만 쿡쿡 찔렀다.

"코네티컷 경찰에선 엘리자베스 체이스가 착각을 했거나 흥분해서 이성을 잃었다고 판단했을 테죠. 어쨌거나 고작 열세 살 된 아이니까요. 그렇지만…… 그 학생은 뭔가를 보긴 했습니다. 크레일 선생님, 그게 뭡니까?"

"저, 전 몰라요."

"아시리라 생각합니다만. 적어도 짐작 가시는 건 있죠?"

푸른 눈이 초점을 잃고 멍해졌다. 그녀는 흡사 육체의 표면을 떠나 현실보다 마음 편한 자기만의 꿈속 세계로 숨어 버린 양 꼼짝도 않고 앉아 있었다.

토드 라프레이크에 관해 블랙 앤디의 아버지가 뭐라 했던가? '그런 꿈을 꾸었다는 이유로 사람들이 화형을 당하곤 했지…….' 억센 스코틀랜드 사투리로는 훨씬 박력 있게 느껴졌다. 맞는 말이다. 수백 명의 포스티나 크레일이 몸을 비틀고 비명을 지르며 산 채로 불에 태워졌던 시대가 있었다. 무지와 공포의 신들에게 바치는 인신 공양으로서.

"이거 보십시오, 크레일 선생님. 이런 건 반칙 아닙니까? 선생님은 어제 라이트풋 교장 선생님이 무슨 말을 할지 알고 계셨습니다. 그렇죠? 우리 처음부터 이야기해 봅시다. 작년에 메이드스톤 학교를 그만둔 이유는 뭡니까?"

포스티나가 움찔했다. 육체의 표면으로 돌아와 외부 세계와 직접 소통해야 한다는 게 고통인 듯했다. 그래도 그녀는 입을 다문 채 그에게 실마리를 주려 하지 않았다.

"영국의 옛 전승 페치를 모른다는 말씀은 설마 아니겠죠? 환영으로 존재하는 산 사람의 분신 말입니다. 혹은 독일에서 말하는 도펠겡어라든지요. 문자 그대로 '이중으로 다니는 자'죠. 그걸 모르면서 기젤라에게서 괴테의 자서전을 빌리진 않았을 텐데요."

배질은 그녀가 보일 반응으로 놀람이나 분개, 부인 등 여러 가지를 예상했다. 그러나 그녀가 두 손으로 얼굴을 가리고 울음을 터뜨리리라고는 생각지도 못했다.

"윌링 씨! 전 어쩌면 좋죠?"

배질은 로비 건너편에 있는 안내 데스크를 흘깃 보았다. 그곳까지 십 수 미터는 떨어져 있으려니와 직원은 장부에 눈길을 떨어뜨리고 있었다. 게다가 포스티나는 절망에 빠져서도 조용히 울었다. 직원은 그들이 앉은 어두운 모퉁이에서 무슨 일이 벌어지고 있는지 알아차리지 못하는 듯했다.

"왜 절 라이트풋 교장에게 보내기 전에 그 말씀을 안 해 주신 겁니까?"

그녀는 힘없이 항의했다.

"제가 보내지 않았어요! 윌링 씨가 가겠다고 나서셨죠. 그리고 전…… 전 아무것도 모르는걸요."

그녀가 두 손을 내리더니 비탄과 고뇌에 젖은 얼굴을 그에게 향했다. 눈꺼풀이 빨개지고 뺨이 눈물에 젖은 것도 의식하지 못하는 듯했다.

"전 한 번도 못 봤어요. ……그게 대체 뭔지도 모르고요. 그저 메이드스톤에서 사람들이 이야기해 준 것밖에 몰라요. 아마 똑같은 일이 브리어턴에서도 있었나 봐요. 하지만 전 몰랐어요. 라이트풋 교장 선생님은 말씀해 주시지 않으려 했고, 제 쪽에서 먼저 여쭙기는 그랬어요. 윌링 씨께는 말씀하실지도 모른다고 생각한 건 사실이에요. 그래서 윌링 씨가 가시는 걸 반대하지 않은 거예요. 그렇지만 가시기 전에 제가 먼저 그런 말씀을 드릴 순 없었어요. 그랬다면 아마 웃으셨을걸요. 아니면 절 신경증 환자라고 생각하시든지요. 저도 일 년 전엔 그런 걸 진지하게 믿는 사람을 보면 머리가 이상하다고 생각했을 거예요. 그렇지만 교장 선생님께 그 이야기를 듣는다면 웃지 않으시리라는 걸 전 알고 있었어요. 행여 교장 선생님 말씀을 믿지 않으신다 해도 그냥 웃어넘기시지는 않겠죠. 최악의 경우에도 교장 선생님을 신경증 환자라고 생각하실 거예요, 제가 아니라."

"라이트풋 교장이 신경증을 앓는다고 생각합니까?"

"그럼 메이드스톤 교장 선생님도 신경증을 앓았을까요? 양쪽 학교의 교사들과 학생들, 하인들도요? 윌링 씨, 똑같은 문제로 두 번이나 직업을 잃고 나면 그저 망상일 뿐이라고 웃어넘기는 건 불가능하답니다. 전 그게 뭔지는 몰라요. 사람들이 말하는 그런 게 아닐 수도 있겠죠. 하지만 망상은 아니에요. 뭔가가…… 실재하는 뭔가가 분명 있어요. 전 아니에요. 전 제가 사기꾼이 아니라는 걸 알아요. 물론 제 말만 가지고 월링 씨께 믿으시라고 할 순 없겠죠. 그렇지만 전 정말 확신해요. 그럼 이제 어떤 가능성이 남죠? 제가 무의식중에 그런 일을 한다? 하지만 그건 물리적으로 불가능하죠. 제 아무리 몽유병 상태라도 동시에 두 곳에 있을 순 없어요. 사람들이 제가, 그것도 여러 번 그랬다고 하듯이 말이에요. 혹시 다 같이 짜고 저한테 장난치는 걸까요? 그렇지만 버지니아 주에 사는 메이드스톤 교장 선생님이랑 코네티컷 주에 사는 알린 머피처럼 공통점이라곤 전혀 없는 사람들이 그런 무의미한 공모를 할 것 같지는 않죠. 오로지 절 골탕 먹인다는 목적 하나만으로 십이 개월씩이나 그런 시시한 촌극을 시침 뚝 떼고 벌였을 리 있겠어요? 그럼 이제 남는 건 뭘까요? 그게 뭔지 전 모르겠지만 어쩐지…… 겁이 나요."

포스티나는 배질의 어깨 너머로 불이 환히 밝혀진 텅 빈 로비를 응시했다.

"제 심정이 어떤지 아시나요? 제가 얼마나 절박하게 옛날부터 있었던, 대답이 없는 질문들을 제 자신한테 던지고 있는지 상상이 되세요? 사람은 왜 사는가? 인간은 어째서 만들어졌나? 우리는 어째서 신이 선한 존재라고 그렇게 확신하는가? 실은 악할 때가 더 많은데? 우리는 시작도 끝도 목적도 없는, 화학 작용의 우연한 산물일 뿐인가? 무정한 코미디를 연기하는 슈퍼 콜로이드? 아니면 불교에서 말하는 신의 꿈? 그래서 어렸을 때 거울에 비친 자기 얼굴을 보고 또 자기 손발을 보면서 '나는 나다. 나는 포스티나 크레일이고 다른 누구도 아니다' 하고 확인하는 건가? 그렇지만 아무리 나는 나라고 생각하려 애써도, 마음속 한구석에선 그게 꼭 사실은 아니란 생각이 자꾸만 들거든요. 난 지금 여기서만 포스티나 크레일이고 언제든 다른 사람이 될지 모른다는 느낌이랄까요. 삶이 이렇게 꿈만 같은 건 그 때문이겠죠. 자기가 비현실적 존재라는 자각 때문에요…….

철학이며 과학, 종교에 관한 기본적인 책들은 전부 찾아 읽어봤지만, 실제 생활이나 신변에서 일어나는 절박한 문제를 다루는 건 한 권도 없더군요. 그 사람들은 그저 자기 자신과 지적인 체스게임을 즐기고 있을 뿐이지, 곤경에 처한 보통 사람들이 감정과 이성을 동시에 만족시켜 줄 답을 얼마나 애타게 원하는지 전혀 몰라요. 빵을 달라는 사람한테 말言을 주는 격이죠. 전 남은 평생을 대체 어떻게 살아야 하죠? 전 이제 어떻게 되는 건가요?"

포스티나는 또다시 소리 죽여 울기 시작했다. 배질은 그녀가 지쳐 울음을 그칠 때까지 기다렸다가 참을성 있게 말했다.

"메이드스톤에서 무슨 일이 있었는지 말씀해 주시겠습니까."

그녀가 손수건을 꺼내 눈물을 훔치니 희미하게 라벤더 향기가 풍겼다. 그녀는 얼굴을 펴 침착한 표정을 지으려 애썼으나, 떨리고 쉰 목소리는 나아지지 않았다.

"학교를 졸업하고 처음 가진 직장이 메이드스톤이었어요. 그곳에 가게 됐을 때 전 행복하고 자랑스러웠답니다. 브리어턴과 비슷한 기숙 학교인데, 그곳이 더 크고 코네티컷이 아니라 버지니아에 있죠. 교복도 없고요. 학교 방침이 브리어턴보다 체육 활동을 더 중시하기 때문에 학생들 모두 하이킹과 승마, 수영을 배워요. 하지만 브리어턴 못지않게 엄격한 곳이에요. 아니, 브리어턴보다 더할지도 모르죠. 남자 방문객은 일요일 오후에만 허용될 정도니까요.

근무를 시작하고 일주일쯤 됐을 때, 사람들이 절 주시하고 저에 대해 수군거린다는 느낌이 들기 시작했어요. 이유는 알 수 없었고요. 학생이 절 이상한 눈으로 쳐다보는 것 같아서 돌아보면 얼른 시선을 돌려 버려요. 제가 방에 들어가면 사람들이 입을 딱 다물었다가 이야기를 계속하는데 어조가 달라져 있어요. 그러니 제 말을 하고 있었다는 걸 알 수 있죠. 그렇지만 전 도대체 무슨 일인지 알 수 없었어요. 다른 선생님들은 절 기피하는 것 같았고, 학생들은 절 불편하게 여기고 서먹하게 대했어요. 하인들은 나중에 브리어턴에서 그랬던 것처럼 절 무서워하고 미워했고요. 하지만 그런 일은 그때가 처음이었기 때문에 전 그리 심각하게 생각하지 않았어요. 그냥 저나 제 어떤 부분, 옷이라든지 말씨, 태도가 마음에 안 드나 보다, 그렇게만 생각했어요.

그런데 서서히 어떤 패턴이 드러나기 시작했어요. 계단이나 복도에서 누구랑 마주치면, 상대방이 놀라거나 당황한 표정을 지으면서 방금 전에 2층에서 봤는데 어떻게 여기 있느냐고 물어요. 그래서 제가 사실대로 '뭔가 착각했나 봐요, 난 오후 내내 정원에 있었는데요'라든지 '도서실에 있었는데요' 하고 대답하면, 놀란 얼굴이 의혹 어린 표정으로 바뀌는 거예요. 그런 일이 두세 번 반복되고 나니까 이게 대체 어떻게 된 일인가 싶더군요. 왜 사람들이 늘 내가 그 순간 있을 수 없는 곳에서 날 봤다고 하는 걸까. 다른 사람들 못지않게 저도 당황스러웠어요. 그렇지만 다른 사람에게 말을 할 엄두는 나지 않았어요. 아무도 저에게 그런 말을 하지 않았는걸요. 그렇지만 도무지 영문을 알 수 없는 일이라 처음부터 무척 걱정스러웠는데, 점점 겁이 나는 거예요. 그래서 그 다음부터는 사람들이 절 보고 놀라도 제가 어디 있었다는 말을 안 했어요. ……그러다가 메이드스톤 교장 선생님께서 서면으로 해고를 통고하더군요. 일 년치 봉급에 해당되는 수표가 들어 있었어요.

그때는 제가 지금보다 용기가 있었거든요. 게다가 메이드스톤 교장 선생님은 말씨가 부드러운 버지니아 사람이라 뼛속까지 뉴잉글랜드 청교도인 라이트풋 교장 선생님보다 한결 대하기가 편해요. 전 편지를 들고 교장 선생님 서재로 찾아갔어요. 교장 선생님은 처음엔 대답을 피하셨지만, 제가 힘들어하는 걸 보시고 결국은 꺾이셨어요. 자물쇠가 달린 책장에서 책 몇 권을 꺼내시더니 읽어 보라고 하시더군요.

그날 전 밤을 꼬박 새워 책을 읽었어요. 처음엔 무슨 내용인지 도무지 이해가 안 됐어요. 그때까지 전 심령 현상을 믿는 사람들을 늘 어처구니없다고 생각했었고, 종교도 과학도 그런 걸 경멸한다는 걸 알고 있었거든요. 하지만 그 책을 쓴 사람들은 심령론자가 아니었어요. 그 사람들은 유령이니 영혼의 불멸 같은 걸 믿지 않았어요. 대부분은 무신론자였고요. 그렇지만 그 사람들은 설명할 수 없는 현상이 세상에 존재한다고 믿었어요. 정통파 과학이 검증도 하지 않고 그걸 배척해 왔다면서요. 게다가 그 사람들은 이름 없는 괴짜도 아니었어요. 그중엔 윌리엄 제임스도 있더군요. 심리학자 말이에요. 제임스는 그런 현상을 공개적으로 조사했다간 자기 경력이 위태로워질까 봐 비공식적으로 조사했대요. 생리학자인 샤를 리셰는 공개적으로 연구한 탓에 쏟아지는 조롱을 감내해야 했고요. 터부를 깨뜨리는 사람이 치러야 하는 대가 같은 거죠.

메이드스톤 교장 선생님이 이 책들을 빌려 주신 이유가 뭔지 이내 알겠더군요. 소위 생령이란 현상을 담담하고 객관적으로, 명백히 사실에 근거해서 다룬 부분이 몇 군데 있었어요. 깨어 있는 자의 꿈, 산 자의 유령이죠. 괴테가 했다는 체험도 언급되어 있었어요. 그래서 기젤라한테 괴테 자서전을 빌렸던 거예요. 그런데 그중에 백여 년 전 리보니아에서 젊은 프랑스인 여교사가 겪었다는 일이 희한할 정도로 저랑 비슷하더군요.

거기까지 읽고 나서 전 책을 전부 한쪽으로 밀어 버리고, 메이드스톤에 있던 제 방에 홀로 앉아 창밖에 보이는 오리온이랑 북두칠성을 바라봤어요. 지난 몇 주간 들었던 말들이 마음속에서 메아리치듯 울려 퍼졌어요. 크레일 선생님, 2층에서 뭘 하는 거죠? 방금 전에 창 너머로 선생님이 진입로를 내려가는 걸 봤는데. 크레일 선생님, 방금 전 발코니에 있었던 게 선생님이에요? 음악실에서 피아노를 치는 줄 알았는데. 그런 일이 한두 번이 아니라 대여섯 번 있었던 거예요.

그 이상 책을 읽을 마음은 나지 않았어요. 책을 쓴 사람들은 이 몇 안 되는 사례를 수집해서 같이 엮어 놓기만 했지, 원인을 규명하려는 시도는 안 했으니까요. 그들은 모두 과학자고, 근본은 불가지론자였던 거예요. 그저 목격자들의 증언을 모아 놓고 실질적으로는 이렇게 말하는 셈이나 다름없었어요. 이들 말로는 이런 일이 있었다고 한다. 이들 전원이 거짓말쟁이일 가능성도 충분히 있음을 인정하지만, 그래선 논의가 성립되지 않으니 거짓말쟁이가 아니라고 가정하자. 그 경우, 만약 이들이 한 말이 사실이라면 이 현상을 초래한 원인은 무엇인가? 어떻게 그런 일이 발생했으며 그 의미하는 바는 무엇인가?

'만약 이들이 한 말이 사실이라면.' 그 가능성이 뇌리를 떠나지 않았어요. 답은 저 역시 알 수 없었지만, 어쨌든 최소한 메이드스톤에서 사람들이 저에 관해 무슨 말을 했고 무슨 생각을 했는지 그것만은 이제 알 수 있었어요.

그때까지만 해도 완전히 믿은 건 아니었지만 그래도 겁이 나더군요. 이 모든 일 뒤에 뭔가가 있을 건 틀림없으니까요. 시시한 트릭이나 장난일지도 모르지만, 아무튼…… 저한테 적대적인 것이긴 하죠. 그런데 전 그게 뭔지 모르겠거든요.

다음 날 아침, 전 책을 돌려드리러 교장 선생님 서재로 갔어요. 교장 선생님은 학교 교사에게 정통적인 사상 외에는 인정되지 않기 때문에 이런 문제에 관한 관심을 비밀로 하신다고 하시더군요. 교장 선생님은 절 참 자상하게 대해 주시면서 제 '영력'을 진지하게 말씀하셨어요. 정말 저한테 그런 힘이 있다고 믿으신 거예요. 하지만 바로 그 이유 때문에 절 한시도 더 메이드스톤에 둘 수 없다고 하셨어요. 라이트풋 교장 선생님이 절 내쫓으신 건, 제가 사기꾼 아니면 사기꾼의 희생자라고 생각하셨기 때문이죠. 하지만 메이드스톤 교장 선생님은 제가 사기꾼이 아니란 걸 확신하셨기 때문에 그래서 절 해고하신 거예요. 그분께는 그게 훨씬 더 심각한 문제였던 거죠. 저한테도 그랬고요. 만약 제가 농간을 부렸다고 하셨다면, 전 혐의를 부인할 수 있었을 테고 제 주장을 입증할 수 있었을 거예요. 그렇지만 그걸 심령 현상이라고 하시면 전 변명하려야 변명할 방법이 없잖아요. 전 아무것도 입증할 수 없어요. 저도 진실을 모르니까요.

메이드스톤 교장 선생님은 절 몹시 딱하게 여기셨어요. 제 잘못은 조금도 없다고 믿으셨기 때문이죠. 잠시 마음이 약해지신 순간에 추천장을 써 주셔서 그걸로 브리어턴에 취직할 수 있었던 건데……."

"잠깐 질문 하나 할까요. 메이드스톤에서 생령이 모두 몇 차례 목격됐습니까?"

배질이 물었다.

"처음 몇 번은 세지 않았어요. 별일 아니라고 생각했으니까요. 나중에 와서 메이드스톤 교장 선생님과 그 문제를 이야기할 때 듣기로는 일곱 번이라나 봐요. 그중 두 번은 밤에 제가 방에서 자고 있을 때 2층 창문으로 잔디밭에 있는 게 보였대요. 그리고 오전에 제가 1층 교실에서 수업하는 동안 정면 진입로에서 2층 발코니에 있는 걸 본 게 세 번이고요. 나머지 두 번은 오후에 전 현관에 서 있었는데 현관 홀 끄트머리의 열린 창문 밖으로 지나가는 걸 본 모양이에요."

"그때도 역시 갈색 모자를 쓰고 파란 코트를 입고 계셨습니까?"

"모자는 맞지만 코트는 아니에요. 그때는 낙타털 코트를 입고 있었어요. 메이드스톤에선 그게 인기였거든요. 그곳 겨울철 기후엔 그 옷이 딱 맞는답니다."

"그런 일이 있었는데도 브리어턴에 가셨단 말씀입니까?"

"그때만 해도 전 무서운 것보다 어리둥절한 마음이 더 컸던 것 같아요. 설령 그 모든 일이 주도면밀한 장난이 아니었다 해도, 설령 그게 일종의 집단 환각이었다 해도, 그런 일이 있었던 건 그때가 처음이었는걸요. 그래서 기후라든지 심리적 상황 같은 메이드스톤만의 어떤 특수한 조건 때문에 그런 일이 생겼을지도 모른다고 생각했던 거예요.

메이드스톤을 그렇게 명예롭지 못한 형태로 그만둔 제가 브리어턴에 취직할 수 있었던 게 얼마나 대단한 행운인지는 저도 잘 알고 있었던지라, 사람들 마음에 들려고 여간 노력한 게 아니에요. 첫 주까지만 해도 잘돼 가는 것 같더군요. 지금 생각해도 그때는 비교적 행복했답니다. 지난 일 년간 그 정도로 행복했던 건 그때가 처음이었어요. 그랬건만…….

어느 날 2층 복도에서 첼리스 선생님을 만났는데 그 선생님이 그러시는 거예요. '크레일 선생님, 교장 선생님은 교사들이 뒤쪽 계단을 이용하는 걸 좋아하지 않으세요.' 그래서 제가 그랬죠. '첼리스 선생님, 죄송하지만 전 뒤쪽 계단을 이용한 적 없는데요.' 그랬더니 어떤 대답이 돌아왔는지 아세요? '그래요? 내가 방금 정원에서 선생님을 보고 나서 정면 계단으로 올라왔는데, 선생님이 정면 계단에서 날 앞질러 가지 않았는데도 여기 2층 복도에 있다는 말은…….'

그 말을 듣고 알았어요. 또 똑같은 일이 벌어지리란 걸 말이죠. 정말 무서워진 건 그때예요. 메이드스톤에서 브리어턴까지, 그것도 거의 일 년이나 지나서 절 쫓아왔다는 건 그게 실제로 존재한다는 뜻이잖아요. 두 학교를 잇는 연결 고리라곤 저밖에 없었으니 원인은 저일 수밖에 없죠. 만약 누가 장난을 친 거라는 게 밝혀졌다면 전 기뻐서 장난친 사람을 와락 끌어안았을 거예요. 그랬다면 얼마나 마음이 놓였을까요."

"선생님 말고도 메이드스톤과 브리어턴의 연결 고리가 적어도 하나는 더 있죠. 앨리스 에이치슨 말입니다. 그 사람이 기젤라한테 저를 시켜 선생님에 관한 소문을 캤다간 후회할 거라고 말했다던데, 혹시 이유를 아십니까?"

"글쎄요, 아마 학교 내부에서 벌어진 일을 외부 사람한테 이야기하면 교장 선생님께서 노여워하실 거란 뜻 아닐까요."

"에이치슨 선생님도 메이드스톤에서 생령을 본 적 있습니까?"

"아뇨, 그건 아니에요. 그렇지만 그곳에서 저에 관해 떠돌았던 온갖 소문을 들었죠. 메이드스톤에서 그 이야기를 모르는 사람은 아무도 없었으니까요. 금년 가을에 브리어턴에 왔더니 앨리스가 있기에 소문을 퍼뜨리진 않을까 얼마나 걱정했는지 몰라요. 그래서 처음으로 둘만 있게 됐을 때, 제발 아무한테도 말하지 말아 달라고 애걸복걸했어요. 앨리스는 그러겠다고 약속했고요. 전 앨리스가 정말 약속을 지켰다고 생각해요. 하지만 다른 사람들 앞에서 그 일을 슬쩍슬쩍 건드리는 거예요. 저만 알아들을 수 있는 수수께끼 같은 표현으로요. 그게 제 피를 말리는 일이라는 걸 알면서 제가 쩔쩔매는 꼴을 구경하면서 즐긴 거예요. 제가 학교를 그만둔 날에는 심지어 2층 창문으로 제 얼굴이 보였다는 말까지 했어요. 그때 전 정원에 있었는데도요. 그렇지만 전 알아요. 그건 절 괴롭히고 하녀를 겁주려고 거짓말한 거예요."

"어떻게 그렇게 단언하실 수 있습니까?"

"무서워하지 않았으니까요. 그 말을 할 때 앨리스는 절 조롱하는 눈빛이었어요. 앨리스는 그 일이 제 책임이라고 생각하거든요. 브리어턴에서 사람들한테 말하지 않겠다고 약속한 날, 제가 눈물을 글썽거렸더니 앨리스는 냉담한 목소리로 이렇게 말하더군요. '당신처럼 숫기 없고 내성적인 여자들은 꼭 히스테리를 부리더군요. 그렇지만 여기서 계속 일하고 싶으면 잠재의식 속의 충동을 억누르는 법을 익히도록 해요' 하고요.

전 아연해서 그게 무슨 뜻이냐고 따졌어요. 그랬더니 앨리스는 합리적인 설명은 하나뿐이라면서 전부 제가 벌인 일이라고 하지 뭐예요. 이를테면 몽유병 같은 상태에서 그런 일을 하고는 까맣게 잊어버렸다는 거죠. 앨리스가 늘 그렇게 절 경멸하고 다른 사람들처럼 겁내지 않은 건 어쩌면 그 때문이었을지도 몰라요."

포스티나는 잠시 주저하더니 천천히 말을 이었다.

"앨리스가 죽은 것도 그 때문일지 모르고요."

배질은 놀랐다.

"그게 무슨 말씀입니까?"

"한번 생각해 보세요, 윌링 씨. 앨리스가 어떻게 죽었죠? 로프니 칼이니 총알처럼 실체가 있는 물건으로 살해 당한 게 아니잖아요. 발을 헛디디는 바람에 계단에서 굴러 떨어져 목이 부러졌어요. 사고죠. 그렇지만 소위 사고는 외적인 요인 못지않게 내적인 요인에 의해서 벌어지지 않던가요? '사고 다발多發'인 사람이 존재한다는 게 보험 회사 통계 자료로 입증되지 않았던가요?"

"그 말씀은 맞습니다. 대기업이 프로이트를 밀어준 셈이죠. 프로이트의 이론에 따르면, 사고는 죄의식으로 인해 자기를 벌하고 싶은 충동을 가진 이들에게 일어난다고 하니까요. 그 경우, 하이힐과 질질 끌리는 치마는 사고를 일으킨 유인誘因은 될 수 있어도 원인은 아닙니다. 원인은 자기를 해하고 싶은 피해자 본인의 마음속 깊은 곳에 있겠죠. 말하자면 무의식적인 자살인 셈입니다."

"그럼 어떤 사람의 잠재의식이 다른 사람의 잠재의식에 접근해 양쪽 다 모르게 자살 충동을 심었다면 그것도 살인 아닐까요? 결코 간파되지 않을, 피해자는 물론이고 살인자 본인조차 알아차리지 못할 새로운 형태의 살인인 거죠. 수백 년 전부터 시인은 모든 증오는 곧 살인이라고 노래해 왔는데, 어쩌면 그 말이 맞을지도 몰라요."

배질은 미소를 지으며 말했다.

"텔레파시에 의한 살인이란 말씀입니까? 그렇다면 안전할 사람이 없겠는데요! 다행히도 현재로선 인간의 정신이 떨어진 곳에 있는 타인의 정신에 영향을 미칠 수 있다는 증거는 없답니다. 최면술이라도 쓰지 않는 한 말이죠."

"제가 말씀드린 건 텔레파시나 최면술 같은 게 아니에요. 그게 아니라……."

"말씀하시죠."

배질은 그녀를 독려했다.

"베스 체이스의 증언이 사실이 아닐까 싶어서요. 사람들은 놀랐을 때 발이 걸려 넘어지곤 하잖아요? 벗겨진 신발과 찢어진 치맛단은 넘어지게 된 원인일 수 있지만 그에 못지않게 넘어진 결과일 수도 있죠. 앨리스 에이치슨을 확실하게 놀랠 게 뭘까요? 분명히 뉴욕에서 장거리 전화로 기젤라랑 통화하는 중일 제가 브리어턴에서 계단 꼭대기에 서 있었던 것 아닐까요?

그렇잖아요. 앨리스는 저에 관한 소문을 전부 알고 있었지만 절대 믿지 않았잖아요. 바로 그렇기에 뉴욕에 있으리라고 믿어 의심치 않았던 저와 느닷없이 브리어턴에서, 그것도 벌건 대낮에 딱 마주쳤다면 충격이 더 크지 않았을까요. 자기가 늘 비웃던 게 진짜라는 걸 알게 된 셈이니 충격이 얼마나 크겠어요. 그런데 그게 손을 내밀어 자기를 건드리기까지 했다면 공포에 질린 나머지 계단에서 발을 헛디딜 만도 하죠……."

"이젠 선생님도 앨리스가 선생님의 환영을 봤다고 믿으신다는 말씀입니까? 선생님이 앨리스를 미워하는 마음에 자는 동안 선생님 자신도 모르게 환영을 보냈다고요?"

그러자 포스티나가 절박한 표정으로 대답했다.

"이 모든 사실을 설명할 수 있는 대답이 달리 뭐가 있다는 말씀이죠?"

배질은 포스티나의 얼굴을 자세히 살펴보았다. 흥분으로 인해 희미하게 홍조를 띠면서 얼굴에서 전에 없이 광채가 났다. 피부가 유난히 희고 맑은 사람은 갑자기 그럴 때가 있다. 생기만 좀 더 있었다면, 신진대사가 더 활발해서 체온이 좀 더 높고 혈액 순환이 잘 됐다면, 그녀도 지금보다 매력이 있었을지 모른다. 아니, 미인으로 보였을지도 모른다. 골격이나 머리 색, 피부색 등은 기본적으로 나쁘지 않은데, 어딘지 모르게 굼뜨고 나약한 성격 탓에 그렇게 평범하고 매력 없어 보이는 것이다. 하지만 그게 그녀의 본모습은 아니었던 모양이다.

그녀의 절망이 진심이리라는 것은 믿어 의심치 않았다. 그러나 역설적이게도 그 절망에는 어떤 만족감 같은 감정이 섞여 있었다. 난생처음으로 가져 보는 힘은 그만큼 기분 좋았던 것이다. 비록 자기 의사와 무관하게 생긴 힘일지언정, 그녀도 사람인 이상 순전히 질겁하고 혐오하기만 했다면 오히려 부자연스러운 반응일 것이다. 물론 그녀는 질겁하고 혐오했지만, 다른 더욱 미묘한 감정도 같이 곁들여져 있는 것이 분명했다. 평범하고 소심하고 아무에게도 주목을 못 받는 자기, 포스티나 크레일이, 자신의 결점을 그리도 오만하고 냉혹하게 조롱하던 당당하고 아름다운 여자를 죽음으로 벌주었다. 그렇게 생각을 하고 그녀가 두려워하기만 했을 리는 없다.

배질은 17세기에 마녀며 주술사로 지목된 사람들이 어째서 그렇게 신나서 자기들의 '악행'을 소상하게 자백했는지 처음으로 이해할 수 있을 것 같았다. 그런 거짓된 자백을 그들에게서 쥐어짜 낸 것은 고문만은 아니었다. 그들은 끔찍한 고통 속에 죽어 가면서도 자기를 박해하는 이들을 전율하게 하며 즐긴 것이다. 그들이 할 수 있는 보복이라곤 그것뿐이었다. 심지어 자신에게 신통력이 정말 있다고 믿은 사람도 분명 있었을 것이다. 포학한 만행에 속절없이 당해야 하는 희생자인 것보다는 그 편이 더 기분 좋기 때문이다. 마녀란 사람들이 늘, 힘을 가졌다는 느낌을 표현할 건전한 수단을 갖지 못한 이들이었다는 사실은 의미심장하다.

"몇 번을 생각해 봐도 도무지 모르겠더군. 어째서 마녀니 주술사란 사람들은 죄 늙고 초라하고 주름이 쭈글쭈글한 노파나 늙고 힘없는 영감인 건지……."

'토드 라프레이크 이야기'에서 블랙 앤디가 한 말이다. 여기에 미모나 재산, 사회적 지위를 갖지 못한 젊은 외톨이 아가씨도 덧붙여도 되지 않을까. 심리학적 관점에서 마녀는 독살범 및 히스테리 환자와 같은 계층에 속한다. 좌절되고 소외된 이들이, 즐거움을 누리고 긍지를 가질 기회를 주지 않은 사회에게 교활하고 사악하게 보복하는 것이다.

그러나 그렇다 해도 정작 중요한 의문은 남아 있었다. 그들의 보복은 순전히 자기기만이었나? 아니면 인간은 극심한 심리적 스트레스를 받으면, 정상적인 삶을 사는 건강한 사람들이 모르는 특수한 염력을 발휘한다는 말인가? 세상 모든 종교가 3대 욕구불만이라 할 금욕과 단식, 청빈을 '영적'인 환영을 얻는 중요한 기재로 사용하는 게 과연 우연일까?

배질은 이윽고 말했다.

"선생님이 에이치슨 선생님의 죽음에 대해 죄의식을 느낄 필요는 없다고 생각합니다. 과학에선 요구되는 증거와 입증하려는 것의 개연성이 비례한답니다. 이미 입증된 여타 사실의 패턴에 편안하게 들어맞는 걸 입증하는 데는 상대적으로 증거가 별로 필요 없어요. 그러나 일반적으로 인정되는 모든 사실 및 이론에 반하는 걸 입증하려면, 그때는 당연히 확고한 증거가 산더미처럼 필요해집니다. 수 세대에 걸쳐 축적된 증거가 말이죠.

어쨌든 경찰에선 에이치슨 선생님의 죽음이 순전히 물질적 수단에 의해 야기되었다고 보고 있습니다. 하이힐과 긴 스커트, 돌계단 때문에 목이 부러졌다고 말입니다. 베스 체이스의 증언을 제외하면 수수께끼라 할 것도 전혀 없어요. 열세 살짜리 소녀는 그리 믿음직한 증인이라 할 수 없죠. 브리어턴에서 뭔가 좋지 못한 일이 벌어지고 있다는 건 분명합니다만, 현재로선 그게 육체를 이탈한 영혼과 상관있다고 생각하지 않습니다. 그래서 말인데 혹시 유언장은 작성하셨습니까?"

포스티나가 숨을 길게 내쉬었다.

"아뇨."

"왜죠?"

그녀는 어깨를 으쓱했다.

"아시다시피 전 가족도 없으려니와, 제 몇 안 되는 소지품을 상속하고 싶어 할 만한 사람도 생각나지 않는걸요."

"그럼 대충 아무나 고르십시오. 가까운 사람이 아니라도 됩니다. 유언장은 결혼한다든지 새 친구가 생기면 나중에라도 언제든 고칠 수 있습니다. 그렇지만 정체를 알 수 없는 상대에게 위협을 받고 있는 사람이 유언을 안 남기고 죽는 일이 있어선 안 됩니다. 그랬다간 누가 자기 죽음으로 이득을 보는지 알 수 없어요."

포스티나는 힘없이 미소를 지었다.

"저한테 재산이 있다면 그렇겠죠. 하지만 제가 유언장을 쓰고 죽건 아니건 어차피 아무도 별 대단한 이득을 못 볼 텐데요."

"내일 왓킨스 씨를 만나서 선생님의 가족 관계를 알아봐야겠군요. 근무 시간이 유별난 덕에 새벽 다섯 시에 일어나게 생겼습니다만. 그러고 나서 전화 드리고 내일 저녁에 이리로……."

"내일 저녁에 전 여기 없을 텐데요."

"왜죠?"

"조용한 데 가서 좀 쉬고 싶어서요. 기자들한테 더 시달리긴 싫어요. 내일 브라이트시에 있는 별장으로 가서 겨울을 거기서 나려고 해요."

배질은 날카롭게 말했다.

"안 됩니다. 아직은 안 돼요. 이 호텔이 마음에 안 드신다면 다른 곳이라도 괜찮으니 좌우지간 호텔에 계십시오. 이곳처럼 크고 환하고 시끄럽고 도어맨이며 엘리베이터 조작원이 많은 곳이 좋습니다. 식사할 땐 반드시 호텔 안 큰 식당을 이용하시고요. 혼자 떠나시면 절대 안 됩니다. 사람 많은 곳에 계십시오. 그리고 제가 다시 연락드릴 때까지 밤에 주무실 적엔 반드시 문을 잠그십시오."

포스티나가 메마르고 갈라진 목소리로 웃었다.

"문을 잠그라고요? 그런다고…… 무슨 차이가 있을 것 같으세요?"

"뭐가 말이죠?"

배질은 일부러 그녀가 말하게 했다. 입 밖에 내어 표현하면 마음속의 두려움이 정화되는 효과가 있으리라 생각한 것이다.

"제가 뭘 겁내는지 모르시겠어요?"

"말씀해 보시죠."

"제가…… 그걸 볼까 봐 무서운 거예요. 괴테가 그랬던 것처럼요."

"그럼 지금까지 보신 적 없었다는 말씀입니까?"

"딱 한 번 보긴 했는데 그때도 얼핏 봤을 뿐이에요. 지금은 제가 뭘 본 건지 확실히 모르겠네요. 제가 브리어턴을 그만두는 날 저녁이었어요. 전 앞쪽 계단 위에 서 있고 라이트풋 교장 선생님은 저보다 아래쪽에 계셨거든요. 그런데 계단 밑 어둠 속에서 뭔가가 움직인 것 같았어요. 그렇지만 교장 선생님의 행동을 보니 그분은 그게 다가 아니지 않을까 싶어요. 그게 뭐였는지는 몰라도 그분은 그 때문에 몹시 동요하신 것 같았어요."

"선생님은 어떠셨습니까?"

"전 그렇게 많이 무섭진 않았어요. 그 정도만 돼도 전 참을 수 있을 것 같아요. 빛이 비치지 않는 그림자 속에서 뭔가가 슬쩍 움직이는 정도라면…… 주위에 다른 사람들이 있고 먼발치에서라면, 심지어 어둑어둑한 곳에서 저랑 비슷한 뒷모습을 잠깐 봐도 견딜 수 있을 것 같아요. 다른 걸 잘못 봤을 수도 있고 무슨 착시 현상 같은 걸 수도 있으니까요. 먼발치에서라면 심지어 얼굴을 흘깃 보는 것까지도 괜찮을 것 같아요. 그것도 무슨 속임수나 착각일 수 있으니까요. 그렇지만…… 그게 다가 아니면요?"

"어떤 다른 일이 있을 수 있다는 말씀입니까?"

"정말 모르시겠어요?"

포스티나가 낮고 떨리는 목소리로 말했다. 갸름한 손이 의자 팔걸이를 꽉 움켜잡았다.

"생각해 보세요. 어느 날 낮, 아니면 밤에 제 방에 혼자 있는데, 불도 다 켜 놓고 문도 잠갔는데 느닷없이 눈앞에 누가 나타난다면, 그런데 그게 제 얼굴이면 전 어쩌죠? 구석구석, 심지어 왼쪽 뺨의 뾰루지까지 똑같다면 어쩌면 좋으냐고요. 그런 건 가짜일 수도, 착각일 수도 없잖아요. 그런 일이 생긴다면 제가, 아니면 제 일부가 미지의 땅을 돌아다니고 있다는 걸 더는 의심할 수 없겠죠. ……그런데도 제가 어쩌다가 그곳에 갔는지, 왜 갔는지, 그곳에서 뭘 하는지 알 수 없을 거 아니겠어요? 그저 제가 그곳에 있다는 것밖에……. 전 제 안의 저도 모르는 뭔가가 무서워질 테죠. 그게 얼마나 큰 충격일지 상상이 가세요? 그게 진짜로 존재한다는 걸 알게 되는 건데, 그럼 전 이제 곧 죽는다는 뜻이라고요…….”

배질은 최대한 단호한 목소리로 말했다.

“그런 생각은 마십시오. 그런 일이 일어날 리 없다는 건 선생님도 아실 텐데요.”

그러나 그는 과학 교육을 받은 사람답지 않게 자기 자신에게 정직했다. 잠시 후 거리로 나온 그는 잠들지 않는 별들을 올려다보았다. 밝고, 고요하고, 냉담한 저 별들은 천문학자들의 추측이 조금이라도 사실에 근거한다면 상상도 할 수 없을 만큼 멀리 떨어져 있을 것이다. 대학 시절에 그는 저 시커먼 어둠이 지구에서 멀면 멀수록 온도가 낮다고 배웠다. 그러나 그 뒤 연구를 통해 온도 측정이 가능한 범위 안에서는 저온층과 고온층이 번갈아 있다는 사실이 밝혀졌다. 그러나 어째서 기존의 지식과는 달리 고온층이 존재하는지 그 이유를 아는 사람은 아무도 없었다.

배질은 부르르 몸서리를 치며 코트 깃을 세웠다. 차고 고요한 밤공기 속에 보도를 걷는 발소리가 또각또각 명징하게 울렸다. 모퉁이를 향해 걸어가며 그는 혼잣말로 중얼거렸다.

“내가 뭐라고 이 미지의 세상에서 무슨 일이 일어날 수 있다 없다 말할 수 있다는 거지?”

010

우리가 알지 못하는 오래전

운명의 여신이 그대의 파멸을

가져올 시간의 거미줄을

엮기 시작했으니, 포스틴.

몇 시간째 자다 깨다를 반복하던 배질은 주니퍼가 문을 조심스럽게 두드리는 소리에 깼다. 그는 셉티머스 왓킨스의 유별난 근무시간을 저주하며 침대에서 억지로 기어 나와 움츠러드는 몸뚱이를 채찍질해 찬물로 샤워했다. 기분이 상쾌해지지는 않았지만 어쨌든 잠은 확 달아났다. 어둡고 낮게 깔린 하늘이 여명을 가려 버렸다. 이스트 강에서 피어오른 안개가 너덜너덜한 흰 리본처럼 시가지를 덮은 가운데, 그는 두 블록을 걸어 3번가로 갔다. 그곳에 그가 이용하는 주차장이 있었다.

왓킨스는 소문으로만 알고 직접 만나 본 적은 없었다. 그는 법정에 직접 서지 않는 부류의 변호사로, 지난 오십 년 이상 뉴욕 대부호들 반수의 법률 고문 및 은밀한 대리인 노릇을 해 왔다. 그들의 신탁 재산을 관리하고, 결혼 및 이혼과 관련해 재산 분할 증서를 작성하고, 유언을 집행하고, 증권 투자를 감독했다. 이름은 그렇게 널리 알려져 있는데도 사람들 앞에 모습을 드러내는 일이 거의 없다 보니 거의 전설이나 다름없는 존재였다. 그의 강인하면서 유연한 정신과 세상 물정에 밝은 빈틈없는 판단력에 관한 일화는 무수히 많았다. 그러나 대부분 사람들처럼 배질 역시 그가 실제로 어떤 사람인지는 알지 못했다.

6시 십 분 전, 브로드 스트리트와 월 스트리트 모퉁이에 선 거대한 사무실 건물 로비는 텅 비어 있었다. 보이는 사람이라곤 엘리베이터 조작원, 그리고 황동 상감의 모자이크 바닥에 더러운 대걸레를 질질 끌고 다니는 청소부뿐이었다. 배질은 26층으로 올라갔다. 왓킨스, 피셔, 언더우드, 밴 아스데일, 트래버스 법률 사무소라고 쓰인 좌우로 열리는 유리문 너머에 불빛은 보이지 않았다. 손잡이를 돌려 봤지만 양쪽 문 다 잠겨 있었다. 문설주에 작은 단추가 붙어 있기에 눌러 봤으나 네 번 누르도록 응답이 없었다. 혹시 사람들이 찾아오지 못하게 일부러 근무 시간에 관해 거짓 정보를 퍼뜨린 건가? 배질이 돌아서려는데, 유리문에 누런 불빛이 비치더니 몸집이 작고 몸놀림이 잰 남자가 문을 벌컥 열었다. 머리는 허옇게 셌지만 숱이 많고 탄력이 있었으며, 뺨은 통통하고 분홍빛이었다. 머리가 일찍 센 중년처럼 보였다. 셉티머스 왓킨스는 일흔이 넘었을 터였다.

“이 시간이면 왓킨스 씨가 계신다고 알고 있습니다만.”

배질은 여전히 근무 시간이 이렇게 특이하다는 것을 믿기 어려웠다.

“전 의학 박사 윌링이라고 합니다. 왓킨스 씨께 뵈러 왔다고 전해 주시겠습니까?”

“내가 왓킨스입니다. 들어오시죠.”

남자가 선뜻 말했다. 푸른 눈은 눈빛이 날카로웠지만 사납지는 않았다.

“정신과 전문의 배질 윌링 씨겠군요? 내 사무실은 복도 안쪽입니다. 이쪽으로 오시죠.”

그들은 작은 호텔 로비만 한 바깥 대기실을 통과해 닫힌 문이 양옆으로 늘어선 긴 복도를 지났다. 크고 어둡고 아무도 없는 개인 사무실 세 개를 통과한 끝에 왓킨스가 문을 활짝 열자, 지금까지 지나온 중에 가장 큰 방이 나왔다. 벽 두 면을 차지한 창문으로 항구가 내려다보였다. 여전히 마천루를 에워싼 허연 안개 위로 십일월의 힘없는 태양이 이제 막 비슬비슬 떠오르려는 참이었다.

배질은 황갈색 대리석 벽난로 앞에 멈춰 섰다. 노란 불길이 박달나무 장작을 나른하게 날름날름 핥아 이른 아침의 냉기를 누그러뜨려 주었다.

“사무실에 장작불을 피운 건 런던에서 보고 처음입니다. 이 사무실에선 오후 5시에 티타임도 가지십니까?”

왓킨스의 미소는 친절하고 솔직하고 주저 없었다. 오랜 세월 거절을 당하거나 패배를 맛보지 않은 사람의 미소였다.

“난 어디서건 안락한 게 제일이라 믿는 사람이라 말입니다. 홍차는 좋아하지 않지만, 저 널벽 뒤에 작은 바가 있으니 술은 마음대로 드시죠. 버튼을 누르면 열립니다.”

“아뇨, 괜찮습니다.”

배질은 창밖으로 파노라마처럼 펼쳐진 세계 최고의 항구로 시선을 돌렸다.

“이렇게 이른 시간에 나오실 만도 하군요. 저 같으면 여기서 아예 살겠습니다!”

파란 눈이 장난스럽게 반짝였다.

“그 때문에 아침 일찍 나오는 건 아닙니다만. 이유가 궁금하셨을 테죠. 설명해 드리겠습니다. 수년 전, 우리 사무소가 아직 그리 크지 않을 때입니다만, 사무실이 있으면 쓸데없는 인간들이 쉴 새 없이 나타나 남의 시간을 허비한다는 사실을 깨달았어요. 터프한 비서가 있으면 뻔한 골칫거리들은 처리할 수 있습니다. 보험 팔러 온 남자라든지, 실크 스타킹을 팔러 온 여자, 자선 단체에서 나왔다며 기부를 조르는 자칭 자선 사업가, 한 푼 달라고 온 부랑자 같은 인종들 말이죠. 심지어 기자와 지역 인사, 미치광이, 사기꾼도 물리칠 수 있겠죠. 그렇지만 의뢰인이나 파트너가 주저앉아서 떠들면 어쩌면 좋겠습니까? 그들이 있는 동안엔 일을 할 수 없지만, 그들이 없으면 일이 아예 없단 말이죠.

고민 끝에 생각해 낸 게 이 계획입니다. 근무 시간을 특이하게 잡기로 한 거죠. 평일이면 매일 출근하되 오전 6시부터 7시 사이에만 사무실에 있자. 나를 만나겠다는 사람은, 그가 누구건, 용건이 뭐건, 아니, 용건이 없어도 모두 만나겠다. 단, 이 '단'이 핵심입니다만, 나를 만나려면 오전 6시까지 와야 하는 겁니다. 그러려면 대개 4시 반이나 5시에는 일어나야 할 테죠. 내가 지금껏 인간을 봐온 바로는, 정말 중요한 용건이 없는 한 그저 날 보겠다고 그런 이른 시간에 일어나는 사람은 없으리라 생각했거든요."

"그래서 그 판단이 옳으셨습니까?"

"지난 이십삼 년간 할 말도 없는데 찾아와 장황하게 말을 늘어놓으며 내 시간을 잡아먹은 사람은 딱 두 명뿐이었습니다. 그 둘도 그리 짜증스럽지는 않더군요. 새벽 5시에 일어나는 것도 불사할 만큼 내 시간을 그렇게 허비하고 싶다면 시간을 어느 정도 못 내줄 것도 없겠다 싶어서 말입니다.

날 만나기 위해 오전 6시까지 와야 한다고 하면, 대부분 사람들은 차라리 그보다 정상적인 시간에 내 파트너를 대신 만나는 쪽을 택한답니다. 그러면 그 친구가 용건을 전달해 줍니다. 나를 찾아오는 사람이 얼마나 없는지 알면 아마 놀랄 겁니다. 그렇지만 지금도 이 시간에 찾아오는 사람이면 그게 누가 됐건 절대 면회를 거절하지 않습니다. 게다가 끊임없이 누가 찾아오는 가운데 여덟 시간 일하는 것보다 방해받지 않고 한 시간 일하는 게 훨씬 효율적이더군요. 물론 7시에 퇴근할 때까지 전화는 불통이고, 남은 일거리는 집으로 가져갑니다."

배질은 울적한 미소를 지었다.

"장황하지 않게 말씀드리려고 노력하겠습니다만, 아무래도 지난 이십삼 년 동안 새벽 6시에 중요한 용건도 없이 찾아온 세 번째 손님으로 절 생각하실 것 같군요. 왓킨스 씨께 중요한 용건이 아니란 뜻입니다만, 당연히 저에겐 중요한 일입니다. 그렇지 않으면 여기 오지 않았을 테죠."

왓킨스가 소리 내어 웃었다.

"내 말이 그겁니다. 당신에게 중요한 일이라면 난 얼마든지 들을 용의가 있어요. 내가 문제시한 건, 심지어 본인에게도 중요치 않은 일 때문에 나를 번거롭게 하는 사람들이었습니다. 그런 사람들은 그저 떠들고 싶을 뿐입니다. 자, 앉아서 무슨 일인지 말씀해 보십시오."

배질은 난로를 등지고 창문을 향해 앉았다.

"왓킨스 씨께서는, 혹은 왓킨스 씨 사무소는 포스티나 크레일 씨의 신탁을 관리하고 계시죠. 크레일 씨가 사망할 시 누가 그분 유산을 상속하게 되는지 알고 싶습니다."

유쾌하게 반짝이던 왓킨스의 눈에서 표정이 사라졌다.

"변호사는 그런 정보를 의뢰인과 아무런 관계도 없는 사람에게 제공하지 않습니다만."

"전 엄밀히 말해 아무 관계도 없는 사람은 아닙니다. 전 지방 검찰청 의학 전문가고, 또 크레일 씨의 친구이기도 합니다. 그분이 브리어턴을 그만둔 정황에 관해 아시는 게 있는지요?"

왓킨스는 조심스럽게 대답했다.

"학교를 그만뒀다는 건 압니다. 까닭은 말 않더군요. 어쨌든 크레일 양에게 큰 영향은 없을 겁니다. 내년 가을에 서른 살 생일을 맞으면 약간의 동산을 상속하게 될 테니까요. 크레일 양의 재산은 안전하게 유지되고 있습니다."

"제가 염려하는 건 크레일 씨의 재산이 아니라 그분의 정신 건강입니다. 어쩌면 목숨까지도 우려되는 상황입니다."

"크레일 양이 환자로서 배질 씨를 찾아온 겁니까?"

"그건 아닙니다. 그분은 친구로서 제게 조언을 구한 겁니다. 그렇지만 정신과 전문의로서 전 그분이 처한 상황이 그분의 정신 건강에 어떤 영향을 미칠지 우려하지 않을 수 없습니다. 크레일 씨가 이 년 사이에 두 학교를 연속해서 그만뒀다는 게 이상하다는 생각은 안 드셨습니까? 그것도 두 번 다 개학한 지 몇 주 만에, 계약을 파기하면서까지 말입니다."

"크레일 양의 유일한 후견인으로서 그분이 어떤 곤경에 처했는지 소상히 알고 싶군요. 혹시 나에게 말하면 신의를 배반하는 게 됩니까?"

"아마 아닐 겁니다. 혹 그렇다 해도 크레일 씨를 구할 수만 있다면 기꺼이 신의를 배반하겠습니다."

"크레일 양을 구한다고요? 무엇에서 말입니까?"

"그건 어쩌면 왓킨스 씨께서 아실 것 같군요."

배질은 포스티나가 메이드스톤과 브리어턴에서 겪은 일을 간략하게 설명했다.

왓킨스는 아무 말도 하지 않고 귀 기울여 들었다. 배질이 이야기를 마치자 잠시 침묵이 흐른 뒤, 왓킨스가 입을 열었다.

"놀라운 이야기군요, 윌링 씨. 나이를 이만큼 먹고나니 전부 10대 여학생의 히스테리로 치부하진 못하겠습니다. 그동안 살면서 온갖 기괴한 일을 목격해 왔으니까요. 그렇다고 심령 현상이라는 해석을 받아들인다는 뜻은 아닙니다. 어떻게 생각해야 할지 모르겠군요."

"저도 그렇습니다. 그렇지만 누군가 크레일 씨를 자살이나 광기로 몰아넣을 동기를 가진 사람이 있을 가능성도 부정할 수 없죠. 그 동기는 정신 질환에 의한 악의에 근거한 것일 수도 있고, 세상에서 가장 물질적인 것, 즉 재산에 기인한 것일 수도 있습니다."

"혹은 그 둘 다일 수도 있겠죠."

"크레일 씨의 유산을 누가 상속하게 되는지 아십니까?"

"그래요. 한 명이죠."

"그게 누굽니까?"

"납니다."

왓킨스는 배질의 놀란 표정을 보고 미소 지었다.

"아니, 그 말은 사실과 조금 다를 수도 있겠군요. 법적으로는 크레일 양의 재산을 내가 상속하게 됩니다. 크레일 양 어머님의 유언에 따라 포스티나 양은 서른 살 되는 생일에 약간의 보석을 상속하게 됩니다만, 만에 하나 그 전에 사망할 경우 내가 상속합니다. 그렇지만 난 그 보석을 어떤 이들에게 넘기기로 크레일 양 어머님과 구두로 약속했거든요. 크레일 양 어머님은 유언장에 그들 이름을 명시하길 원하지 않았습니다."

"그 사람들 이름을 알 수 있을까요?"

"미안하지만 안 됩니다."

"크레일 씨 본인에게라면 말씀하시겠습니까?"

왓킨스가 가까운 창문으로 시선을 돌렸다. 세계 금융의 회색 성채들에 눌려 올드 트리니티 교회의 첨탑이 어둡고 왜소해 보였다.

"그것도 어렵겠습니다. 크레일 양은 상황이 특수해서 말입니다. 가능한 선에서 이야기해 드리죠. 그게 크레일 양에 대한 위협이 그에 기인한다는 그런 당치 않은 의혹을 가장 간단히 해소할 방법일 테니까요. 그렇지만 실명은 거론하지 않겠습니다. 그리고 지금부터 할 이야기를 비밀로 해 주시길 부탁드립니다. 특히 크레일 양 본인의 귀에 들어가는 일이 있어선 절대 안 됩니다. 윌링 씨의 명성은 내 익히 들어 알고 있습니다. 민감한 상황에서 분별 있게 처신해 주시리라 믿습니다. 게다가 월링 씨가 크레일 양의 내력을 들추는 것보다는 내가 직접 말씀드리는 게 나을 테죠."

"크레일 씨에게 사연이 있다는 말씀이군요?"

왓킨스는 흡사 정신을 집중하려는 양 눈을 가늘게 뜨고 입술을 오므렸다.

"그 가엾은 아가씨, 포스티나 크레일은 사생아입니다. 모친은……그게 키플링이었던가요, 그걸 '세상에서 가장 오래된 직업'이라 부른 사람이? 요새는 선사 시대의 생활상에 관해 더 많은 사실이 밝혀진 덕에 매춘이 대단히 근대적인 직업이라는 걸 알 수 있습니다만. 사유 재산에 대한 개념이 없으면 혼인 제도가 없고, 혼인 제도가 없으면 매춘도 없는 셈이죠."

"크레일 씨 어머니가 매춘부였다는 말씀입니까?"

뜻밖의 말을 듣고 배질은 놀라 소리쳤다.

"엄밀히 말하자면 니농 드 랑클로의 위대한 전통을 잇는 고급 매춘부였죠. 크레일이 그 여자 본명이었습니다. 예명은 따로 있습니다만."

왓킨스는 이제 시효가 지나 안전해진 추문을 즐기듯 은근하게 미소를 지었다.

"그 예명을 말씀해 주실 순 없습니까?"

"그러지 않는 게 좋을 것 같군요. 그 여자는 볼티모어에서 태어났습니다. 아버지는 찬송가를 작곡하던 사람이죠. 붉은 머리였답니다. 1890년대에 집을 뛰쳐나간 여자는 처음엔 뉴욕에 있다가 그 뒤 파리로 건너갔는데, 그곳에서 드미몽드의 스타가 됐어요. 발자크가 그렇게 의욕적이고도 상세하게 묘사했던 파리의 그 전설적인 미녀들 중 하나가 된 겁니다. 본래는 시골뜨기 미국 아가씨였는데, 뛰어난 교양을 지닌 애인들 덕분에 완벽한 프랑스어를 구사하고 음악과 미술, 문학을 이해하게 됐죠. 오, 윌링 씨 세대의 미국 사람은 설명해도 모를 겁니다! 그런 여자는 오직 19세기 파리와 페리클레스 시대의 아테네에서만 존재할 수 있었습니다. 그 여자는 진정한 드미몽덴으로서 최고의 몽덴, 최고의 사교계 여성이 누릴 수 있는 모든 것을 지니고 있었죠. 그 여자가 갖지 못한 건 오로지 법적인 혼인관계와 그에 수반되는 사회적 지위뿐, 사교계 밖에서 살아가는 그 어떤 점잖은 여자보다도 더 나은 삶을 살았습니다. 부와 화려한 사교 생활을 향유했고, 애인들의 총애뿐 아니라 심지어 경의마저 차지했습니다. 우리 때는 말이죠, 매춘조차도 세련됐었어요. 젊은 세대는 그런 걸 절대 알지 못할 테죠. 나는 그 여자가 고급 매춘부였다고 했습니다만, 그 말을 들으면 당신들 20세기 사람은 뭘 생각합니까? 탈색한 머리에, 시뻘겋게 칠한 손톱, '계집'이란 그 천박하고 역겨운 단어를 생각할 테죠. 그러나 이 여자는 지성과 예의범절을 갖추고 있었습니다."

"그럼 아버지는 누굽니까?"

배질이 끼어들었다.

“해운업으로 부를 축적한 뉴욕 사람이었습니다. 그 사람은 1912년에 부인의 잘못을 공개적으로 들추지 않고 이혼하려고 일부러 이 여자와 불로뉴 숲을 드라이브했어요. 당시 이 여자는 대서양 이쪽에서나 저쪽에서나 워낙 악명 높았던 터라, 지붕 없는 마차를 같이 한 번 탄 것만으로도 미국 법정에서 엄청난 추문을 불러일으켰고 외도의 증거로 충분하다 여겨졌답니다. 증인들을 프랑스에서부터 데려다 법정에 세운 덕에, 부인은 남편이 원했던 대로 이혼 소송에 승소했습니다.

한차례 공개적으로 드라이브를 하고 이름을 재판에 사용하는 대가로 남자가 공동 피고인인 여자에게 일천 달러를 지불했다는 소문이 파다했죠. 여자는 자기 집 문간에서 헤어지는 걸 조건으로 내걸었어요. 손끝에 키스도 하지 않고 말입니다. 그러나…….”

그가 또다시 은근하고 호색적인 미소를 띠었다.

“포스티나 크레일은 이 두 사람의 딸이거든요.”

“그럼 문간에서 헤어지지 않았군요?”

“오, 아닙니다. 헤어졌어요. 그때는 말이죠. 그런데 기이한 일이 벌어진 겁니다. 혹은 그리 기이한 일이 아닌지도 모르죠. 어쩌면 여자가 능수능란했던 건지도 모릅니다. 어쩌면 처음 드라이브를 했을 당시 그렇게 정숙하게 행동했던 것도 여자의 기술이었는지도 몰라요. 처음 그 남자에게 여자는 그저 이혼하기 위한 수단, 방편에 불과했거든요. 그게 괘씸해서 앙갚음한 건지도 모르죠. 어쨌든 수단에 불과했던 여자가 이 남자의 인생을 완전히 뒤바꿔 놓고 말았어요. 남자가 이 여자와 사랑에 빠진 겁니다. 어떻게 그런 일이 있나 싶습니까? 난 충분히 이해합니다. 여자는 파리에서 보낸 세월을 통해 매우 세련된 재치를 습득한데다, 당시 대단한 미인이었거든요. 머리는 불길 같고, 피부는 눈처럼 희고, 몸매는 보티첼리의 아프로디테 같았죠."

"당시 그 여자를 알고 계셨군요?"

배질은 무심코 말한 다음에야 '알다'라는 동사가 이 맥락에서는 몇 가지 뜻을 함축하고 있음을 깨달았다.

"뭐, 나도 그 영광을 누렸습니다. 뭣보다도 내가 그 남자 변호사였으니까요."

왓킨스는 점잔 빼며 대답했으나 노회한 눈은 명백히 반짝였다.

"저 숫기 없고 생기도 없는 몽상가 아가씨가 그런 부모 밑에서 태어났을 줄이야!"

포스티나에 관해 갖고 있던 생각이 송두리째 바뀌는 듯했다.

왓킨스가 어깨를 으쓱했다.

"우리 때 이런 말이 있었죠. 바람둥이의 딸은 모름지기 정숙하게 마련이다."

"크레일 씨는 이 사실을 전혀 모릅니까?"

"아마 그럴 겁니다. 부친과 모친 모두 포스티나 양이 모르기를 바랐던 터라, 난 포스티나 양의 후견인으로서 그 바람을 좇아 아무것도 알리지 않았습니다. 그렇기 때문에 윌링 씨가 포스티나 양에게 이 이야기를 전하지 말기를 바라는 겁니다. 그 아가씨는 보수적이고 신경이 예민하니까요. 자기주장이란 걸 해 본 적이 없는 사람에겐 타격이 클 겁니다."

"어머니는 이…… 남자를 사랑했습니까?"

항구 너머 먼 곳을 바라보는 노인의 눈빛이 흐려졌다.

"그런 여자를 이해할 수 있는 남자가 과연 있을까요? 아무도 그 여자를 이해할 생각을 하지 않았습니다. 그저 즐기고만 싶어 했죠."

배질은 이번에도 변호사가 의미가 모호한 동사를 선택하고 있음을 알아차렸다.

왓킨스가 말을 이었다.

"남자는 여자를 미국으로 데려왔습니다. 맨해튼에 있는 작은 집(당시엔 아파트란 게 없었어요)과 수년 전부터 자기 소유였던 뉴저지의 피서지 별장을 주었죠. 남자는 부인과 이혼했지만, 여자와 결혼하지는 않았습니다. 심지어 아이를 가졌을 때도 말입니다."

"어째서죠?"

"젊은이, 두 사람이 만난 게 1912년입니다. 그 시절 남자들은 그런 여자와 결혼하지 않았어요. 아마 오늘날 같으면 결혼했을 테죠. 당신들 세대는 모든 경계선을 모호하게 만들었으니까요. 심지어 이젠 그들을 드미몽덴이라 부르지도 않습니다. 호스티스니 모델이니 연예인 지망생이니, 그런 이름으로 부르면서 주저 않고 결혼하죠. 유일하게 부정적으로 쓰는 표현인 '계집'엔 대개 '싸구려'란 형용사가 붙을뿐더러, 지저분하고 별 볼일 없는 창녀에게나 그 말을 씁니다. 당신들 세대는 도덕적인 타락엔 관대하면서 경제적인 실패에만은 가차 없는 겁니다."

"글쎄요, 제 생각엔 오히려 왓킨스 씨 세대가 이브와 릴리트 사이에 명확히 선을 그음으로써 부도덕을 인위적으로 만들어 낸 것 같습니다만. 타락의 스릴을 만끽하기 위해서 말이죠. 그에 비하면 저희는 더 현실적이고 덜 잔인한 겁니다."

"그럴지도 모르죠. 난 아무래도 옛날 사고방식에 젖은 사람이라 객관적으로 분석하진 못하겠습니다. 하지만 우리 세대의 인습 때문에 죄 없는 포스티나 양이 고통받아야 했던 건 확실합니다. 포스티나 양은 1918년에 태어났습니다. 어머니는 마흔세 살, 아버지는 50대였죠. 남자는 자기가 살날이 얼마 남지 않았다는 걸 알고 있었습니다. 심장이 약했거든요. 포스티나 양도 그걸 물려받았답니다. 남자는 어린 딸과 악명 높은 아이 어머니에게 유산을 남겨 주고 싶었지만, 자칫 잘못해서 세간의 이목을 끌었다간 딸의 장래에 영향을 미칠 수 있단 말이죠. 나에게 무슨 방법이 없겠느냐고 묻더군요. 난 유언장에 모녀의 이름을 넣었다간 추문을 피할 수 없으리라는 사실을 지적했습니다. 첩에게 유산을 남기면 이혼한 전 부인 소생의 적법한 상속인이 이의를 제기할 테죠. 따라서 아예 사망 전에 재산을 증여하는 안을 제안했습니다. 요새는 상속세를 피하기 위해 많이들 쓰는 방법이죠. 그런데 불운하게도 증여 증서에 서명하기 바로 전날 심장 발작을 일으켜 죽고 만 겁니다. 포스티나 양의 어머니에게는 집 두 채와 약간의 보석밖에 남지 않았습니다.

어떻게 하면 좋겠느냐고 나에게 조언을 구하기에, 뉴저지의 별장을 살 집으로 놔두고 뉴욕 집을 처분하게 했습니다. 그 돈으로 포스티나 양의 교육비와 생활비가 마련됐죠. 보석은 장차 값이 오르리라 보고 팔지 말고 갖고 있으라고 조언했는데, 실제로 그렇게 됐습니다. 지금 팔면 포스티나 양은 한밑천 잡을 겁니다."

"한밑천이라는 게 어느 정도 말씀이십니까?"

"대략 이삼 만 달러입니다. 최근엔 감정을 받은 적이 없고 시세가 워낙 유동적이다 보니 더 정확한 액수는 말씀드릴 수 없군요. 루비 귀걸이 한 쌍이 있는데, 지금은 사십 년 전보다 훨씬 값이 많이 나갈 겁니다. 얼마일지는 나도 알 수 없습니다만. 포스티나 양 어머니가 딸에게 남겨 줄 수 있는 동산은 그 보석들뿐이었어요. 딸이 세상 물정을 모르고 유일한 자산을 잃거나 낭비할까 봐 염려한 어머니는, 포스티나 양의 서른 살 생일까지 유산 상속을 유보한다는 내용으로 유언장을 작성해 달라고 했습니다. 그 과정에서 아까 윌링 씨가 제기했던 의문이 등장한 겁니다. 만에 하나 포스티나 양이 서른 살이 되기 전에 모녀가 둘 다 사망할 경우 누가 보석을 상속할 것인가?

그 문제를 제기하자, 포스티나 양 어머니는 한동안 침묵하더니 이렇게 말하더군요. '난 지금까지 오랜 세월 당신을 신뢰하며 살아왔죠. 이제 당신을 믿고 마지막으로 한 가지만 더 부탁드리겠어요. 실은 오래전부터 작정했던 일이랍니다. 유언장에 이름을 거론할 수 없는 사람이 몇 명 있어요. 만약 그랬다간 유언장이 검인되는 과정에서 관계된 모든 이에게 누가 될 테죠. 그러니 공식적인 법률상의 유언장으로는 당신에게 보석을 남기고, 그 대신 비공식적으로 명단을 하나 드릴게요. 명단에 적힌 이름에 각각 보석을 지정해 두겠어요. 딸애가 그걸 상속하기 전에 나와 그 애가 모두 사망할 경우, 명단에 있는 사람이나 그 상속인에게 지정된 보석을 전달하겠다고 약속해 주시겠어요? 되도록 눈에 띄지 않게 부탁드립니다.'

그건 물론 대단히 이례적인 방법이었습니다. 그렇지만 상황 자체가 이례적이었으니까요. 난 그 여자가 무슨 생각인지 즉각 알아차렸습니다. 명단에 실린 이름들은 실은 옛 남자들, 애초에 그 보석을 그 여자에게 선물했던 당사자들이 틀림없습니다. 필시 그중 다수가 가보였을 테죠. 나이를 먹으면서 낭만적인 감상에서 비롯된 양심의 가책을 받았나 봅니다. 딸이 보석을 못 가질 바에야 본부인과 딸, 손녀에게 돌려주자 생각했던 거죠. 보석에 대해 감상적인 권리를 가진 사람들에게 말입니다.

나는 포스티나 양의 어머니를 다른 변호사에게 보내, 포스티나 양이 서른 살이 되기 전에 죽을 경우 나를 상속인으로 지정하는 유언장을 작성하게 했습니다. 나도 내 명예를 지켜야 하니까요. 명단은 지금도 내 금고 안에 보관되어 있습니다. 만에 하나 내가 보석을 상속하게 된다면, 난 그걸 명단에 이름이 있는 남자들의 상속인에게 전달하고 명단을 태워 버릴 겁니다."

그가 소리 내어 웃었다.

"장작불의 쓰임새는 하나가 아니랍니다!"

배질은 변호사의 숱 많은 흰머리 밑에 들어 있을 온갖 비밀과 추문을 생각했다.

"그러실 테죠. 그 명단을 본 사람이 몇 명이나 되는지요?"

"포스티나 양의 어머니와 나 말고는 없습니다. 마닐라지 봉투에 넣고 붉은 봉랍으로 그 여자의 엄지를 찍어 밀봉했어요. 그 여자는 이미 수년 전에 타계했으니 봉인을 위조하긴 쉽지 않을 겁니다."

"그럼 명단에 관해 아는 사람은 얼마나 됩니까?"

"지금 윌링 씨에게 처음 말하는 겁니다."

"한 가지만 더 여쭤 보겠습니다. 명단에 실린 사람들이 누굽니까?"

왓킨스는 즉각 날카로운 어조로 대답했다.

"윌링 씨, 나는 그걸 당신에게 말할 권한이 없습니다. 그 여자의 신뢰를 배신할 순 없는 노릇이고, 또 지금은 이미 잊힌 과거가 된, 추문에 연루된 훌륭한 가문들의 명예를 먹칠할 수도 없습니다. 그렇지만 내가 장담합니다만, 포스티나 크레일 양에게 농간을 부리거나 위해를 가할 부류의 사람들은 아닙니다."

배질은 맞받아쳤다.

"궁지에 몰렸을 때 흉계나 폭력을 쓰지 않을 부류의 사람이 따로 있습니까? 이미 그로부터 오랜 세월이 흘렀습니다. 가세家勢란 뜻밖에 빠른 속도로 변화하곤 하죠. 이 중에 당장 현금이 필요한 집안이 있을지도 모르는 일입니다. 불과 몇 천 달러라도 말이죠. 또 보석의 가치가 왓킨스 씨가 생각하는 이상일 수도 있고요."

"글쎄요, 각 가문에게 돌아갈 액수가 오천, 많아 봤자 일만 달러를 넘을 것 같지는 않습니다만."

"명단에 있는 사람들 몇 명이 상속인 없이 사망했다면요? 한두 가문만 남아 있다면 꽤 많은 액수에 달하지 않을까요? 본래 폭력 성향이 있고 정신적 균형을 잃은 사람의 등을 떠밀어 선을 넘게 하기에 충분한 거액일 것 같습니다만."

"상속인이 한두 명뿐이라면 자연히 액수는 크게 늘어날 겁니다."

왓킨스가 시인했다.

"그런데 정신적 균형을 잃은 사람이란 가정은 어째서 하는 겁니까?"

"누군가가 크레일 씨에게 어떤 농간을 부리는 것이라면, 그런 농간을 생각해 낸 인물은 정신적으로 불균형한 사람입니다. 크레일 양의 어머니 같은 여자들은 그런 사람들에게 가학적인 분노를 일으키곤 하죠. 그 분노가 딸에게까지 미칠지 모르는 일입니다."

"한 가지 잊으신 게 있군요. 명단이 든 봉투는 뜯은 흔적이 없습니다. 게다가 내가 명단 이야기를 한 건 윌링 씨가 처음입니다. 장본인인 포스티나 양에게도 한 적이 없어요. 만약 이야기했다면 진실을 알아차리고 자기 출생의 비밀을 캐려 했을 테니까요. 그러니 그 가문들은 자기들 이름이 그런 명단에 있다는 걸 알 방도가 없는 겁니다."

"글쎄요, 과연 그럴까요. 어머니가 죽기 전에 명단에 있는 남자들 중 누군가에게 말했을 가능성도 있지 않겠습니까? 그 남자가 다른 사람에게 말했을지도 모르는 일입니다. 특히 자기 상속인이라면 더 가능성이 높죠."

"포스티나 양의 어머니가 그렇게 어리석은 일을 했을까 모르겠군요. 아니길 바랍니다."

"저도 그렇게 생각합니다."

"윌링 씨, 윌링 씨는 직접 입 밖에 내어 말하지 않았을 뿐 살인을 시사하는 것 같군요. 우리 좀 더 명확하게 말할까요. 살인자는 실질적인 사람들입니다. 범행을 저지르기 일 년도 더 전부터 공들인 장난을 벌였다간 공연히 주의를 끌게 될 텐데 그런 일을 하겠습니까?"

"그건 저도 알 수 없습니다. 그리고 왓킨스 씨도 아실 수 없죠."

배질이 맞받아친 말에 선 날을 어조가 누그러뜨려 주었다.

"제가 경찰에 이 명단의 존재를 알리면 어떻게 하시겠습니까?"

"시간을 두고 잘 생각해 보면 윌링 씨가 그런 어리석은 일을 하지 않으리라 믿어 의심치 않습니다. 포스티나 양이 목숨을 위협받고 있다고 의심할 만한 일도 일어나지 않았잖습니까."

배질은 자리에서 일어섰다가 멈춰 섰다.

"왓킨스 씨, 그럼 작은 힌트 하나만 주실 수 있는지요? 이 중에 혹시 그 명단에 있는 이름이 있는지, 그것만 가르쳐 주십시오. 라이트풋, 체이스, 바이닝, 머피, 메이드스톤, 에이치슨. 어떻습니까?"

"그런 질문에 대답할 변호사는 아무도 없을 겁니다."

그러나 배질이 방에서 나가면서 보니 왓킨스는 여전히 얼굴을 찌푸리고 있었다. 그의 마음을 불안하게 한 뭔가가 있었던 것이다.

그 어떤 불결한 망령들이

포스틴을 감춘 궁핍하고 척박한 침대

주위로 모여들었는가?

그날 저녁, 땅거미가 밤의 어둠 속으로 스며들 무렵 배질은 병원에서 퇴근해 집으로 돌아왔다. 전쟁 전만 해도 파크 애비뉴 남쪽에 위치한 이 좁은 집은 그가 어린 시절을 보낸 볼티모어의 집에 비하면 형편없어 보였다. 그러나 해외에서 몇 년 지내고 돌아온 지금은 그에게 있어 그곳이 집이었고, 앞으로도 그럴 것이다. 이제는 동네도 마음에 들었다. 특히 이 시간대가 좋았다. 퇴근길 차량들이 소곤소곤 타이어 소리를 울리며 끊임없이 흘러가고, 널찍하고 고색창연한 거리 좌우로 늘어선 나지막하고 고색창연한 집들에서는 커튼 너머로 차분한 불빛이 흘러나오고, 그랜드 센트럴 역 건물은 짙푸른 밤하늘 속에 그림자처럼 파묻혀 오로지 불빛만 반짝였다. 면밀한 주의를 쉴 새 없이 요하는 하루 일과를 마치고 돌아온 입장에서는, 현관문 열쇠 돌아가는 소리를 듣는 즉시 주니퍼가 저녁 식사 전에 마실 마티니를 타기 시작할 생각만 해도 마음이 푸근해지는 듯했다.

다만 오늘 저녁은 그렇게 되지 않았다.

배질이 흑백 대리석을 바둑판무늬로 깐 현관홀을 지나는데, 안쪽 문이 살그머니 열리더니 주니퍼가 주름진 갈색 얼굴을 내밀었다. 그가 소곤거리듯 말했다.

"서재에 손님들이 와 계시는데요. 체이스 씨 부처와 바이닝 씨랍니다. 이층으로 몰래 올라가시렵니까? 오늘 못 들어오실 거라고 전화가 왔다고 하면 되니까요."

"아냐, 됐어."

배질은 순식간에 피로를 잊었다. 생각지도 못했던 전개에 다해가던 기력이 되살아났다.

그는 널찍하고 완만한 계단을 올라가 서재로 들어갔다. 흰 널벽에 기름한 형태의 이 방은 거실을 겸했다. 주니퍼가 크랜베리 같은 심홍색 커튼을 치고 흰 갓을 씌운 스탠드를 켜 두었다. 배질이 아치형 입구로 들어서자 발소리를 듣고 한 청년이 재빨리 돌아보았다. 조그만 머리통을 덮은 짧고 곱슬곱슬한 옅은 금발이 스탠드 불빛에 금색으로 반짝였다.

"윌링 씨이신가요? 이렇게 불쑥 찾아와 죄송합니다만, 워낙 사태가 시급하니까요. 전 레이먼드 바이닝이라고 합니다. 마거릿의 오빠죠. 라이트풋 교장 선생님께서 윌링 씨와 상의해 보라고 하시기에 제 맘대로 체이스 씨 부부도 모셔 왔습니다. 엘리자베스의 부모님이시랍니다."

엘리자베스? 마거릿? 배질은 이 거창한 이름들을 브리어턴에서 포스티나와 그녀의 생령을 동시에 봤다는 두 여학생과 바로 연결시키지 못했다.

또 한 남자와 여자는 스탠드 불빛이 미치지 않는 그늘 속에 있었다. 여자는 불을 피우지 않은 벽난로 옆 안락의자에 앉아 있었는데, 최신 유행의 모자가 기묘한 그늘을 드리워 얼굴이 잘 보이지 않았다. 불빛에 보이는 것이라곤, 어깨에 두른 윤이 반드르르한 모피와 작고 늙은 손에서 초록색 불길처럼 타오르는 에메랄드뿐이었다. 땅딸막하고 다부진 몸집의 남자는 벽난로를 등지고 서 있었는데, 다리를 벌리고 버티고 선 자세가 어쩐지 호전적인 느낌을 주었다. 벗어진 머리는 흡사 왁스칠을 한 양 번들번들하게 빛났다.

배질이 문간에 섰을 때 익숙한 향기가 희미하게 난 듯했다. 레몬 버베나였다. 그러나 방 중앙으로 나아가는 사이에 사라지고 말았다. 셋 중 누가 그 향기를 실어 왔는지는 알 수 없었다.

도러시아 체이스가 쨍쨍거리는 목소리로 말했다.

"교장 선생님 말씀으론, 브리어턴에서 벌어진 이 기묘한 일에 관해 윌링 씨가 누구보다도 더 잘 아실 거라더군요. 그래서 의견을 여쭙고 싶은데, 제가 베스를 전학시켜야 한다고 생각하시나요?"

체이스가 나섰다.

"베스는 당장 그 학교를 그만둬야 해. 월링 씨도 저와 같은 의견이시라면 좋겠군요. 전 어떻게 손을 쓸 방도가 없어서 말입니다. 이혼해서 양육권이 도러시아한테 있거든요."

바이닝이 끼어들었다.

"전 메그를 전학시키는 걸로 대략 결정했습니다. 하지만 그곳에서 동생한테 무슨 일이 있었던 건지 좀 더 확실하게 알고 싶어서요. 좀 걱정돼야죠."

말과는 달리 그리 걱정스러워 보이지 않았다. 그는 한 팔을 책꽂이에 얹고 나른하게 서 있었다. 갸름한 얼굴과 긴 다리, 작은 골반은 빅토리아 시대 소설가들이라면 '귀족적'이라는 말로 표현했을 것이다. 그러나 배질은 농부나 공장 노동자의 가족 중에서도 날씬한 사람을 많이 본 터라, 재산과 여유로운 생활이 몇 세대 만에 인간의 골격을 바꿔 놓을 수 있다고 믿지 않았다.

도러시아가 샐쭉해서 말했다.

"하지만 거기는 정말 좋은 학교란 말이에요! 플로이드, 그러니까 여기 있는 제 남편은 그 학교 학생들이랑 어울리는 게 베스한테 얼마나 유리한지 도무지 이해를 못해요. 지금 다른 학교로 보냈다간 그 애의 인생이 달라질지도 모른다고요."

"학교가 거기밖에 없어?"

체이스가 날카롭게 말했다.

“브리어턴은 하나뿐이야. 당신도 알면서 그래? 브리어턴은 영국으로 치자면 로딘이나 다름없는 학교란 말이야.”

“글쎄, 그렇게 말할 수 있는 날도 얼마 안 남았을 것 같은데. 그런 일이 있고 나서야!”

“교장 선생님이 그 끔찍한 크레일 선생님은 학교를 영영 떠났다고 하셨잖아.”

바이닝이 끼어들었다.

“크레일 선생님이란 사람이 그렇게 끔찍했습니까? 메그한테 이야기를 듣긴 했지만, 그 기묘한 이야기에서 그 선생님이 무슨 역할을 한 건지 전 아직 잘 이해가 안 됩니다. 배질 씨, 어떻습니까? 크레일 선생님은 이번 일을 꾸민 장본인입니까, 아니면 희생자입니까?”

배질은 정색하고 대답했다.

“희생자라 할 사람은 앨리스 에이치슨 선생님인 것 같습니다만.”

잠시 침묵이 흘렀다. 긴장되고 무거운 침묵이었다. 맨 먼저 정신을 되찾은 사람은 도러시아였다.

“그게 대체 무슨 말씀이시죠? 그건 사고였을 텐데요!”

“그 ‘사고’는 에이치슨 선생님이 크레일 선생님을 만났을 때 벌어졌습니다. 크레일 선생님은 그때 그 자리에 있을 수 없었는데도 말이죠. 적어도 두 분 따님 말로는 그렇습니다. 에이치슨 선생님이 계단에서 떨어져 죽은 건 사고일지도 모릅니다. 하지만 계단에서 떨어진 이유는 무엇입니까? 현실적으로 불가능한 상황에서 크레일 선생님을 보고 충격을 받았기 때문이 아닐까요?"

"크레일 선생님이 에이치슨 선생님에게 고의로 겁을 줬다는 말씀이십니까?"

바이닝이 물었다.

"크레일 선생님일 순 없는 것 같군요. 당시 뉴욕에 있었다는 걸 입증할 수 있으니까요."

배질은 대답했다.

"그럼 누구란 말씀입니까? 대체 무슨 일이 있었던 거죠?"

체이스가 소리쳤다.

배질은 대답 대신 방을 가로질러 책꽂이로 다가갔다. 그리고 이상 심리학의 미개척 영역에 관한 연구서들을 꽂아 놓은 선반에서 책 한 권을 꺼냈다. 거무죽죽한 갈색 천으로 장정된 책은 그로부터 거의 백 년 전, 1847년에 출간된 것이었다. 그는 독서등이 있는 벽난로 옆으로 돌아와 책을 폈다.

"1845년, 리보니아에서 에밀리 사제란 젊은 아가씨에게 일어났다는 일을 읽어 드리죠. 사제는 Sagée, 또는 Saget로도 씁니다. 이 사건에 관해서는 그 뒤로도 굴덴슈투베, 오언, 악사코프, 플라마리옹이 각자 기록을 남긴 바 있습니다."

그는 책장이 누렇고 가장자리가 갈색으로 변색되어 부스러지는 책을 들고 큰 소리로 낭독했다. 책을 읽는 동안 방 안은 점점 더 고요해졌다. 청중의 신경이 거의 끊어질 것처럼 팽팽해진 것을 느낄 수 있었다.

그가 낭독한 이야기는 유별나리만큼 포스티나 크레일의 이야기와 흡사했다. 차이점이라곤, 여학교가 리가에서 약 구십 킬로미터 떨어진 볼마르에 있었으며 교사가 디종 출신의 프랑스 사람이었다는 것뿐이었다. 에밀리 사제는 서른두 살에, 병약하고 성격이 온순했다. 처음에는 단순히 마드무아젤 사제가 서로 떨어진 두 곳에서 거의 동시에 목격되었다는 말이 있었다. 그때만 해도 목격자들은 서로 상대방이 잘못 본 것이라고 말다툼을 벌였다. 그러나 급기야 그렇게 간단히 설명할 수 없는 일이 벌어지고 말았다. 자수 수업을 받던 학생 마흔두 명이 그녀의 모습을 동시에 두 곳에서 본 것이다. 하나가 교실 창밖에서 꽃을 따는 모습이 빤히 보이는데도, 교실 의자에 또 하나가 출현해 몇 분간 앉아 있었다. 의자에 그 모습이 보이는 동안, 창밖에 있는 쪽은 '마치 잠에 취하거나 피로에 지친 사람처럼 느릿느릿 둔중하게' 움직였다.

"이거야 원, 베스가 그 크레일이란 여자에 관해 한 말이랑 똑같잖아."

체이스가 중얼거렸다.

배질은 책을 덮고 좌중을 둘러보았다. 도러시아 체이스는 의자의 그늘에 파묻혀 보석 반지를 낀 손을 무릎 위에 올려놓고 앉아 있었다. 얼굴에서 보이는 것이라곤 삐죽 내민 진홍색 입술뿐이었다. 체이스는 검지로 두툼한 윗입술 위 가느다란 콧수염을 만지작거리고 있었다. 눈에는 심각함과 당혹의 빛이 어려 있었다. 바이닝은 여전히 책장에 우아하게 기대서 있었다. 그러나 자세는 똑같아도 태도는 미묘하게 달랐다. 그는 한 마디도 놓치지 않겠다는 양 집중해서 듣고 있었다. 그의 눈은 누이동생과 마찬가지로 스타사파이어처럼 묘하게 아슴푸레한 밝은 파란색이었다.

배질은 말을 이었다.

"그 뒤로 이보다 더 기묘한 사건들이 이어졌습니다. 결국 학생 마흔두 명 중 열두 명을 제외하고 모두 학교를 떠났고 마드무아젤 사제는 해고됐습니다. 마드무아젤 사제는 그때 울면서 이렇게 말했다더군요. '이것 때문에 일자리를 잃은 게 열여섯 살 때부터 벌써 열아홉 번째예요!' 노이벨케 학교를 떠난 뒤 그 사람은 행방을 감추고 말았습니다. 아무도 그 사람이 어떻게 됐는지 알지 못합니다. 그런데 당시 학생 중에 그해 열세 살이던 줄리 폰 굴덴슈투베 남작부인이 취미로 심령 현상을 연구하던 오빠에게 이 이야기를 했던 거죠. 그 오빠를 통해 이 사건이 문헌으로 남아 소수 연구자들에게 생령 또는 도펠겡어의 전형적 사례로 자리 잡았습니다. 일반 대중에게는 오늘날까지도 거의 알려져 있지 않습니다만.

1895년, 플라마리옹은 디종에 간 김에 문득 호기심이 동해 1813년의 출생 기록을 살펴봤습니다. 1845년에 정말 서른두 살이었다면 마드무아젤 사제는 1813년생일 겁니다. 그런데 그해 출생 기록에서 사제Sagée란 성을 찾아볼 수 없었습니다. 대신 1813년 1월 13일에 디종에서 옥타비 사제Saget란 여자 아기가 태어났다는 기록을 발견했어요. 물론 Sagée나 Saget나 발음은 같습니다. 듣기만 해선 철자를 어떤 쪽으로 쓰는지 모를 테죠. 특히 줄리 폰 굴덴슈투베처럼 프랑스 사람이 아닌 열세 살 소녀라면 더할 겁니다. 그렇지만 아무리 그래도 '옥타비'를 '에밀리'로 착각했을 가능성은 없어 보이잖습니까? 그런데 출생 기록을 보니 옥타비 사제란 이름 뒤에 의미심장한 단어 하나가 붙어 있더란 말이죠. '혼외자'라고 말입니다.

에밀리 사제, 혹은 옥타비 사제가 모국을 떠나 프랑스어를 가르치며 독일 및 러시아를 떠돈 건 이런 혼외 출생 때문일지도 모릅니다. 디종은 작은 지방 도시입니다. 프랑스 지방 사람들만큼 인습적이고 점잖은 척하는 인간들이 없어요. 하물며 이때는 19세기였으니 말입니다.

에밀리 사제는 어쩌면 태생을 감추려고 성의 철자와 이름을 바꿨을지 모릅니다. 그리고 만약 노이벨케에서 벌어졌던 불가해한 사건의 근저에 이상 심리가 존재한다면, 감수성이 예민한 소녀가 사생아라는 심리적인 부담 탓에 정신적으로 붕괴한 데 기인하는 걸지도 모르죠. 물론 어디까지나 제 추론일 뿐입니다만."

도러시아가 몸을 일으켜 고개를 돌리면서 스탠드 불빛이 그녀의 얼굴을 비추었다. 화장이라는 가면 밑으로, 경박한 여자가 본의 아니게 진지하게 행동해야 할 상황에 처해 느끼는 거북함이 비쳐 보였다.

그녀는 세상에 해도 되는 일이 있고 해선 안 되는 일이 따로 있다는 생각 탓에 더욱 믿기지 않는다는 표정이었다.

"세상에, 정말 어처구니가 없군요, 윌링 씨! 지금 저희더러 크레일 선생님이나 그 프랑스 여자가 진짜로 망령 같은 걸 만들어 냈다고 믿으란 말씀이신가요? 정말이지 터무니없고……"

적당한 표현을 찾던 그녀는 이내 의기양양하게 말했다.

"비현실적이네요!"

"그런데 이 사건에 대단히 현실적인 요소가 하나 있단 말이죠."

배질은 대답했다.

"그게 정말입니까? 뭐죠?"

바이닝이 은근히 비꼬듯 물었다.

"두 사건이 무척 흡사하다는 사실입니다. 크레일 선생님 사건은 모든 면에서 마드무아젤 사제 사건의 표절이나 다름없습니다."

"사생아란 사실만 빼고 말이죠."

바이닝이 중얼거렸다.

도러시아가 배질의 표정을 주의 깊게 살피며 물었다.

"크레일 선생님이 설마 사생아는 아니겠죠?"

배질은 질문을 무시했다.

"크레일 선생님에게 위해를 가하고 싶은 사람이 우연히 마드무아젤 사제의 이야기를 접해 자기 목적을 위해 그걸 재현했다면 어떻겠습니까? 그렇게 되면 두 사건의 유사성이 설명되죠."

"하지만 크레일 선생님이 그 일로 무슨 해를 입을 수 있다는 겁니까?"

바이닝이 따지듯 물었다.

"이미 일자리를 두 번 잃었죠."

"두 번이라고요?"

도러시아가 놀란 표정으로 물었다.

"네. 더 큰 문제는 그분이 정신적으로 심각한 타격을 입었다는 겁니다. 그게…… 어떤 결과를 초래할지 모릅니다. 사제 사건의 패턴과 일치하지 않는 건 에이치슨 선생님의 죽음 하나뿐이죠. 그건 크레일 선생님을 겨냥한 계략에 에이치슨 선생님이 우연히 말려든 게 아닐까요."

바이닝이 말했다.

"즉, 이런 말씀이신가 보군요. 크레일 선생님이 그만둔 뒤 브리어턴에 생령이 출몰한 건, 그 선생님한테 겁을 주기 위해서였다. 이야기가 반드시 그 선생님 귀에 들어갈 테니까. 그걸 본 사람을 놀랠 작정이었지만, 그 사람이 계단에서 굴러 떨어져 목이 부러져 죽는 건 계획에 없었다. 그건 정말로 사고였다."

체이스는 바이닝만큼 머리가 빨리 돌아가지 않았다.

"잠깐 정리 좀 하자고, 레이. 이 생령 소동이 가짜란 말인가?"

"그야 물론이죠."

바이닝이 짜증스럽게 대답했다.

체이스는 배질에게 시선을 옮겼다가 도로 바이닝을 보았다.

"그렇지만…… 대체 무슨 수로? 훤한 대낮에 정면에서 봤는데 앨리스가 겁을 집어먹었을 정도라면 크레일 선생님과 정말 똑같이 생겼다는 뜻이잖아. 그런 걸 어떻게 만들어 낸다는 말이지?"

바이닝은 배질에게 질문을 넘겼다.

"어떻습니까?"

배질은 한숨을 쉬었다.

"그걸 알면 좋죠."

"크레일 선생님이랑 완벽하게 똑같이 생겼다면 무슨 반사경 같은 걸 이용한 게 아닐까요?"

도러시아가 말했다. 배질은 고개를 내저었다.

"크레일 선생님이 저택 밖 잔디밭에서 그림을 그리고 있을 때, 생령은 실내에서 안락의자에 앉아 있었습니다. 부인의 따님 말로는, 크레일 선생님과 생령은 똑같이 생기기는 했지만 동시에 똑같은 행동을 하고 있진 않았습니다. 반사경으로 그런 속임수를 쓸 순 없죠."

"이거야 원, 정말 알 수 없는 일이군요."

체이스는 마지못해 시인했다.

"전 지금껏 거울로 어떻게 했으리라고 생각했거든요. 스크린 없이 영상을 투사할 방법은 없습니까?"

바이닝이 소리 내어 웃었다.

"환한 대낮에 말입니까? 플로이드, 그건 아닐 것 같은데요. 게다가 브리어턴에서 그런 장비를 잔뜩 안고 돌아다니는데 아무도 그걸 모른다는 게 과연 가능할까요? 기숙 학교엔 사생활이란 게 없다고요."

"그럼 대체 뭐란 말이야? 무슨 수를 썼긴 했을 거 아냐?"

체이스가 따지듯 물었다. 배질이 대답했다.

"저도 뭐라 말씀드릴 수 없군요. 이런 게 아닐까 싶다가도 다시 생각해 보면 꼭 들어맞지 않는 부분이 발견된단 말이죠. 한번은 소위 그 생령이 계단에서 라이트풋 교장 선생님을 앞질러 갔는데, 알고 보니 크레일 선생님에게 원래 그렇게 하고 싶은 충동이 있었다는 겁니다. 그런 의미에선 생령은 마치 그 선생님의 잠재의식이 가시적으로 투영된 형태 같죠. 그걸 어떻게 설명하면 좋을지 모르겠습니다. 에이치슨 선생님 사망 당시 전화로 통화하는 중에 크레일 선생님의 목소리가 점점 느려졌다는 것도 그렇고요."

"수면제를 먹인 게 아닐까요?"

체이스가 물었다.

"그랬다면 타이밍을 놀랍도록 정확하게 맞춘 셈이군요. 제가 교장 선생님이라면 전 엘리자베스 양과 마거릿 양이 학교를 그만둬

주길 바랄 겁니다. 그리고 알린 머피란 하녀는 해고하겠습니다."

"아니, 설마 우리 메그가……."

바이닝이 성난 얼굴로 따졌다.

"이번 일을 어떻게 설명하건 그 바탕에는 인간이 개입돼 있을 게 틀림없습니다. 사건에 관련된 모든 사람을 따로 떨어뜨려 놓으면 중단될지 모릅니다."

"아닐지도 모르고 말이죠. 윌링 씨 말씀을 듣고 결심이 섰습니다. 동생을 당장 전학시키겠습니다."

바이닝이 퉁명스럽게 말했다.

"난 이상 심리에 관해선 아무것도 몰라. 알고 싶지도 않고. 그렇지만 내 이것만은 똑똑히 알지. 베스가 당장 그 학교를 그만둬야 한다는 것. 알겠어, 도러시아? 그래도 내 말 안 들으면 법정에라도 갈 테니까 그리 알라고!"

체이스가 으르렁거리듯 말했다. 도러시아가 에메랄드를 만지작거리며 대답했다.

"그래, 뭐…… 내년엔 파팅턴에 보내면 되려나. 봄까지는 가정교사를 붙이고. 하지만 정말…… 비현실적인 일 아냐? 백 년 전에 리보니아에서 있었던 일이 당신이나 나나 베스랑 대체 무슨 상관이 있다는 거야?"

그녀는 장갑을 끼며 일어섰다. 남자들은 그녀를 따라 복도로 나갔다. 머리 위를 비추는 샹들리에의 밝은 불빛에 그제야 그녀의 얼굴이 뚜렷이 보였다. 헤나로 염색한 적갈색 머리, 분홍 벽돌색으로 칠한 볼, 진홍색 입술과 손톱, 검정 마스카라를 바른 눈썹, 그리고 마사지와 크림과 파우더로 얼버무린 늙고 푸석푸석한 피부까지, 모든 게 미용실에서 만들어진 것이었다. 더없이 인공적인 그 모습에, 배질은 예전에 봤던 예스러운 프랑스 익살극이 생각났다. 신부가 첫날밤 병풍 뒤에서 옷을 벗기 시작한다. 처음에는 병풍 너머로 옷가지가 날아온다. 가발, 틀니, 인조 속눈썹, 의안, 인조 손톱, 나무 의수와 의족 한 짝씩이 뒤를 잇는다. 마침내 기다리다 지친 신랑이 병풍 뒤를 들여다보니…… 아무것도 없다. 그저 맨바닥에 옷 한 무더기가 쌓여 있을 뿐. 플로이드 체이스의 첫날밤도 이 프랑스 촌극 같았을까?

배질은 도리시아의 눈을 바라보았다. 겉으로 보이는 부분 중에 그녀가 손대지 않은 곳이라곤 그곳뿐이었다. 연갈색 홍채가 기이하리만큼 깊이가 없고 흐리멍덩했다. 수심이 십 센티미터도 안 되는 물을 통해 개흙으로 거무죽죽하게 뒤덮인 냇바닥을 들여다보는 기분이었다. 그 눈은 그에게 아무것도 말해 주지 않았다.

현관홀까지 거의 이르렀을 때, 도리시아는 짐짓 전남편을 무시하며 바이닝에게 말했다.

"레이, 차를 대기시켜 놨는데 같이 타고 갈래요?"

"그럼 좋죠."

두 사람이 인도를 가로질러 거무스름한 리무진으로 다가가자,

운전사가 문을 열어 주었다.

체이스는 모자를 든 채 배질 옆에 우물쭈물 서 있었다.

"단둘이 드리고 싶은 말씀이 있습니다만."

배질은 손목시계를 보았다.

"레스토랑에서 누굴 만나기로 약속해서요."

"그럼 거기까지 제 차로 모셔다 드리겠습니다. 가는 길에 이야기하면 되니까요."

배질은 거절하려 했으나, 체이스의 얼굴에 어린 당혹과 애원의 빛을 보고 마음이 바뀌었다.

"알겠습니다. 그럼 잠깐만 기다려 주시겠습니까? 주니퍼에게 레스토랑 전화번호를 남겨 놓고 오죠. 오늘은 밤에 병원에서 호출이 올지도 모르거든요."

배질이 안으로 들어갔다 나오자, 체이스는 인도에 바짝 붙여 세워 놓은 컨버터블 옆에 서 있었다. 맵시 있게 잘 빠진 컨버터블은, 회색 차체에 시트는 황동색 가죽이었다. 딱 그가 탐 직한 차였다.

"무슨 걱정이라도 있으십니까?"

차가 출발하자, 배질은 물었다.

"앨리스 때문에요."

체이스는 앞에 보이는 자동차 불빛에서 눈을 떼지 않은 채 대답했다.

"앨리스 에이치슨 말씀입니까? 브리어턴에서 죽은 에이치슨 선생님요?"

"네, 맞습니다. 전 앨리스를 사랑했거든요."

012

그대는 말하자면…… 독을 준다고 할까,

안 그래, 포스틴?

두 사람이 만나기로 한 레스토랑은 매디슨 애비뉴에 있었다. 작고 조용한 그곳은 최근에 실내 장식을 새로 했으며, 음식은 남미풍이되 기름지지 않았다. 그러나 유명인들에게 알려지지 않은 탓에 손님이라곤 거의 그들뿐이었다. 언젠가 저녁을 먹으러 오면 분명히 휑뎅그렁하니 빈 공간만 남아 있고 '임대 문의'라는 팻말이 걸려 있을 것이다. 음식이 맛있고 분위기가 아늑한 것만으로는 충분치 않은 법이다. 음식점이 성공하려면 떠들썩한 광고와 갖은 홍보 전략, 그럴싸한 이미지 등등이 필요하다.

기젤라는 칸막이 좌석에 앉아 있었다. 모자를 벗은 터라 희고 고상한 얼굴 위로 늘어진 비단결 같은 검은 머리가 맨 먼저 눈에 들어왔다. 뒤로 젖힌 비버 모피 코트 속으로 보이는 날씬한 어깨와 허리는 은단추가 목까지 올라오는 회색 드레스로 감쌌다. 회갈색과 포근한 갈색에 은빛으로 하이라이트를 준 것이 흡사 갯버들을 연상시켰다.

그녀가 고개를 들고 미소를 지었다. 머리가 귀 뒤로 넘어가면서 목에서 턱으로 이어지는 길고 단아한 선이 드러났다. 배질 뒤에 선 다른 남자를 알아차린 그녀는 보일 듯 말 듯 놀란 표정을 지었다. 배질은 설명했다.

"체이스 씨도 우리와 같이 칵테일을 드실 거야. 한잔하실 필요가 있을 것 같아."

체이스가 부러운 눈빛으로 두 사람을 번갈아 보며 말했다.

"여기까지 따라오게 해 주셔서 감사합니다. 한 잔만 하고 바로 가겠습니다. 솔직히 말씀드려서, 폰 호헤넴스 선생님, 윌링 씨뿐 아니라 선생님하고도 이야기할 기회가 생겨서 다행이군요. 앨리스 일입니다만. 앨리스가 우리 이야기를 하던가요?"

"자세히는 듣지 못했어요. 다만 브리어턴을 영영 떠날지도 모른다고 하더군요."

기젤라는 대답했다.

배질이 웨이터에게 마실 것을 주문했다. 체이스는 웨이터가 멀어지기를 기다려 다시 입을 열었다.

"네, 맞습니다. 제가 청혼했거든요."

"그래서 주황색 드레스를 입었던 거군요. 체이스 씨께 가장 아름다운 모습을 보여 주고 싶었겠죠. 다른 누가 뭐라 생각하든 말이에요."

"그럴지도 모르죠. 하지만 물론 앨리스가 뭘 입건 전 상관없었습니다. 초라한 삼베옷을 입었어도 전 그 사람을 사랑했을 겁니다. 도러시아하고 이혼했을 때만 해도 이제 두 번 다시 결혼하지 않겠다고 맹세했었습니다. 하지만 앨리스는 도러시아하고 모든 점에서 정반대인 여자였거든요. 명랑하고, 다정하고, 생기가 넘치고, 인간적이고……."

웨이터가 칵테일 잔을 내려놓았다. 체이스는 무심히 잔을 들어 한 모금 마셨다. 미각을 비롯해 모든 감각이 마비된 듯이 보였다.

"그렇기 때문에 전 처음부터 자살일 리 없다고 확신했던 겁니다. 앨리스는 행복했으니까요. 제가 압니다. 앨리스는 살고 싶어 했어요. 게다가 전 돈이 많으니까요. 비록 도러시아가 갖은 수단을 써서 빼앗아 가는 중이긴 해도, 앨리스가 원하는 건 뭐든 다 줄 수 있었습니다. 그런데 대체 이게 무슨 아이러니입니까. 행복을 손에 넣기 직전에 앨리스가 그렇게 무의미하고 허망하게 죽다니요."

"원래 사고란 게……."

체이스는 기젤라의 말을 시선으로 가로막았다.

"그거 아십니까? 사람의 목을 부러뜨리는 게 참 간단하거든요. 군대에서 가르쳐 주더군요. 머리 양옆의 어느 특정한 위치를 잡고 휙 틀면…… 경추가 똑 부러진답니다.”

그는 손가락을 쫙 벌리고 좌우 손바닥이 마주 보게 손을 들어 눈에 보이지 않는 머리통을 잡는 시늉을 했다. 목을 비트는 동작이 어찌나 민첩하고 정확한지 소름 끼칠 지경이었다. 흡사 ‘군대식으로 기민하게’ 경례하는 법 같은 것을 시범 보이는 듯했다.

“그러고 나서 계단 밑으로 굴러 떨어지게 놔두면 그만입니다. 치맛단을 찢고 신발 한 짝을 벗기는 것쯤이야 눈 깜짝할 새에 해치울 수 있을 테고요. 그러면 누가 사고인지 아닌지 알 수 있겠습니까?”

기젤라는 숨을 훅 들이마셨다.

“그렇지만…….”

체이스는 암울하고 단조로운 어조로 말을 이었다.

“모두 세 사람이 앨리스를 미워했습니다. 제 전 아내인 도러시아와 레이먼드 바이닝, 그리고 포스티나 크레일이죠. 도러시아는 제가 재혼하려는 걸 알고 질투하고 화를 냈습니다. 특히 상대가 앨리스처럼 젊은 여자라 더 그랬을 겁니다. 애를 낳으면 베스한테 돌아갈 유산이 줄어들 테니까요. 레이 바이닝은 일 년 전까지만 해도 앨리스와 약혼한 사이였습니다. 철부지 아이들 관계였을 뿐이지만, 제 생각엔 앨리스가 레이를 찬 것 같습니다. 싸웠다는 건 확실합니다만. 앨리스는 말이 좀 모질긴 했거든요. 그 크레일이란 아가씨를 괴롭히는 걸 즐겼다고 들었습니다.”

"어쩐지 여자가 다른 여자의 목을 부러뜨린다는 게 상상이 안 되는데요. 여자라면 총이나 독약을 쓸 것 같은데요."

기젤라가 말했다.

"질투심에 사로잡힌 여자가 화나면 세상에 못할 일이 없어요. 다른 여자를 계단에서 밀어 떨어뜨리는 것도 불가능한 일이 아니죠. 베스 말로는 실제로 크레일 선생님이 그랬다고 하고 말입니다. 혹시 뭔가 알아차리신 건 없습니까, 폰 호헤넴스 선생님? 알아차렸는데 경찰한테 말씀 안 하신 건 없는지요?"

"죄송하지만 그런 건 딱히 없었어요. 제가 본 건 그저 앨리스와 찢어진 치맛단과 벗겨진 구두뿐이에요."

"발자국은 없었습니까?"

"전 못 봤어요. 발자국이 있으리란 생각 자체를 못했어요."

그는 마치 몇 초간 참고 있었던 것처럼 숨을 크게 내쉬었다.

"그렇습니까. 아무래도 부질없는 희망이었나 보군요. 앨리스가 죽은 진짜 경위를 알아내겠다는 건."

"아시겠지만 포스티나는 그때 뉴욕에 있었어요. 앨리스를 발견하기 직전에 제가 포스티나와 통화했는걸요."

기젤라는 말했다. 체이스가 빈 잔을 내려놓았다.

"제가 듣기로 포스티나 크레일 선생님은 세상에서 알리바이란 게 있을 수 없는 유일한 사람이라던데요. ……맙소사, 대체 뭘 믿어야 할지! 술 잘 마셨습니다. 전 이만 가 봐야겠습니다. 그럼."

비틀비틀 일어선 그의 얼굴에는 웃음기가 없었고 그 눈에는 아무것도 비치지 않는 듯했다. 그는 손을 들어 건성으로 작별 인사를 하고는 테이블 사이를 휘청거리는 발걸음으로 지나 물품 보관소로 향했다. 그리고 그에게 절을 하는 수석 웨이터를 그냥 지나쳐 바깥 어둠 속으로 나갔다.

기젤라는 배질에게 시선을 돌렸다.

"당신 생각은 어때?"

배질은 침착하게 시선을 맞받아 냈다.

"모르겠어. 심지어 체이스 본인이 죽였을지도 모르는 일이야. 방금 전 그 방법도 아주 그럴싸하게 시범을 보였잖아? 발자국이라든지 자기가 범인이라는 게 들통 날 무슨 증거가 남아 있지는 않았는지 당신을 통해 알아내려 한 걸지도 모르지."

"치정 살인?"

"말하자면 그런 셈이지. 앨리스가 진심으로 체이스를 사랑했을까?"

기젤라는 얼굴을 살짝 찌푸렸다.

"당신도 그 사람을 봤잖아. 바이닝도 봤고."

"여자한테는 바이닝이 더 매력적이었을 거다?"

"그럴 것 같은데. 물론 이런 일에 절대적인 건 없지만. 못생긴 남자한테 끌리는 여자들도 있으니까. 외모는 딸려도 매력적인 여자한테 끌리는 남자들이 있듯이 말이야. 하지만 난 어쩐지 체이스는 부유한 사람이고 앨리스는 교사란 직업에 굉장히 지쳐 있었다는 게 자꾸만 생각나서……. 베스 체이스가 정말 범행 장면을 봤다면 어떻게 하지? 그 나이의 어린애가 순간적으로 포스티나에 관한 소문을 이용해서 자기 아버지한테 혐의가 돌아가지 않게 할 만큼 그렇게 머리가 빨리 돌아갈까? 아니, 도대체가 포스티나에 관한 소문들은 진짜 착각이었을까?"

배질은 고개를 가로저었다.

"그렇게 간단한 문제가 아냐. 라이트풋 교장 말로는, 포스티나가 작년에 메이드스톤 학교를 그만둔 것도 같은 이유에서였다더군."

"세상에, 앨리스는 그 학교를 다녔어!"

"그래. 그리고 앨리스는 포스티나를 즐겨 괴롭히곤 했지."

기젤라는 눈을 크게 떴다.

"그럼 앨리스가 거기서도 여기서도 포스티나한테 어떤 악의 어린 농간을 부렸을지 모른다는 말이야? 그 때문에 포스티나가 두 번이나 일자리를 잃었다고? 그런데 포스티나가 어떻게 그 사실을 알고, 앨리스한테 앙갚음을 하려고…… 브리어턴으로 돌아왔다고?"

"그렇다면 장거리 전화로 당신이랑 통화했던 사람은 누구지?"

기젤라는 얼굴을 찡그렸다.

"그게 포스티나 목소리였다는 건 확실해. 그 작고 나른하고 멍한 목소리를 잘못 알아들었을 린 없어. 그리고 뉴욕에서 온 전화였다는 것도 확실하고. 코네티컷 경찰에서 전화 회사에 확인해 봤대."

“다른 사람 목소리를 유별나게 똑같이 흉내 낼 수 있는 사람들도 있잖아.”

“포스티나가 과연 제삼자한테 자기 비밀을 털어놓을까? 난 아닐 것 같은데.”

“장난인 척했다면?”

“그랬다면 신문에 앨리스의 사망 기사가 났을 때 그 사람이 곧바로 경찰에 알렸을 거야. 아니, 역시 그건 아닌 것 같아. 혹시 앨리스가 포스티나한테 무슨 꾀를 쓰려고 했는데 되레 자기가 걸려든 게 아닐까? 그래서 놀라거나 충격을 받은 건지도 모르잖아?”

“어떤 꾀? 앨리스가 무슨 수로 포스티나의 생령을 만들어 낼 수 있단 말이지? 어떻게 해서 앨리스가 그에 걸려든단 말이야?”

이번에는 기젤라가 고개를 가로저을 차례였다. 배질이 말했다.

“나도 똑같은 질문을 벌써 열 번은 더 해 봤지만 아직도 해답을 못 찾았어. 브리어턴에서 생령을 목격한 사람은 모두 네 명이야. 다소 아둔한 하녀에, 열세 살 먹은 여학생 둘, 그리고 교장. 네 목격자 중에서 성인, 그러니까 하녀와 교장은 생령을 어둑어둑한 곳에서만 봤지. 둘 다 엄밀히 말해서 얼굴을 제대로 보진 못했어. 양쪽을, 포스티나와…… 페치를 동시에 보지도 못했고.”

“페치라니?”

“영국에서 오래전부터 쓰였던 말이야. 어원은 불명. 살아 있는 사람과 똑같이 생긴 환영이 나타나면 대개 그 사람이 머잖아 죽으리란 뜻이라고 하니까, 어쩌면 '데려오다'란 뜻으로 페치라고 부르는지도 모르지. 저승에서 그 사람을 데리러 온 셈이니까. 판박이처럼 똑같이 생겼다고 할 때도 페치란 단어를 쓰잖아? 디킨스에도 '갬프 부인의 페치'란 표현이 등장하고. 그런 환영은 본래 어둑어둑한 곳에 나타나는 법이야. 저물녘이라든지 동틀 녘에, 아니면 달빛 아래."

"하지만 이 페치인지 생령인지는 환한 대낮에도 목격됐단 말이야."

기젤라가 이의를 제기했다.

"그건 두 번뿐이지. 한 번은 어린 여학생 둘이었고, 또 한 번은 어린 여학생 하나. 에이치슨 선생님이 실제로 뭘 봤는지 아닌지는 이제 알 길이 없어. 게다가 생령이 포스티나 본인과 동시에 나타난 적은 딱 한 번뿐이었고. 그게 가장 불가해한 사례인데, 그 근거도 그저 두 어린 여학생의 증언에 불과하거든."

"하지만 그 애들이 어째서 거짓말을 하겠어? 그 애들은 진짜 겁에 질려 있었어. 베스는 진짜 정신을 잃었고, 메그는 입술까지 하얗게 질려선 부들부들 떨고 있었단 말이야. 게다가 나도 그때 내 눈으로 포스티나가 천천히 움직이는 걸 봤는걸."

"나도 그 애들이 의도적으로 거짓말을 했다고 생각하진 않아. 하지만 심지어 성인조차도 자기가 보리라고 생각하는 걸 보게 마련이야. 그 두 학생은…… 그게 뭐든 간에 그걸 보기 전부터 포스티나에 관한 소문을 이미 알고 있었어. 그 때문에 무의식중에 의자에 앉아 있던 인물이 진짜 포스티나와 닮은 정도를 과장했는지도 몰라."

"의자에 앉아 있었다는 게 누구…… 아니면 뭔데? 무슨 이유로 거기 있었던 거지? 일 년 전 메이드스톤에서 목격됐다는 것하고 같은 거야?"

배질은 한숨을 쉬었다.

"나도 버지니아로 가 볼까 생각하긴 했는데, 어차피 이미 일 년 전 일이니 말이야. 당시 있었던 일을 정확하고 상세하게 기억하는 사람은 이제 아무도 없겠지. 그런데 우리가 필요한 건 세부적인 증언이니 말이야. 빛이라든지 거리, 입은 옷 같은 실질적인 세부 사항. 포스티나 말로는, 메이드스톤에 나타난 분신은 아침, 점심, 저녁 할 것 없이 나타난 모양이더군. 하지만 거리는 매번 상당히 떨어져 있었어."

"가엾은 포스티나를 괴롭히겠다고 일 년도 더 넘게 그런 장난을 치는 사람이 세상에 정말 있을까?"

"정상적인 사람 중엔 없겠지."

"비정상적인 사람이라도 그래. 아무리 정상이 아닌 사람이라고 그렇게 고약한 장난을, 그렇게 공을 들여서까지 칠까?"

배질은 미소를 지었다.

"비정상이란 건 따지고 보면 예측이 불가능하다는 뜻이니까. 게다가 그게 아니면 그 밖에 어떤 가능성이 있겠어?"

기젤라는 살짝 장난기 어린 미소를 지어 보였다.

"당신이 하는 말은 전부 이게 속임수란 걸 전제로 하고 있어. 잠깐만 이렇게 생각해 보면 어때? 살아 있는 사람의 환영이란 게 정말 존재하고 그 환영이 다른 사람들 눈에 잠깐 보이기도 한다고. 그리고 포스티나가 무의식중에 그 환영을 투사할 수 있는 몇 안 되는 사람 중 하나라고."

"당신, 라이트풋 교장하고 이야기했군!"

"맞아. 왜, 그럼 안 돼? 교장 선생님은 아주 총명하신 분인걸. 과학은 잠깐 잊고 한번 잘 생각해 봐. 포스티나한테 일어난 모든 일을 무리 없이 설명할 수 있는 건 교장 선생님 설밖에 없지 않아?"

"그런가?"

그의 미소는 여전히 회의적이었으나 기젤라는 진지했다.

"그거면 메이드스톤이랑 브리어턴에서 있었던 모든 일이 설명되잖아. 또 앨리스 에이치슨의 죽음도 설명되고. 메이드스톤에 있을 당시 앨리스는 포스티나나 다른 사람이 속임수를 쓰는 거라고 생각했을지도 몰라. 브리어턴에서 포스티나를 다시 만났을 때, 교장 선생님한테 달려가서 메이드스톤에서 있었던 일을 일러바치지는 않았지만 포스티나를 업신여기고 짓궂게 놀린 건 그 때문이야. 앨리스 같은 사람은 히스테리 환자나 사기꾼한테 그런 반응을 보이게 마련이니까. 그러다 환한 대낮에 포스티나의 환영이랑 딱 마주친 거야. 내가 진짜 포스티나랑 통화중이란 걸 알고 있는 바로 그 순간에. 그 충격에 앨리스는 발을 헛딛고 계단에서 떨어졌어. 그 경우, 베스 체이스가 한 말은 사실이 돼. 그 애는 정확히 본 거야."

"베스는 포스티나가 손을 내밀어 앨리스를 떠밀었다고 했는데."

"그렇다면 앨리스는 더 큰 충격을 받지 않았겠어? 만약 그 환영에 실체가 없었다면."

"또는 앨리스가 실체가 없다고 생각했다면."

배질은 고쳐 말했다. 기젤라가 웃었다.

"그거 봐. 당신은 그런 게 존재할지도 모른다는 생각을 순순히 받아들이지 못해. 나한테는 그게 그렇게 어렵지 않은데. 난 유럽에서 자랐으니까. 우리처럼 오래된 문명은 모든 믿음에 대해 회의적이거든. 당신들 미국인들이 거의 종교처럼 맹신하는 근대적이고 과학적인 믿음들조차 말이지. 우리 문명은 그러기엔 지적 혁명을 너무 여러 번 겪었어. 한때 과학이었던 게 그 다음 세대에게 신화가 되는 걸 한두 번 본 게 아니니까. 우리는 전기학 자체가 등장한 지 겨우 이백 년밖에 안 됐다는 걸 기억해. 십 년 전만 해도 저명한 물리학자들이 원자는 그 이상 쪼갤 수 없다고 했던 것도. '이 또한 지나가리라.' 예로부터 전해지는 격언 중에 가장 서글픈 게 이건데, 우리는 그게 진실이란 걸 아주 잘 알아…….

그리고 과거는 언제나 바로 저기, 우리 곁에 있어. 우리 책은 물론이고 우리 관습에, 또 우리가 사는 집에. 우리한테 있어서 고성이나 성채는 책에서나 나오는 그런 곳이 아니야. 우리가 아는 사람들이 지금도 살고 있는 곳이지. 바서레온부르크나 글래미스처럼 아주 오래전부터 사람들이 살았던 곳에선 이상한 일이 벌어지곤 해. 그런 곳에서 사는 사람들은 불가사의한 일에 워낙 익숙하다 보니 공포심이 없어. 심지어 관심도 없고. 당신들 미국 사람들은 기를 쓰고 부인하거나 밝혀내려고 하지만, 우리 유럽 사람들은 그저 미소를 짓고 어깨를 으쓱하며 이렇게 말해. 이 또한 지나가리라……."

"앨리스 에이치슨이 봤던 것과 딱 마주쳐도 당신은 무섭지 않을 거라고? 포스티나에 관해 처음 편지를 썼을 땐 그렇게 담대하지 않았던 것 같은데!"

"그때는 그게 뭔지 몰랐으니까. 자기가 모르는 건 늘 무서운 법이잖아. 하지만 지금은 알거든. 포스티나 크레일처럼 수줍음 많고 무해한 사람의 인격이라면 어떤 형태로 나타나든 무서워할 필요가 뭐가 있어? 그런 게 실제로 존재한다면 그것도 자연의 일부인걸. '초자연'이란 건 세상에 존재하지 않아. 그런 상황에서 충격을 받는 건 앨리스처럼 독단적이고 회의적인 사람뿐이야. 자기가 믿는 바와 자기가 보는 것 사이에 별안간 균열이 생겼으니 얼마나 충격을 받았겠어? 내 경우엔 이번 일이랑 흡사한 사례도 알고 있으니까 그런 충격을 받진 않을 거야."

"당신도 이런 체험을 한 적이 있다고?"

"난 아니지만 대고모 한 분이 이거랑 아주 비슷한 일을 직접 겪으셨어. 아말리 드 부아시란 프랑스분이었는데, 아버지가 러시아

주재 프랑스 대사관에 계실 때 리보니아에 있는 볼마르란 곳에서 학교를 다니셨거든."

배질은 고개를 번쩍 치켜들었다.

"노이벨케 학교 말이야?"

"당신도 그 이야기를 알아?"

"에밀리 사제 말이지? 어쨌든 정신 의학이 내 직업이니 난 이상 심리와 연관된 모든 것에 각별한 관심을 갖고 있지. 왜 지금까지 에밀리 사제 이야기를 안 했지?"

"우리가 포스티나 이야기를 처음 했을 때 생각나? 크레인 클럽에서 만난 날 저녁에 내가 이거랑 비슷한 일이 있었던 것 같은데 잘 기억이 안 난다고 했잖아? 그게 사제였어. 난 그 이야기를 아주 어렸을 때 들었거든. 그래서 생각해 내는 데 그렇게 오래 걸렸나 봐. 사실 괴테 자서전으로 알아차렸어야 하는데. 아말리 대고모님이 처음 에밀리 사제 이야기를 해 주셨을 때, 시인 괴테한테도 비슷한 일이 일어난 적이 있다고 하시면서 괴테의 프랑스어판 자서전을 주셨거든. 거기 그 에피소드가 나온다면서 말이야. 내 기억에 사제의 경우도 포스티나랑 아주 흡사했던 것 같아. 마드무아젤 사제가 사생아였다는 것 하나만 빼놓고."

배질은 주저했다. 그러나 기젤라는 그가 그 누구보다도 신뢰하는 사람이었으므로 사실을 밝히기로 했다.

"사실은 포스티나도 그래. 그렇지만 이 이야기는 절대 누구에게도 해선 안 돼. 포스티나는 이 사실을 알면 안 되거든."

기젤라는 동정 어린 말투로 말했다.

"세상에, 가엾은 포스티나……. 그래서 늘 그렇게 외롭고 의지할 데 없어 보였구나."

"어머니는 금세기 초에 파리에서 악명을 떨쳤다더군. 본명인 크레일이 아니라 다른 이름으로. 포스티나는 어머니의 본명을 물려받은 거지."

"그러고 보니 최근에 그런 여자의 예명을 들은 적이 있는데…… 그것도 바로 며칠 전에……. 저런……."

기억이 되살아나면서 기젤라는 긴장했다.

"앨리스 에이치슨이 포스티나한테 말한 거였어. 그 자리에 나도 있었거든."

"이름이 뭐였지?"

"로자 다이아몬드. 1900년대 파리 고급 화류계의 여왕으로 군림했던 여자로 유명했는데."

배질은 고개를 끄덕였다. 로자 다이아몬드……. 특이한 이름이 기억의 복도에 울려 퍼지며 오랜 세월 잠들어 있던 메아리를 깨웠다.

"혹시 1912년에 세간을 떠들썩하게 했던 이혼 소송에서 공동 피고인이었나?"

"그건 모르겠는데."

"그럼 내가 내일 당장 알아봐야겠군. 남자의 이름도. 만약 로자 다이아몬드가 정말 포스티나의 어머니라면 말이야."

"'만약'이 아니야. 틀림없어. 앨리스가 한 말이 그걸로 설명되는 걸. 맙소사, 잔인하기도 하지."

"뭐라고 했기에?"

"포스티나가 브리어턴을 그만두는 날이었어. 그리스 연극 공연에서 메데이아가 입을 무대 의상을 포스티나가 그려 와서 같이 보고 있었거든. 그런데 앨리스가 메데이아의 옷 색깔이 아테네에서 매춘부들만 입던 색이라고 하지 뭐야. 포스티나가 몰랐다고 변명하니까, 앨리스는 웃으면서 포스티나는 매춘부들 풍습에 대해 아는 게 많겠다고 말했어. 그러고 로자 다이아몬드란 이름을 들어 봤느냐고 물은 거야."

"기억을 되살려서 잘 생각해 보고 대답해 줘. 로자 다이아몬드란 이름을 포스티나가 아는 것 같았어?"

배질은 물었다.

기젤라는 고개를 숙이고 손가락으로 좌우 관자놀이를 꾹 눌렀다. 이윽고 그녀가 손을 내리고 당혹 어린 눈을 들었다.

"모르겠어. 포스티나는 그날 오후 앨리스가 한 말마다 죄 상처받는 것 같았거든. 포스티나는 자기 어머니 이야기를 알아?"

"변호사 말로는 모른다고 하지만 어쩌면 그 사람이 잘못 생각하는 건지도 모르지. 아무래도 포스티나에게 직접 확인해야겠는걸."

"앨리스는 포스티나 어머니 이야기를 어떻게 알았을까?"

"그것도 알아봐야겠군. 당신 대고모님은 마드무아젤 사제가 사생아란 걸 어떻게 아신 거지?"

"대고모님은 모르셨어. 그 부분은 한참 뒤에 플라마리옹이 자기 책에 밝힌 거야. 난 그 책에서 읽은 거고."

"대고모님은 줄리 굴덴슈투베를 아셨나?"

"아니. 그게, 대고모님이 그 학교에 가신 건 십삼 년 뒤인 1858년이었거든. 마드무아젤 사제가 있었을 때 있던 학생들은 이미 아무도 안 남아 있었지만, 나이 많은 하인 중에 마드무아젤 사제를 알던 사람이 몇 명 있었대. 게다가 당시 인근 농민들 사이에서도 워낙 유명한 이야기였다고 하고. 그 이야기가 학교 괴담으로 전해졌다나봐. 여학생들이 기숙사에서 밤늦게 취침 시간 지난 뒤에 몰래 코코아를 마시면서 소곤소곤 주고받는 그런 거 말이야."

배질은 저도 모르게 미소를 지었다.

"과학적인 정확성을 기해 사실을 밝혀내기에 최선의 방법이라 할 순 없겠는걸!"

"그렇겠지?"

그녀는 풀죽은 미소로 답했다.

"그렇지만 그로부터 한참 지나 대고모님이 나한테 그 이야기를 해 주셨을 때, 묘하게 인상에 남은 부분이 하나 있어. 마드무아젤 사제의 생령이 노이벨케에 어찌나 자주 나타났는지, 나중에 가선

하급생들이 전혀 안 무서워하게 됐대."

"그 말을 나더러 믿으라고?"

"그게 그렇게 특이한 일이 아냐. 내가 아까부터 말하려는 게 그 건걸. 특히 어린애들이 곧잘 그래. 애들은 불가능한 일을 봐도 그게 불가능한 일인지 몰라. 뭐가 가능하고 뭐가 불가능한지 모르니까. 심지어 한 애는 에밀리 사제의 생령을 건드려 보기까지 했다는 말도 있어."

"느낌이 어땠대?"

"시폰 같은 얇은 막이 느껴졌다고도 하고, 아무것도 안 만져졌다고도 해. 신기루나 물에 비친 그림자도, 아무리 똑똑히 보여도 만질 순 없잖아?"

"그 학생을 만나 볼 수 있으면 좋았을 텐데. 과학적 사고와 참된 용기를 지녔군."

"매번 조용히 나타나서 아무에게도 해를 끼치지 않고 금세 사라지는데 왜 겁을 내야 해? 이 그림자 같은 존재들은 절대 사람들한테 위해를 가하지 않는걸. 미신에 사로잡힌 사람들이 겁에 질려 스스로에게 해를 입힐 뿐이야."

배질이 반박했다.

"무슨 근거로 그렇게 단정하지? 그런 게 실제로 존재한다면 완전히 미지의 영역일 텐데. 그곳에선 무슨 일이든 있을 수 있는 거야. 베스 체이스가 한 말 잊었어? 앨리스가 계단에서 떨어져 죽은 건 생령이 손을 내밀었을 때라고 했잖아."

기젤라의 확신이 조금 흔들렸다. 크게 뜬 검은 눈에 당혹감이 어렸다. 배질은 개의치 않고 말을 이었다.

"방금 전 당신은 앨리스가 포스티나의 어머니 이름을 꺼내 포스티나를 놀렸다고 했지. 포스티나가 만약 그 뜻을 알아들었다면 앨리스한테 증오심을 품었을 게 틀림없어. 살의나 다름없는……."

"맙소사, 그럴 리 없어!"

"중세 시대에 마녀의 주된 죄목이 뭐였는지 알아?"

기젤라는 참담한 표정으로 고개를 끄덕였다.

"떨어진 곳에서 눈에 보이지 않는 수단을 써서 사람을 죽인다는 거지? 하지만 그런 걸 어떻게 믿어?"

"왜 안 된다는 거지? 당신은 그 못지않게 기묘한 일도 죄다 믿을 용의가 있는 것 같은데! 기분 좋은 것들만 믿을 수 있다고? 당신은 아까 구대륙과 전승 이야기를 했는데, 한 가지 잊은 게 있어. '마녀를 살려 두지 말지어다.' 신화와 신비는 늘 잔학과 폭력으로 끝나는 것 같지 않아? 질 드 레와 토르케마다를 생각해 보라고. 우리 신대륙 사람들이 그런 과학 이전의 믿음이 부활하는 걸 맹렬하게 반대하는 데는 그런 이유도 있을 거야. 우리에겐 고문실과 화형 말뚝에 관한 종족 기억이 있으니까. 신앙에 의거한 행위, 불길과 비명 소리에 의해 모독된 어둡고 고요한 밤, 신자들의 유리알 같은 눈동자에 비친 시뻘건 불길……."

"참 끔찍한 일처럼 말하네."

"끔찍한 일이었으니까."

"당신들의 근대 과학은 로테르담이랑 코번트리랑 히로시마에서 수천 명을 불태워 죽였잖아. 중세 시대에 화형을 당한 사람은 몇백 명일 뿐인데."

"새로운 죄악이 과거의 죄악을 죄악이 아니게 해 주진 않지."

"당신 같으면 자기가 믿는 게 과거에 단 한 번 폭력으로 이어졌다고 해서 그걸 부정하겠어?"

"과학자가 아닌 자들이 과학을 그릇되게 사용했다고 해서 과학을 부정하지 않는 것과 마찬가지지."

수석 웨이터가 그들의 테이블로 다가와 미소 띤 얼굴로 말했다.

"윌링 씨시죠? 전화가……."

전화를 받으러 갔던 배질이 찌푸린 얼굴로 돌아왔다.

"이거야 원, 난감한걸. 병원 이사회에서 긴급회의를 연다는군. 재정 관련 안건이라니 내가 가야 해. 회의에 필요한 숫자를 아는 사람이 나밖에 없어서 말이야. 신경정신과에서 새로 구입하는 설비의 견적 가격이거든. 하여간 꼭 이렇다니까……."

"그렇게 참담한 표정 짓지 마. 지난번처럼 일본으로 가는 것도 아닌데."

"귀국한 뒤로도 당신을 만나기가 이렇게 힘든데 일본이랑 뭐가 달라? 아무튼 기차역까지 바래다주지."

"기차 탈 게 아닌걸. 오늘은 차를 가져왔어. 다른 선생님한테 빌렸지. 나한테 더 좋은 생각이 있어. 내가 당신을 병원까지 바래다줄게."

레스토랑에서 병원까지 겨우 열 블록이었다. 더 멀지 않은 것을 두 사람 모두 아쉽게 생각했다. 차에서 내린 배질은 머리를 숙여 운전대 위에 얹힌 기젤라의 장갑을 끼지 않은 맨손에 키스했다. 그래봤자 더욱 감질날 뿐이었지만. 그는 인도에서 돌아서서 손을 흔들고는 계단을 달려 올라가 좌우로 열리는 문 뒤로 사라졌다.

기젤라는 꼼짝 않고 앉아 있었다. 기나긴 저녁이 황량한 사막처럼 그녀 앞에 놓여 있었다. 가슴에 뚫린 구멍을 어떻게든 메워야 했다. '굳이 전화 안 해도 돼요…… 금, 토…… 아무 때나 좋으니까 언제든 편한 시간에 와요…….' 그녀는 운전대를 휙 꺾어 곁길로 들어서서는 1번가로 향했다. 그곳에서 주유소를 본 기억이 있었다.

앞 유리에 빗방울이 후드득 떨어지기 시작했다. 그래도 그녀의 결심은 흔들리지 않았다. 행동이 그녀의 마음에 안정을 찾아 주고 있었다. 이것은 모험이다. 배질 윌링을 놀래 주자. 어쩌면 그의 완고한 회의주의를 깨뜨릴 수 있을지도 모른다. 무서워할 필요가 없다. 실제로 일어나는 일은 모두 자연의 일부다. 그렇지 않으면 일어날 리 없다.

기름얼룩이 묻은 작업복을 입은 남자가 졸린 얼굴로 야단스러운 조명을 받으며 주유기로 다가왔다.

"엔진 오일도 교환해 주시고요. 혹시 뉴저지 교통 지도가 있나요?"

"그럼요. 목적지는 정하셨나요?"

"작은 바닷가 마을로 갈 거예요. 브라이트시란 곳으로요."

013

흡사 그대의 배부른 석관이

살과 피부를 남겨 놓은 양

그대는 예전과 다름없는 모습으로

우리 앞에 돌아왔지, 포스틴.

와이퍼가 스타카토로 발레를 추기 시작했다. 원, 투, 스리, 킥. 완벽하게 똑같은 동작으로 추상적인 춤을 추는 외발 무용수 둘이었다. 그들의 춤으로 깨끗이 닦인 반원형 유리 너머로, 검은 도로를 덮은 반짝이는 물의 막에 가로등 불빛이 흐릿하게 반사되는 게 보였다. 차 안에 앉은 기젤라는 작고 비에 젖지 않은 자신만의 세계에 있었다. 와이퍼의 단조로운 리듬과 끊임없이 이어지는 나지막한 엔진 소리가 눈과 귀에 최면을 걸어 그녀를 잠으로 유인했다.

어둠 속에서 표지판이 조명을 번쩍였다. '브라이트시에 오신 것을 환영합니다.' 간선 도로가 마을 중심가로 이어졌다. 불빛이 보이는 곳이라곤 약국과 주유소뿐이었다. 기젤라는 주유소에 차를 세웠다.

"크레일 씨 별장 말입니까?"

청바지와 운동복 티셔츠를 입은 여윈 시골 사람은 자동차 정비공이라기보다는 농부처럼 보였다. 그가 호기심 어린 눈길로 쳐다보며 말했다.

"마을을 빠져나가서 오 킬로미터쯤 더 가요. 솔숲하고 바다 사이에 있어요. 이 길로 일이 킬로미터쯤 더 가다가 갈림길에서 오른쪽으로 가면 나올 겁니다. 그 길에 있는 집이라곤 거기뿐이에요."

마을이 끝나는 곳에 교차로가 있었다. 간선 도로를 벗어나 곁길로 접어드는데, 맞은편에서 다른 차가 달려와 엇갈려 지나쳤다. 빗방울로 얼룩진 앞 유리와 '택시'라고 쓰인 표시판이 얼핏 보였다. 차는 마을 쪽으로 달려가 버리고 미등 불빛과 가로등 불빛이 점점 멀어져 갔다. 그녀는 이제 험하고 구불구불한, 오솔길이나 다름없는 흙길을 달리고 있었다. 주위를 비추는 것이라곤 전조등 불빛뿐이었다. 양옆에서 작은 숲이 육박했다. 솔잎이 땅을 뒤덮어 덤불을 자라지 못하게 하는 탓에, 오르간 파이프처럼 곧게 자란 호리호리한 나무줄기들 사이로 바람이 윙윙 울었다. 벌써부터 낮게 중얼거리는 파도 소리가 들려왔다. 흡사 기분 좋은 사자가 그르렁거리는 소리 같았다. 뉴욕에서 천 킬로미터는 떨어진 곳에 있는 기분이었다.

커브를 돌자 급작스레 내리막길이 나타났다. 전조등 불빛 속에 길 왼편에서 한 여자가 차 앞으로 걸어 나오는 게 보였다. 키가 크고 날씬한 여자는 거무스름한 모자를 쓰고 옅은 색 코트를 입고 있었다. 그들 사이의 거리가 줄어들수록 길고 검은 그림자가 오싹하리만큼 빠른 속도로 조그맣게 줄어들었다.

기젤라는 브레이크를 꽉 밟았다. 타이어가 마찰력을 잃고 헛돌았다. 현기증 나는 악몽처럼 차가 흔들거리더니 걷잡을 수 없이 미끄러졌다. 그녀는 브레이크에서 발을 떼고, 독자적인 의사를 가진 양 제멋대로 움직이는 운전대와 격투를 벌였다. 차가 완벽한 반원을 그리며 회전했다. 전조등 불빛이 담벼락처럼 에워싼 소나무들과 송장처럼 흰 얼굴을 할퀴었다. 방어를 위해 들어 올린 한 팔이 놀란 표정을 띤 얼굴을 가렸다. 번개 불빛에 비친 양 순간적이고 뚜렷한 이미지였다. 벌어진 입술, 그녀를 똑바로 쳐다본 겁에 질린 눈이 뇌리에 아로새겨졌다. 차가 덜컹거리며 멈춰 서더니 전조등이 꺼졌다.

꼼짝 못하고 부들부들 떨며 앉아 있던 기젤라는 이내 목소리를 되찾았다.

"포스티나! 어디 안 다쳤어요?"

대답이 없었다. 기젤라는 전조등을 켜려 했으나 아무리 스위치를 눌러도 불이 들어오지 않았다. 하는 수 없이 손전등이 있나 조수석 글러브 박스를 더듬었더니 하나 있었다. 불도 들어왔다. 그녀는 차 밖으로 기어 나가 도로에 조그만 스포트라이트를 비추었다. 어떤 광경을 보게 될지 몰라 불안했다. 그러나 아무도 보이지 않았다.

"포스티나! 어디 있어요?"

이번에도 대답은 없었다. 들리는 소리라곤 바람의 노래와 비의 속삭임, 파도의 중얼거림뿐이었다.

그러나 그녀는 분명히 전조등이 꺼지기 직전 그 끔찍한 순간에 포스티나의 얼굴을 보았다. 포스티나의 파란 커버트 코트와 갈색 펠트 모자를 보았다. 차가 흔들리면서 포스티나가 길 밖으로 튕겨 나갔나? 의식을 잃고 도랑에 쓰러져 있나? 아니면 시체로?

기젤라는 손전등을 밑으로 향해 들고 차 주위 도로를 찬찬히 비춰 보았다. 그녀가 있는 곳은 진창으로 뒤덮인 우묵땅이었다. 이미 빗줄기가 그녀의 타이어 자국을 씻어 내고 있었다. 그 밖에는 어떤 흔적도 남아 있지 않았다. 발자국도.

그녀는 갓길로 올라가 솔잎으로 뒤덮인 아래쪽을 손전등으로 비춰 보았다. 비에 젖어 갈색으로 빛나는 솔잎은 단단히 다져져 흡사 얼음덩어리처럼 굳고 미끄러워 보였다. 이미 몇 년째 그곳으로 지나간 사람이 없는 것은 분명했다.

기젤라는 이제 포스티나의 이름을 큰 소리로 부르지 않았다. 길 양쪽으로 몇 미터쯤 걸으며 살펴보기는 했지만 아무것도 발견하지 못했다. 진창에 흔적이 남아 있지도, 핏자국이 있지도, 장갑이나 구두가 떨어져 있지도 않았다.

몸이 흠뻑 젖어 뼛속까지 시렸다. 기젤라는 차에 올라타 열쇠를 돌리고 시동 장치를 밟았다. 그러나 엔진은 마치 소리를 내기가 겁난다는 양 꼼짝하지 않았다. 합선됐구나. 그녀는 마비된 머리로 멍하니 생각했다. 그래서 전조등이 나간 거야. 그녀는 어둠 속에서 담배를 찾아 성냥으로 불을 붙였다. 생전 처음 담배에서 역한 맛이 났다. 그제야 비로소 그녀는 오한이 바람이나 비 때문만이 아니라 공포 때문이기도 하다는 것을 깨달았다.

기젤라는 손전등과 손지갑을 챙겨 들고 차에서 내렸다. 마을로 돌아가는 것보다는 포스티나의 집으로 가는 게 더 빠를 것이다. 하지만 지금 이 상황에서는 불빛과 사람들과 전화가 있는 마을로 가고 싶었다. 그러나 차가 미끄러지면서 회전한 탓에 방향이 헛갈렸다. 솔숲은 어느 쪽이나 다 똑같아 보였고, 그나마 바퀴 자국이라도 남아 있었으면 도움이 됐을 텐데 그조차 진창으로 덮여 보이지 않았다. 그녀는 자기가 어느 쪽으로 가는 건지 모르는 채 걸음을 떼었다.

한 십 분 걸었을 때 문득 파도 소리가 아까보다 더 크게 들린다는 것을 깨달았다. 손전등을 켜 보니 진창이 사라지고 대신 모래사장이 이어졌다. 솔숲도 아까처럼 울창하지 않았다. 나무줄기 사이로 불빛이 보였다. 그녀는 그쪽을 향해 걸어갔다.

솔숲이 끝나고 길은 높직한 두 모래 언덕 사이로 이어졌다. 꼭대기가 해변에 자라는 풀로 덮여 있었다. 불빛은 조금 떨어진 곳에 보이는 또 다른 모래 언덕 위의 집에서 흘러나오는 것이었다. 파도 소리가 가까이서 크게 들려오는데, 바다가 있으리라 여겨지는 곳에는 별도 없이 캄캄한 밤하늘과 보이지 않는 물의 검은 공동이 펼쳐져 있을 뿐이었다.

그녀는 잠시 망설였으나 이내 집을 향해 모래투성이 길을 걷기 시작했다.

현관 포치의 불빛에 흰 말뚝 울타리로 둘러싸인 정원이 보였다. 들장미와 베이베리, 사막보리수나무를 심은 정원이었다. 그녀는 널찍한 문을 지나 또다시 모래투성이 길을 따라갔다. 페인트를 칠하지 않은 판자로 지은 집은, 햇빛에 바래고 모래와 짠 바닷물을 머금은 바람에 씻겨 백랍 같은 색을 띠었다. 덧문과 창문 장식은 흰색 페인트로 칠했다. 흡사 은색 태피터 드레스를 입고 흰 염소 가죽 장갑을 낀 자그마한 노부인처럼 얌전한 집이었다. 기젤라는 주춤했다. 모래 언덕에서 봤던 불빛은 실제로는 집 안 복도에서 비친 것이었다. 현관문이 열려 흔들거리고 있었다. 희미하게 짤랑짤랑하는 금속음은, 열쇠 구멍에 꽂힌 열쇠의 열쇠고리에서 나는 것이었다.

기젤라는 문간에서 다시 걸음을 멈추고 다급한 목소리로 불러 보았다.

"포스티나?"

역시 아무런 대답도 없었다. 그녀는 현관으로 한 발짝 들어가 멈춰 섰다.

금속 프레임에 흰 새틴으로 팽팽하게 갓을 씌운 전기스탠드에 불이 환하게 밝혀져 있었다. 스탠드는 커브를 그리는 계단 옆 전화 테이블에 놓여 있었다. 온화하고 가정적인 불빛이 흰 목재와 초록

잎사귀 무늬의 흰 벽지를 비추었다. 조명이라고는 그것뿐이었다.

째깍째깍 소리에 눈길을 돌리자 현관 맞은편 벽에 낡은 밴조 시계가 걸려 있었다. 바늘은 11시 20분을 가리키고 있었다. 그 옆으로 폭포수의 힘찬 궤도처럼 곡선을 그리는 하얀 계단에는 황록색 카펫이 깔려 있었다. 계단 밑에는 작고 초라한 여행 가방 두 개가 놓여 있었다. 브리어턴을 떠날 때 포스티나가 들고 있던 가방이었다.

그 밖에 통로라곤 오른쪽으로 보이는 아치형 입구 하나뿐이었다. 기젤라는 천천히 그쪽으로 다가갔다. 거실 두 개가 프랑스식 창문처럼 가느다란 나무 창틀에 유리를 끼운 좌우로 열리는 문으로 구분되어 있었다. 첫 번째 방은 홀의 스탠드 불빛을 나누어 받았지만, 아치형 입구에서 더 멀리 떨어져 있는 다른 한 방은 어둑어둑한 그늘에 잠겨 잘 보이지 않았다.

기젤라는 다시 한번 큰 소리로 불러 보았다.

"포스티나! 나예요, 기젤라. 어디 있어요?"

그 이상 정적을 견딜 수 없었다.

기젤라는 일부러 요란하게 소리를 내며 우선 손지갑과 손전등을 거실에 있는 작은 테이블에 내려놓았다. 방 안을 둘러보니 테이블 반대편에 있는 벽에 전등 스위치가 보였다. 스위치를 향해 손을 뻗으며 테이블을 돌아가는데, 발에 뭔가 부드러우면서도 무게가 있는 것이 차였다. 아래를 내려다본 기젤라의 목에서 힉 소리가 새어 나왔다.

포스티나 크레일이 엎드린 자세로 안쪽 방을 향해 쓰러져 있었다. 여전히 파란 커버트 코트를 입고 있었지만 갈색 모자는 머리 옆에 뒹굴고 있었다. 갈색 가죽 장갑을 낀 왼손은 어깨 옆에 오므라져 있었고, 오른팔은 마치 날아오는 주먹을 피하려 한 것처럼 앞으로 쭉 뻗었다. 맨손인 오른손 옆에 구겨진 장갑 한 짝과 핸드백이 놓여 있었다. 핸드백 아가리가 열려 파우더며 립스틱, 동전 지갑 같은 자질구레한 물건이 사방에 흩어져 있었다. 포스티나의 옷이나 몸 어디에도 진창이 튀거나 젖은 곳이 없었다. 심지어 스타킹과 신발 밑창조차 마르고 깨끗했다. 얼굴은 결이 곱고 색이 옅은 머리에 가려 보이지 않았다. 기젤라는 옆에 무릎을 꿇고 앉았다.

"포스티나! 어디 다쳤어요? 차에 치인 거예요?"

차디찬 몸뚱이를 손으로 더듬어 봐도 맥이 느껴지지 않았다. 하지만 모르는 일이었다. 전쟁중에 응급 처치 훈련을 받을 때 늘 자기 맥도 찾지 못해 애를 먹지 않았던가.

기젤라는 포스티나의 얼굴에서 살며시 머리카락을 걷었다. 그녀의 얼굴은 전에도 늘 창백했으려니와, 입술은 종종 지금처럼 느슨히 벌어져 있곤 했다. 기젤라에게 공포심을 심어 준 것은 눈이었다. 눈꺼풀이 벌어지고 동공이 팽창된 눈에는 아무것도 비치지 않는 듯했다. 머리를 빛이 비치는 쪽으로 돌려도 눈꺼풀은 깜박이지 않았고 동공도 수축되지 않았다. 그제야 비로소 기젤라는 포스티나가 죽었음을 확신했다. 그러나 그녀의 몸에는 뭔가에 맞거나 베인

상처가 없었다. 옷에도 총알에 뚫리거나 칼로 찢어진 자국이 없었다. 심지어 피 한 방울 보이지 않았다.

기젤라는 벌떡 일어나 전등 스위치를 켰다. 그러나 불이 들어오지 않았다. 그녀는 천장에 달린 둥근 젖빛 유리등을 올려다보고 다시 스위치를 보았다. 위아래로 움직이는 식의 스위치였는데, 지금은 내려져 있었다. 그리고 그곳에 ON이라고 씌어 있었다.

그녀는 벽들에게 무슨 일이 있었느냐고 묻듯 천천히 방 안을 둘러보았다. 벽들은 방금 전에 일어났던 일을 분명히 목격했을 테니까. 홀에서 아치형 입구를 통해 흘러드는 스탠드 불빛에 홀과 똑같은 녹색과 흰색 벽지, 그리고 장미 무늬 무명천 소파 등이 보였다. 파도가 밀려와 부서지고 밀려 나가는 리드미컬한 소리가 들렸다. 그러나 들리는 소리라곤 그뿐이었다. 심지어 자신의 심장 소리조차 들리지 않았다. 이렇게 세차게 쿵쿵 뛰는데도. 이 집에 자기 말고 아무도 없다는 게 거의 확실했지만, 그래도 완전히 확신할 수는 없었다. 그녀는 홀에 있는 전화기로 달려갔다.

014

악마가 던진 주사위가

또르르 굴러 포스틴을 땄다.

머리말에서 전화벨이 울렸을 때, 장식장 위 시계의 라듐을 바른 야광 바늘은 2시 57분을 가리키고 있었다. 창밖은 아직 어두웠지만 공기에서 새벽을 예감하게 하는 상쾌함이 느껴졌다. 배질은 잠에 취해 눈꺼풀이 달라붙은 눈으로 전화기를 더듬어 찾았다. 대답은 반사적으로 한 것에 불과했다.

"여보세요."

"배질?"

수화기에서 들려온 낮고 떨리는 목소리에 마치 찬물을 맞은 것처럼 정신이 번쩍 들었다.

"기젤라! 거기가 어디야?"

"뉴저지. 브라이트시에 있어. 끔찍한 일이 생겼어."

"무슨 일?"

그러나 대답을 듣지 않아도 알 수 있었다. 이런 시간에 그녀가 전화를 걸 이유는 오직 하나뿐이었다. 그런데도 그녀가 그것을 말로 표현하니 어쩐지 현실성이 없게 느껴졌다. 그녀는 조용히 말했다.

"포스티나 크레일이 죽었어."

"그래서 당신이 거기 가 있는 건가?"

"아냐. 아까 당신이랑 헤어지고 나서…… 할 일이 없었거든. 그런데 포스티나가 시간이 날 때 언제든 오라고 했던 게 생각나서 그렇게 했던 거야. 그런데 와 보니까 죽어 있었어. 심장 발작이래. 경찰에 먼저 전화했는데 내 말을 안 믿는 것 같아. 별로 유쾌한 태도가 아니었어. 그렇지만 당신한테 전화하는 건 허락해 줘서 건 거야."

"책임자가 누구지? 주 경찰?"

"응. 시어스 경위란 사람인데."

"내가 그 사람하고 이야기해 보지. 그러고 나서 되도록 빨리 브라이트시로 갈 테니까 당황하지 말고 내가 갈 때까지 아무 대답도 하지 마. 어디로 가면 만날 수 있지?"

"포스티나의 별장에. 배질, 나…… 아, 시어스 경위 바꿀게."

전화선을 통해 들려온 목소리는 호전적이었다.

"이거 봐요, 이건 뉴욕이 아니라 뉴저지에서 일어난 사건입니다. 알겠어요? 여기 젊은 아가씨가 당신이 친구고 변호사를 불러 줄 거라고 해서 당신한테 전화하는 걸 허락해 준 겁니다. 그렇지만 뉴욕 지방 검찰청은 이 사건하고 아무 상관없어요. 내가 무슨 말 하는지 알겠죠?"

배질은 그가 무슨 말을 하는지 잘 알 수 있었으므로 갖은 수단을 동원해 경위를 설득했다. 그러나 수화기를 내려놓으며 그는 설득만으로는 충분하지 않음을 깨달았다. 배질은 침대 옆의 스탠드를 켜고 플랫부시에 사는 포일에게 전화를 걸었다. 뉴욕 시경 경무관인 그는 배질의 오랜 친구였다.

포일은 잠에 취한 목소리로 욕설을 내뱉으며 전화를 받았다.

"자식들, 어떻게 십 분도 눈을 못 붙이게 하냐? 이번엔 또 뭐야?"

그러나 배질의 목소리와 기젤라의 이름을 듣고 그의 태도는 달라졌다. 세 사람은 1940년에 처음 만난 이래로 아는 사이였다.

"미안해, 선생. 센터 스트리트 녀석들인 줄 알았지 뭔가. 그 녀석들은 지금도 문제가 생기면 이 노인네를 찾거든. 뉴저지 일은 쉽지 않겠어. 주 경찰 친구들은 관할 따지는 걸 유별나게 좋아해서 말이야. 어쨌든 마침 그쪽 지서장 중에 친구가 있으니 시어스한테 전화를 넣게 하지. 이쪽에서 내가 할 일은 없고?"

"뉴욕에 셉티머스 왓킨스란 변호사가 있습니다만."

"암, 그렇지. 자유의 여신상도 있고. 둘 다 내 평생 알던 거네만."

"포스티나 크레일이 서른 살이 되기 전에 죽었으니 이제 어머니가 소유했던 보석은 다른 사람들이 갖게 될 겁니다. 그게 누군지 왓킨스한테 알아내 주시겠습니까? 법적인 상속인은 왓킨스지만, 은밀히 특정 인물들에게 보석을 넘기란 지시를 받은 모양입니다."

"어머니 이름이 뭔데? 크레일?"

"네. 하지만 예명은 로자 다이아몬드였던 것 같더군요."

포일이 나지막이 휘파람을 불었다.

"코라 펄에 필적할 여자였지! 맙소사, 그게 대체 언제 적인지……."

"로자 다이아몬드가 혹시 1912년에 유명한 이혼 소송에서 공동피고인이었습니까?"

"글쎄, 그랬을지도 모르겠네만 기억이 안 나는군."

"아마 확실할 겁니다. 피고인의 이름을 알고 싶습니다만……."

배질이 호보컨을 통과할 때 비는 이미 그친 뒤였다. 차는 해가 뜰 무렵 브라이트시에 들어섰다. 맑은 햇살 아래, 브라이트시는 어촌 마을이 종종 그러하듯 눈부시리만큼 청량해 보였다. 척박한 모래땅이 농업 지대의 비옥한 땅보다 훨씬 깨끗하기 때문이다. 주유소를 지나려는데 눈에 익은 인물이 보였다. 배질은 인도 곁에 차를 세웠다.

"교장 선생님?"

자동차 정비공과 이야기중이던 라이트풋 교장이 놀란 표정으로 돌아보았다.

"윌링 씨!"

그런 이른 아침에도 그녀의 머리 모양과 복장은 완벽했다. 침착하고 위엄 있는 인상은 여전했으나, 뭔가가 사라지고 없었다. 지금껏 그녀를 지탱해 온 정신력이라고 할까. 저녁노을 같은 색깔에 윤이 반드르르 흐르고 나선무늬가 정교한 멋진 조개껍데기를 발견했는데, 속을 들여다보니 일찍이 그곳을 보금자리 삼아 살던 것의 시체가 들어 있는 듯한 느낌이었다. 지금은 마른 콩처럼 거무스름해지고 버석버석 말라붙어, 그 근사하지만 텅 빈 껍데기를 흔들면 달그락달그락 소리만 나는 듯했다.

그녀가 설명했다.

"어젯밤에 뉴저지 경찰에서 전화가 왔거든요. 기차를 타고 왔는데 크레일 선생 별장까지 태워다 줄 차를 찾을 수 없군요."

그녀의 말을 유심히 듣고 있던 정비공이 끼어들었다.

"이거 보세요, 부인. 그러니까 운전할 사람이 하나뿐인데 그 친구가 지금 그 별장에서 조사를 받고 있다고 하잖아요. 그 친구가 어젯밤 크레일 씨를 역에서 거기까지 태워다 드렸다고 말이죠. 여기엔 지금 나밖에 사람이 없는데 주유소를 그냥 비워 둘 순 없잖아요."

"제가 모셔다 드리겠습니다."

배질이 말했다.

"감사합니다. 제가 꼭 가 봐야죠. 가엾은 크레일 선생이 그렇게 된 데는 제 책임도 있을 테니까요. 윌링 씨, 크레일 선생은 자살한 건가요? 제가 내보내지 않았다면…….”

정비공이 또 끼어들었다.

“경찰한테 듣기로는 그냥 심장 발작이라던데요. 이 근방 사람들은 크레일 씨가 심장이 약했다는 걸 다들 알죠.”

“길이 어떻게 됩니까?”

배질이 물었다.

“저 길로 쭉 가다가 교차로에서 우회전하세요. 그러고 해변이 나올 때까지 가면 됩니다.”

차가 마을을 통과했다. 이른 아침의 햇살 아래 반짝이는 마을은, 간밤에 비가 온 덕에 갓 세수한 얼굴처럼 산뜻해 보였다. 교차로에서 오른쪽으로 꺾자 조그만 크리스마스트리 숲이 나왔다. 차는 이어서 가파른 비탈을 내려가 여전히 질퍽질퍽한 우묵땅을 지나 모래로 뒤덮인 길로 올라섰다. 호리호리한 나무들이 전보다 더 띄엄띄엄해졌다. 나무들이 긋는 수많은 수직선들을 낮고 끝없이 뻗어 나가는 단 하나의 수평선이 칼날처럼 정확하게 가로질렀다. 파란 하늘과 그보다 더 파란 바다가 그곳에서 만났다.

모래 언덕 사이를 빠져나오자 널따란 해변이 나왔다. 그곳에서 가장 높은 모래 언덕을 배경으로 선 회색 별장을 보며, 배질은 이런 적막한 곳에 로자 다이아몬드를 숨겨 놓은 에드워드 시대의 거물을 생각했다. 파리와는 분명히 다른 곳이지만……. 로자에게 시심詩心

이 조금이라도 있었다면 그녀는 이곳의 바다와 바람, 태양, 그리고 고요함과 고독을 사랑했을 게 틀림없다. 외롭지는 않았을 것이다. 혼자서, 또는 자기가 택한 단 한 남자와 함께 사는 것은 고급 매춘부에게는 이상이고 더할 나위 없는 호사다.

흰 울타리 주위에 차 대여섯 대가 서 있었다. 배질은 빈자리를 찾아 차를 세우고 시동을 껐다. 혈색이 불그레하고 요란뻑적지근한 제복의 솔기가 터질 것처럼 보이는 남자가 어슬렁어슬렁 다가왔다.

"당신 뭐요?"

그는 불손하게 물었다. 무식한 인간들은 그런 게 민주주의라고 착각하곤 한다.

"시어스 경위를 만나러 왔습니다. 윌링이라고 합니다."

"옆에 있는 여자 친구는?"

"라이트풋 교장 선생님은 폰 호헤넴스 씨의 고용주입니다만."

"경위님은 바쁘셔. 용건이 뭔데?"

"그건 당신이 경위한테 확인해 보지그래? 날 기다리고 있으니까."

배질의 어조에 순경의 얼굴이 붉으락푸르락했다.

"이거 봐, 당신……."

현관문이 벌컥 열리더니 목소리가 들려왔다.

"돕슨!"

"네, 경위님."

"거기 온 사람이 월링 씨인가? 들어오시게 해."

"알았습니다."

돕슨은 라이트풋 교장과 배질을 다시 돌아보았다.

"경위님 말씀 들었지? 들어가셔."

오솔길에서 라이트풋 교장은 멍한 목소리로 말했다.

"『이상한 나라의 앨리스』에 이런 장면이 있지 않던가요? 물고기 시종이 문간에서 보는 사람마다 죄 모욕하는?"

배질은 어깨 너머로 흘깃 돌아보았다. 돕슨 순경은 다리를 쫙 벌리고 서서 팔짱을 낀 채 그들을 노려보고 있었다. 그가 어리둥절한 눈빛으로 소리 없이 입술만 달싹이는 게 보였다. '물고기 시종? 뭔 소리야?'

열린 현관문 앞에 살빛이 검은 남자가 서 있었다. 경찰관치고는 키가 다소 작았지만 경위 제복을 입고 있었다. 그가 엄숙하게 말했다.

"돕슨은 신경 쓰지 마세요. 워낙 돌대가리에 으스대는 걸 좋아해서 말입니다. 기자들을 만나야 하니 잠깐 홀에서 기다려 주시겠습니까?"

"폰 호헤넴스 씨는 어떻게 됐습니까?"

배질은 물었다.

"문제없어요. 금세 돌아오죠."

경위가 아치형 입구를 통해 거실로 달려 들어갔다.

"자, 자, 이쪽입니다. 얼른 끝냅시다."

그의 목소리가 멀어졌다.

라이트풋 교장은 호감 어린 표정으로 녹색과 흰색으로 꾸며진 현관홀을 둘러보았다.

"꼭 조그만 보석함 같군요. 아니면 인형의 집이나요. 작지만 완벽해요."

"크레일 선생님 전에 이 집에 살던 사람이 누군지 아십니까?"

배질은 물었다.

"아뇨, 모릅니다만. 윌링 씨는 아시나요?"

"로자 다이아몬드란 여자랍니다."

라이트풋 교장이 놀란 눈으로 돌아보았다.

"저런! 갑자기 천 년 전으로 거슬러 올라간 기분이군요! 윌링 씨 세대 사람이 로자 다이아몬드를 알 줄은 몰랐는데요. 저도 어렸을 때 이름을 들어 본 것뿐인데요."

"로자 다이아몬드를 파리에서 뉴욕으로 데려온 남자의 이름도 아십니까?"

라이트풋 교장은 또다시 현관홀을 둘러보았다.

"정말 보석함 같군요."

아까보다 더 흥미가 생긴 어조였다.

"아뇨. 그런 사람이 있었다는 말은 들었지만 이름은 모릅니다. 로자 다이아몬드는 파리를 떠나면서 사람들 앞에서 모습을 감추었으니까요."

"뉴욕 사람 같던데요. 이혼 소송에서 부인이 로자 다이아몬드를 공동 피고인으로 지목했다고 하더군요. 이러면 혹시 기억나시겠습니까?"

라이트풋 교장은 고개를 내저었다.

"미안합니다. 당시 전 정말 어렸으니까요. 그런 여자들이 존재한다는 것 자체를 알아선 안 됐어요."

차림새가 다소 후줄근한 두 젊은 남자와 함께 시어스가 아치형 입구로 나왔다.

"자, 이제 됐죠?"

"감사합니다, 경위님."

그들은 라이트풋 교장과 배질에게 약삭빠른 눈길을 던지고는 밖으로 나갔다.

"들어오시죠."

시어스가 아치형 입구 쪽으로 두 사람을 안내했다.

두 응접실을 가르는 유리문이 활짝 열려 있고, 방 안에 환한 햇살이 가득했다. 두 방 모두 내닫이창이 서로 마주 보게 나 있기 때문이다.

기젤라의 초췌해진 얼굴을 보자마자 시어스도, 라이트풋 교장의 존재도 잊어버린 배질은, 단 세 걸음에 방을 가로질러 기젤라에게 다가가 두 손을 잡았다. 손은 얼음장처럼 찼으나 그녀는 이럭저럭 미소를 지었다. 배질은 그녀의 손을 꽉 쥐었다가 시어스를 돌아보았다.

“그래서요? 폰 호헤넴스 씨는 왜 붙들어 놓는 겁니까?”

말투만 보면 흡사 그가 경찰이고 시어스가 범죄자 같았다. 그런데도 시어스가 온건하게 대꾸한 것을 보면, 포일이 최선을 다한 모양이었다.

“누가 그분을 붙들어 놓는다는 겁니까? 언제든 가셔도 됩니다. 다만…….”

“다만, 뭡니까?”

“그분 말씀이 도무지 이해가 안 돼서 말입니다. 조리가 맞는 설명을 해 주시기만 하면 아예 ‘사건’도 아니게 될 텐데요. 그분하고 이 친구가 말이죠.”

배질은 그제야 남자의 존재를 알아차렸다. 체구가 작고 머리가 헝클어진 남자가 소파 한구석에 구부정하게 앉아 있었다. 민간인 양복 위에 계급장이 없는 낡은 육군 코트를 입은 그는 매우 지친 표정이었다.

“그렇지만 경위님, 벌써 세 번이나 말씀드렸잖습니까. 하느님께 맹세컨대 정말 그랬다니까요.”

“그럼 네 번째로 들어 볼까. 이분은 윌링 씨네. 뉴욕 지방 검찰청에 계신 분이지. 상관인 레더러 서장님이 전화하시더니 우리가 가진 정보를 이분한테 전부 제공하라고 하셨다고. 정보를! 있어야

말이지! 그러니 자네가 내놔 봐."

라이트풋 교장은 기젤라 근처의 의자에 앉아 그녀를 안심시키듯 미소를 지었다.

그 동작이 시어스의 시선을 끌었다.

"당신이 크레일 씨의 고용주인 라이트풋 교장 선생님이겠군요."

"네, 크레일 선생은 얼마 전까지 우리 학교 교사였습니다."

"크레일 씨가 학기중에 학교를 그만둔 이유가 뭡니까? 폰 호헤넴스 씨는 말을 안 해 줍니다만."

라이트풋 교장은 말을 조심스럽게 골라 대답했다.

"크레일 선생은 미술과 공예 과목을 담당했는데, 수업에는 문제가 없었지만 학생들에게 존경을 얻지 못했습니다."

"왜죠?"

"사람이 약했기 때문입니다. 그건 경위님 분야에서도 중요한 문제일 텐데요."

시어스는 미심쩍은 목소리로 대꾸했다.

"그럴 때도 있죠. 좋아, 론슨, 어디 말해 보라고."

기젤라와 라이트풋 교장 사이에 서 있던 배질은, 라이트풋 교장이 거의 들리지 않을 만큼 나지막이 안도의 한숨을 내쉬는 것을 들었다. 그녀는 지쳐 의자 등받이에 머리를 기대고 눈을 거의 감다시피 했다. 이번에도 브리어턴의 이름이 신문에 대문짝만하게 등장하는 사태를 막은 것이다.

그들이 있는 작은 응접실과 안쪽의 또 다른 응접실 사이의 문을 모두 열어젖히면 긴 방 하나로 이어졌다. 두 번째 방 끄트머리에 있는 내닫이창으로, 델라 로비아의 조각처럼 화사한 청색과 흰색으로 거친 파도가 몰아치는 풍경이 보였다. 두 방은, 프릴 달린 흰 커튼과 흰 갓을 씌운 스탠드, 구식 마호가니 책장, 색이 바랜 장밋빛 깔개, 장미 무늬가 그와 비슷한 색조를 띤 무명천 소파와 안락의자에 이르기까지 흡사하게 꾸며져 있었다. 로자 다이아몬드를 위해 처음 집을 준비했을 때 이래로 한 번도 가재도구를 바꾸지 않았나? 아무래도 그런 것 같다. 상판은 소시지처럼 얼룩덜룩한 분홍색 대리석 상감이고 티크를 조각한 작은 테이블 한 쌍은 로자 다이아몬드가 살던 시대 것이었다. 꽃무늬 무명천은 당시 영국에서 갓 유입됐던 새로운 유행이었다. 두 방을 같은 색상으로 꾸며 중간 문을 열면 한 방처럼 보이게 한 사람은 분명 그녀였을 것이다. 어쩌면 그녀가 가을에 조그만 벽난로로 난방을 할 수 있도록 중간에 문을 달았는지도 모른다. 라디에이터는 보이지 않았다. 하기야 이런 오래된 피서지 별장에 라디에이터가 없는 것도 당연하다. 문을 프랑스식 창문처럼 만들어, 문을 닫아도 안쪽 방의 내닫이창으로 바다가 내다보이게 한 것도 그녀의 아이디어였을까?

그런 생각들을 하다 보니 로자 다이아몬드가 느닷없이 배질의 마음속에 되살아났다. 숱이 많은 붉은 머리는 당시 헤어스타일대로 틀어 올렸고, 그 몇 년 전까지만 해도 유행하던 종처럼 풍성한 치마를 대신한 길고 통이 좁은 슬릿 스커트를 입었다. 여름철이면 얇은 옷감일 것이다. 색상은 회색이나 흰색, 녹색, 아니면 연청색? 1912년에 머리색이 붉은 사람이 감히 그 밖에 다른 색을 입지는 못했을 것이다. 포스티나가 뭐라고 했더라? 자루가 길고 수를 놓은 흰 리넨 양산. 겨울에는 바다표범 가죽 코트를 입었을 것이다. 당시 밍크는 검은담비의 질 나쁜 모조품 취급을 받았다. 모자는 빳빳한 타조 깃털로 장식한 검은 모자다. '오퇴유에서 돌아오는 길'이라는 모자인데, 이름의 유래는 지붕 없는 마차를 타고 오퇴유의 경마장에서 돌아오던 여자들이 한번은 여름철 소나기를 만나…….

그 짧은 순간, 로자가 마치 살아 있는 사람처럼 생생하게 느껴졌다. 타오르는 듯한 붉은 머리를 지닌 호리호리한 여인이, 바로 이 방에서 내닫이창 옆에 서서 미지근하고 소금기 있는 여름철 산들바람을 맞고 있다. 또는 땅거미가 젖어 든 어느 가을 초저녁, 유목流木이 활활 타오르는 벽난로 앞에서 차를 따르고 있다. 그 곁에는 몸을 굽혀 그녀의 머리 향기를 맡고 입술로 머리를 어루만지는…… 그 이상은 떠오르지 않았다. 로자의 마지막 정부요, 포스티나의 아버지였다는 이름 없는 남자는 여전히 그림자에 불과했다. 아니, 텅 빈 공백이나 다름없었다. 그녀에게 후회는 없었을까? 배질의 뇌리에 생생히 떠올라 있는 그녀라면 후회하지 않았을 것이다. 그녀라면 미소를 지으며 마블의 시를 인용했을 것이다.

무덤도 은밀하고 좋은 곳이지만

그곳에서는 아무도 포옹하지 않으니……

이 모든 상념이 삽시간에 그의 마음을 스쳤다. 소리나 빛보다 빠른 시간 자체의 속도로. 육군 코트를 입은 남자가 막 입을 연 참이었다.

"……크레일 씨는 어젯밤 10시 40분에 도착한 기차에서 내려 제 택시를 탔습니다. 비가 억수로 쏟아지기에 피서 철은 아니지만 혹시 몰라 역 앞에 있었거든요. 전 크레일 씨가 비 맞지 않게 이 집 현관 포치 바로 앞에 차를 댔습니다. 심지어 포치까지 짐도 들어다 드렸죠. 팁은 십 센트밖에 못 받았지만 말입니다. 제가 차에 다시 올라탔을 때, 크레일 씨는 현관 열쇠 구멍에 열쇠를 꽂는 중이었습니다. 시동을 걸고선 장미 덤불을 깔아뭉개지 않고 차를 돌릴 수 있는지 보려고 어깨 너머로 뒤를 돌아봤을 때도 크레일 씨가 보였습니다. 현관문을 열어 둔 채로 홀에서 스탠드를 켜고 있었어요. 홀에 놓인 여행 가방이랑 현관문에 대롱대롱 매달린 열쇠고리가 보였죠. 제가 크레일 씨를 마지막으로 본 건, 방금 켠 스탠드 옆에 서 있는 모습이었습니다. 머리 위로 벽에 붙은 시계가 보였는데 11시 5분이었어요. 제 차 계기판에 붙은 시계랑 똑같았습니다. 그리고 전 가까스로 차를 돌려서 젖은 모래를 헤치고 차도로 나왔습니다. 교차로를 지나는데, 다른 차 한 대가 절 지나쳐 크레일 씨 별장 쪽으로 가더군요. 차고로 돌아온 건 11시 25분입니다. 제가 아는 건 그뿐이에요."

배질은 시어스에게 물었다.

"뭐가 문제입니까?"

"론슨이 지나쳤다는 차는 폰 호헤넴스 씨 차였습니다. 교차로에서 택시하고 지나쳤다는 걸 기억하시더군요. 폰 호헤넴스 씨가 도착했을 때 현관문은 여전히 열려 있고 열쇠가 열쇠 구멍에 꽂혀 있더랍니다. 홀에는 스탠드가 켜져 있었고, 벽시계는 11시 20분을 가리켰습니다. 여행 가방은 저 아치형 입구 바로 곁에 있었고요. 크레일 씨는 이 방에서 전등 스위치 근처에 쓰러져 있었습니다. 숨이 끊어진 상태로 말이죠. 의사 말로는 몸에 외상이 전혀 없다고 합니다. 그저 론슨이 떠나고 나서 대략 일 분 뒤에 크레일 씨가 이 방에서 불을 켜려고 했을 때 병든 심장이 우연히 박동을 중지했을 뿐이라는 거죠."

배질은 말했다.

"뭐가 문제인지 역시 모르겠군요. 폰 호헤넴스 씨의 설명과 이 사람 설명이 정확하게 일치하는 것 같습니다만. 나머지를 추측하기는 어렵지 않겠죠. 밤에 혼자 아무도 없는 어두운 집에 들어갈 때 많은 여자들이 열쇠는 열쇠 구멍에 그냥 꽂아 놓고 가방은 홀에 버려둔 채 우선 불부터 몇 군데 켭니다. 크레일 씨도 그런 겁니다. 그런데 불행하게도 홀의 불밖에 못 켠 채 어둠 속에서 홀로 죽은 거죠."

시어스가 말했다.

"좋습니다, 좀 더 천천히 살펴보죠. 크레일 씨는 홀에서 바로 이 방으로 들어왔습니다. 중간에 다른 일은 아무것도 안 했습니다. 모자나 코트도 벗지 않았고, 장갑도 한 짝밖에 안 벗었습니다. 가방은 홀에 그냥 버려뒀죠. 심지어 현관문을 닫지도, 열쇠를 들고 들어오지도 않았습니다. 자, 여기까지 시간이 얼마나 걸렸겠습니까? 홀에 있는 저 테이블에서 이 방의 전등 스위치로 오기까지 말입니다."

"일 분도 안 됐겠죠."

"그렇습니다. 그렇다면 크레일 씨는 론슨이 솔숲으로 가는 길을 지나는 동안 죽었을 게 분명합니다. 그때는 아직 집이 시야에 있었죠. 시속 오십 킬로미터 정도로 운전했다니, 교차로에서 폰 호헤넴스 씨 차를 지나치기까지 팔 분은 걸렸을 겁니다. 그러니 폰 호헤넴스 씨가 교차로에서 론슨하고 지나친 건 11시 13분입니다. 그렇다면 폰 호헤넴스 씨가 솔숲에 들어선 건 11시 13분 뒤겠죠. 그리고 크레일 씨는 11시 13분 전에 죽었고요. 여기까지 아시겠습니까?"

"아직 숨이 끊어지지 않았을 가능성도 있습니다만 일단은 그렇겠죠. 이 방 불을 켤 겨를이 없었으니 크레일 씨는 론슨이 떠난 직후에 쓰러진 걸로 보입니다."

시어스가 배질의 말을 수정했다.

"아뇨, 불을 켤 겨를은 있었습니다. 스위치는 켰는데 불이 들어오지 않은 겁니다. 천장 조명등의 전구가 두 개 다 나갔더군요. 저

스위치를 내리는 데 얼마나 걸릴까요? 몇 초?"

"그 이상 걸리진 않겠죠. 그게 왜요?"

시어스가 성난 눈빛으로 노려보듯 하며 몸을 앞으로 내밀었다.

"그게 말입니다. 폰 호헤넴스 씨 말로는, 11시 13분 이후에 솔숲을 지나다가 빗속에 혼자 걷는 여자를 칠 뻔했다고 하거든요. 그런데 그 여자가 자기 친구 크레일 씨였다는 겁니다. 그로부터 최소한 칠 분 전에 이 집에서 죽었거나 쓰러져서 죽어 가고 있었을 크레일 씨 말입니다. 그런데 어떻게 자기 집에서 칠팔백 미터 떨어진 길을 걷고 있었다는 거죠? 두 목격자 중 하나가 거짓말하는 게 아니라면 말입니다. 그럼 누가 거짓말하는 걸까요? 론슨? 아니면 폰 호헤넴스 씨?"

숨을 훅 들이마시는 소리와 더불어 단단한 마룻바닥에 유리가 깨져 흩어지는 소리가 났다. 라이트풋 교장은 장갑을 낀 자기 손을 의아한 눈으로 내려다보았다. 그녀가 천천히 말했다.

"코안경을 들고 있었거든요. 렌즈를 깨뜨린 모양이군요."

015

거미줄은 포도주에 젖어

술술 자아졌지……

배질의 차는 빠른 속도로 언덕을 올라 동화에 나올 듯한 솔숲으로 들어섰다. 포근한 아침 햇살에 흘러나온 나뭇진의 향기가 주위에 가득했다. 우묵땅이 내려다보이는 꼭대기에서 배질은 차를 세웠다.

"이 부근인가?"

"응."

기젤라가 옆자리에서 우묵땅을 내려다보았다. 비바람중에는 진창으로 뒤덮여 있던 땅이 이제 마르기 시작해, 살짝 굳은 표면에 잘게 금이 가 있었다. 그곳을 지나면 길은 왼쪽으로 급히 꺾어지고, 그 양옆으로 차려 자세를 하고 정렬한 군인들처럼 늘어선 나무들이 초승달을 그리고 있었다. 나무들 위로 갈매기 한 마리가 날아가며 해가 난 것을 기뻐하듯 우짖었다. 파도 소리가 규칙적인 심장 박동처럼 들려왔다. 사자가 이제 장난기를 잃고 나지막이 으르렁거리는 것처럼 들렸다.

"피고 측 변호인이라면 누구나 전조등 불빛에 얼핏 본 걸로 얼굴을 알아봤다는 주장을 무참하게 절단 낼 테지. 시어스도 그걸 아는 거야."

배질은 말했다.

"하지만 분명히 포스티나였어."

기젤라는 푸른 핏줄이 보이는 하얀 관자놀이에서 검은 머리를 걷고 두통을 가라앉히려는 것처럼 손가락으로 눌렀다.

"포스티나의 얼굴이었고, 포스티나의 눈이었단 말이야. 지금 이렇게 당신 얼굴을 보는 것 못지않게 똑똑히 봤다고."

"하지만 얼핏 봤을 뿐이지."

배질이 일깨웠다.

"차가 포스티나를 치는 충격이 분명히 느껴졌어. 그런데 보니까 아무것도 없는 거야."

기젤라의 손이 무릎 위로 힘없이 떨어졌다. 그녀는 눈을 감고 머리를 뒤로 기댔다. 바람이 그녀의 머리를 부드럽게 갖고 놀았다.

"포스티나는…… 심장 발작으로 죽었대. 당신이 오기 전에 시어스 경위가 그런 말을 했어. 아무도 없을 때 발작을 일으키다니 운이 없었다고. 누가 같이 있었다면, 그래서 의사를 불렀으면 살 수 있었을 거래. 포스티나가 그때 죽은 데 어떤 특수한 이유가 있다는 생각 안 들어? 심장병이 있는 사람이라고 이유도 없이 그냥 쓰러져 죽진 않잖아, 안 그래? 심장에 큰 무리가 가해졌거나 충격을 받은 게 아니라면 말이야."

"포치에서 홀까지 여행 가방을 옮겼잖아."

배질이 말했다.

"하지만 무겁지 않았어."

"여기까지 오느라 피곤했던 거야. 지난 며칠 동안 정신적으로 힘들었을 테고."

"글쎄, 과연 그럴까."

기젤라는 머리를 뒤로 기댄 채 눈을 뜨고 나무들 위로 한없이 펼쳐진 푸른 하늘을 바라보았다.

"현대 의학에선 죽음이 천천히 진행되는 과정이라고 가르치지 않던가? 법적인 관점에서 생각하듯 그렇게 급작스러운 행위가 아니라."

"법적으로는 심폐가 정지할 때 죽었다고 인정하지. 그렇지만 사후 경직을 일컬어 '근육이 죽어 가며 몸부림치는 것'이라고도 하니까. 심폐 정지 후 발생하는 죽음의 한 과정인 셈이야. 전쟁중에 러시아 생리학자들이 주장하길, 법적으로 사망한 지 한 시간 뒤에 심장 소생술로 병사들을 되살려 냈다고 하더군."

"그거 봐. 법에서 말하는 죽음이란 허구야. 복잡한 매장 의례 때문에 문명인은 죽음이 본래 길고 완만한 과정이라는 사실을 알아차리지 못하는 것뿐이라고. 어쩌면 사람이 '죽어 가는' 상태는 부패 과정과 맞물려 있고, 육체 자체가 소멸돼야 비로소 죽는 건지도 몰라. 변호사며 검시관이 아무리 정확한 '사망 시각'을 따져도 죽음이란 건 사실 어느 한순간에 일어나는 일이 아닌 거야. 육체에 일정한 성장 속도와 체온을 유지해 주고 그게 생명체로 존재하게 해 주는 유기적인 힘이 서서히 와해되는 거지. 숨을 거두는 순간 생명이 끝나는 게 아니라 죽음이 시작되는 거야. 육체가 완전히 썩어 없어질 때 비로소 죽음이 완결돼."

"포스티나가 천천히 죽었다는 말인가? 그래서 길을 따라 걸어왔다가 도로 집으로 돌아가서 쓰러졌다고?"

기젤라는 날씬한 다리를 앞으로 뻗었다. 우아한 갈색 악어가죽 구두에 진창이 들러붙어 있었다.

"아니. 포스티나의 신발엔 진창이 묻어 있지 않았어. 젖지도 않았고 깨끗했지. 심지어 스타킹에 빗물이 튄 자국도 없었어."

"그래서?"

"죽음이 실은 완만한 분해라면, 그리고 살아 있는 사람이 비물질의 형태로 나타나는 게 가능하다면, 그 비물질의 형태가 물질로서의 육체가 법적인 의미의 죽음을 맞이한 뒤로도 잠깐 동안 남아 있을 수도 있지 않을까? 특히 그 죽음이 갑작스러운 심폐 정지였을 뿐 진짜 죽음이 아니었다면?"

배질은 미소를 지었다.

"드디어 나왔군. 그게 모든 유령 이야기의 원점이지."

"무슨 말이야?"

"역사적으로 산 자의 생령이란 개념이 죽은 자의 생령이란 개념을 앞서는 걸로 보이거든. 생령이란 개념이 우리가 꿈속에서 보는 자기와 타인의 이미지에서 비롯된다는 게 인류학자들 대부분의 생각이야. 고대 이집트인과 그리스인이 '카'와 '아이돌론'을 믿게 되고 나면, 그 다음 단계로 생각하게 되는 건 이 비물질의 형태가 육체의 죽음과 더불어 반드시 같이 소멸되느냐 하는 문제지. 어쩌면 독자적으로 삶을 유지할 수도 있지 않을까? 유령에 대한 공포가 그렇게 해서 태어난 거야. 그 때문에 고대 로마인들은 죽은 자를 절대 나쁘게 말하지 않았지. 그게 시간이 흐르면서 점차 불사에 대한 희구로 변화했고."

"포스티나의 심장이 정확히 언제 정지했는지 알 수 있으면 좋겠는데."

"왜?"

"내 차에 충격이 느껴지고 전원이 나간 바로 그 순간이 아니었나 싶어서."

배질은 놀라 그녀를 돌아보았다.

"설마 당신……."

"자꾸만 그런 생각이 드는 걸 나도 어쩔 수가 없어. 포스티나의 이미지가 차에 치인 바로 그 순간, 진짜 포스티나가 그 충격으로 죽었다면 어쩌지? 그림자가 받은 충격으로 실체가 죽었다면?"

배질은 고개를 내저었다.

"20세기를 살고 있는 이지적인 성인 둘이 주고받을 대화가 아니군. 『황금 가지』에 나오는 신화들의 재탕인가. 버드나무를 벴더니 처녀가 죽었다든지, 사냥꾼이 늑대의 발을 자른 뒤 남자가 오른손을 잃고 나타났다든지, 그런 고대 토템 숭배 신화나 마찬가지야. 원시 시대 사람들은 생령이 동물이나 식물, 심지어 돌에도 깃들 수 있다고 믿었지. 임시 거처가 파괴되면 본체도 고통을 당하거나 목숨을 잃을 거라고 말이야."

기젤라가 고개를 돌려 그를 보았다. 자신의 허황한 공상을 자조하듯 미소를 띠고 있었다.

"난 길에 있던 그 모습을 봤어. 당신은 안 봤고. 그러니 그게 얼마나 진짜 같았는지 당신은 이해하지 못할 테지. 그럼 당신은 그걸 설명할 수 있어?"

"아직은 모르겠지만, 몇 가지 더 알고 싶은 게 있어."

"뭘?"

"포스티나는 어째서 하필이면 이때 별장으로 내려왔지? 내가 분명히 며칠 더 뉴욕에 있으라고 강력하게 권했건만. 내 조언을 따를 생각인 것 같았는데."

"나랑 통화할 때 이번 주말에 여기서 누굴 만난다는 말을 했어. 나한테도 소개해 주고 싶다고 했는데, 그때는 내가 올 수 있을지 알 수 없었거든."

배질은 생각에 잠겨 말했다.

"그래서 혼자 왔군. 그런데 죽음이 포스티나를 기다리고 있었던 거야."

기젤라가 천천히 되뇌었다.

"죽음이……. 어떤 형태로? 그런 게 어떻게 가능해?"

배질은 눈 밑이 거무스름해지고 초췌해진 그녀의 얼굴을 보았다.

"그거야 나도 모르지. 마을 여관으로 가지. 수면제를 처방해 줄 테니 좀 자라고. 저녁때 다시 올 테니까."

그들이 찾은 레스토랑은 높직한 동산 위 나무들로 둘러싸인 예쁘장한 하얀 목조 가옥이었다. 주위에는 이미 어스름이 깔려 있었지만, 테이블 위의 유리잔과 은제 식기가 반짝이는 포치에서 유리벽 너머로 기분 좋은 불빛이 흘러나왔다.

기젤라는 맑은 시골 공기를 허파 깊숙이 들이마시고는 한숨을 쉬었다.

"내가 어젯밤 있었던 곳이랑 여기랑 같은 세상이라는 게 믿기지 않아. 그때는 온통 비랑 진창이랑 어둠뿐이었고, 포스티나의 시체가 그렇게 끔찍한 모습으로 바닥에 누워 있었는데."

배질이 와인 리스트를 훑어보며 말했다.

"부르고뉴 화이트 와인으로 주문해야겠군. 좋은 건 아주 좋으니까. 몇 잔 마시고 어젯밤 일은 다 잊는 거야."

"교장 선생님은 어떻게 되셨어?"

"브리어턴으로 돌아갔어. 시어스한테 학교 이름이 신문에 나지 않게 최선을 다해 보겠다는 약속을 받고. 라이트풋 교장이 걱정한 건 그거였으니까."

"교장 선생님이 그렇게까지 냉혈한일 리 없어. 코안경도 깨뜨렸잖아."

"놀랐으니까. 그때는 나도 그랬어. 하지만 이제 한 열흘만 있으면 그 사람은 이 모든 일을 기억에서 지워 버릴 테지. 사람은 원래 불쾌하거나 불리한 기억을 그렇게 해서 처리하게 마련이야."

"내 차 많이 망가졌어? 빌린 건데."

"당신 생각이 맞았어. 합선이라더군. 정비소에 맡겨 놨으니 내일이면 그 차를 몰고 브리어턴으로 돌아갈 수 있어."

"오늘 밤은 안 돼?"

"오늘은 여기 여관에서 자. 라이트풋 교장한테 그렇게 말해 놨어. 심한 충격을 받았으니 스물네 시간은 더 안정을 취해야 해."

"그럼 당신은……."

"난 포스티나의 별장을 마지막으로 한 번 더 둘러볼까 해. 경찰은 떠났으니까. 시어스한테 열쇠 받아 놨어."

웨이터가 부르고뉴 와인을 들고 왔다. 기젤라는 와인을 한 모금 마셨다. 눈에 다시금 생기가 어리고 얼굴이 핏기를 되찾았다.

배질은 테이블에 올려놓은 그녀의 손에 자기 손을 얹었다.

"이제 한결 낫군."

한순간 더없는 행복감과 평안이 그의 마음을 가득 채웠다.

그러나 그 상태는 오래가지 못했다. 웨이터가 물러나자, 행색이 초라한 젊은 남자가 슬금슬금 다가왔다.

"폰 호헤넴스 씨죠?"

기젤라가 고개를 들었다. 가까스로 되찾았던 핏기가 가셔 얼굴빛이 파리했다.

"네?"

"《뉴욕 데일리 리플렉터》 기자입니다. 어젯밤 길에서 포스티나 크레일을 목격하셨다던데, 그에 관해 말씀 좀 여쭐 수 있을까요?"

기젤라의 손을 덮은 배질의 손에 힘이 들어갔다. 눈빛으로 젊은 남자를 기죽일 수 있으면 그렇게 했을 것이다.

"폰 호헤넴스 씨는 기자에게 할 말이 없습니다."

"그렇게 말하는 당신은 누굽니까?"

"윌링이라고 합니다."

"배질 윌링 씨? 지방 검찰청 정신과 전문의 말입니까?"

"그래요."

"폰 호헤넴스 씨 친척이십니까?"

"아뇨, 약혼자입니다."

"저런……."

기자가 주춤했다. 그러나 그는 금세 정신을 차렸다.

"기사로 써도 됩니까?"

"그러시죠. 그렇지만 우리가 제공할 정보는 그것뿐입니다. 무슨 말인지 알겠습니까?"

"그럼요. 물론이죠. 실례하겠습니다."

젊은 남자는 황급히 멀어졌다. 맨 처음 마주친 웨이터에게 가장 가까운 전화가 어디 있느냐고 묻는 소리가 들렸다.

기젤라의 뺨은 장밋빛으로 붉게 물들어 있었다. 덕분에 그녀의 눈이 한층 검고 빛나 보였다. 그녀는 온순해진 목소리로 조그맣게 말했다.

"청혼하는 방법이 꽤나 별나네."

"미안해. 그때는 괜찮은 생각 같았거든. 여러모로."

"그래선 거절하려야 거절할 수가 없잖아."

"그렇군. 거절하고 싶은 건가?"

"아니."

"그 말은…… 예스?"

"응."

두 사람은 그런 이렇다 할 것도 없는 혼란을 아주 뛰어난 재치라도 되는 것처럼 재미있어하며 웃었다. 와인이고 뭐고 전부 잊고 서로만을 보며 앉아 있었다.

문득 기젤라의 반짝이는 눈에 그늘이 드리워졌다.

"그런데 어떻게 알았지? 시어스 경위님이 기자들한테 말 않겠다고 약속했는데."

"시어스가 아닐 수도 있어. 다른 경찰관이나 택시 운전사를 통해 당신 이야기가 일부분 새어 나간 게 아닐까. 그래서 기자가 시어스에게 확인했다면 시어스도 끝까지 부인하진 못할 테고. 심지어 당신이 겁먹고 증언 내용을 바꿀지도 모른다고 점쳤을 가능성도 있어. 십중팔구 당신의 공상이라고 생각하는 거겠지. 만약 공상이 아니라면 이제야말로 상상력을 동원해서 증언을 철회해 주면 좋겠다고 생각하는 거야. 당신 주장 때문에 보고서가 복잡해질 테니 말이야. 당신이 철회만 해 주면, 자연사라는 결론으로 간결하고 조리가 서는 보고서를 제출하고 전부 잊고 넘길 수 있는 거야. 여관으로 돌아가는 길에 석간을 구해서 그 친구가 기자들한테 얼마만큼 말했는지 보자고. 자, 이제 이 프랑스 와인과 영국풍 서대기 요리를 좀 들어 봐. 십중팔구 와인은 캘리포니아산이고, 서대기는 이 지역에서 잡힌 가자미겠지만……."

그러나 그들은 여관으로 돌아오기까지 신문 판매대를 발견하지 못했으려니와, 그곳에서도 뉴욕 신문이라곤 타블로이드 두 종류뿐이었다. 생활이 단조로운 농어촌 마을에서는 도회지 생활의 현란한 묘사가 그렇게 소중할 수 없다.

그래도 걱정했던 것만큼 심하지는 않았다. 한 신문은 기젤라가 미모의 오스트리아 백작 부인이라고 했다. 또 하나는 그녀를 씩씩한 미국인들의 일자리를 앗아 가는 욕심 사나운 외국인 피난민 중 하나로 묘사했다. 그러나 두 기사 모두 그 일을 단순히 진술이 일치하지 않는 것으로 취급하며, 택시 운전사가 포스티나를 별장에 내려 줬다고 주장하는 시각 이후에 기젤라가 포스티나를 길에서 봤다고 주장했다고만 언급했다. 시어스도, 타블로이드 기자들도 메이드스톤과 브리어턴에서 포스티나에 관해 돌았던 소문을 모르는 게 분명했다. 만약 알았다면 타블로이드가 어떻게 나왔을까 생각하니 배질은 몸서리가 났다.

포스티나의 별장으로 가는 길에, 그는 기젤라의 차가 아침까지 수리될지 확인하기 위해 정비소에 들렀다. 청바지 차림의 여윈 시골 사람은 주유기에 기대서서 갓을 씌우지 않은 작업등 불빛으로 좀 더 심한 쪽 타블로이드를 읽고 있었다.

배질을 본 그가 다가왔다.

"차는 이제 문제없어요. 저녁 신문 봤어요?"

"네."

"이상하죠."

"그렇군요."

옅은 회색 눈이 말할까 말까 망설이며 배질의 표정을 살폈다.

"그런데 이런 일이 처음은 아니거든요."

"무슨 말입니까?"

그는 아스팔트의 기름얼룩을 내려다보았다.

"그게…… 크레일 씨는 좀 이상한 데가 있었어요. 금년 가을 어느 날 밤 내 고물차를 몰고 가는데, 크레일 씨가 뒷길을 걸어가는 겁니다. 혼자서. 차를 세우고 태워다 주겠다고 했는데, 꼭 내 말을 못 들은 것처럼 대꾸도 안 하고 그냥 가 버리잖아요. 좀 열 받더군요. 비록 고물차긴 해도 아직 멀쩡하게 굴러가거든요. 그래서 나도 그냥 차를 몰고 가 버렸어요. 그런데 그러고 나서 일주일 뒤 일요일에 크레일 씨가 내려왔어요. 크레일 씨가 코네티컷에 있는 어느 학교에서 가르칠 때였죠. 우체국에서 마주쳤기에 뭐라 했더니, 글쎄 내가 착각했을 거라지 뭡니까. 지난여름 이후로 처음 온 거라고요. 묘하죠?"

"그렇군요."

"그런 거 들어 본 적 있어요?"

"없는 것 같은데요."

"우리 할머니는 스코틀랜드 하일랜드 지방 출신이거든요. 할머니 말로는 사람이…… 저세상 사람이 되기 전에 그런 일이 생긴다고 했어요. 그런데 이렇게 크레일 씨가…… 떠났잖아요."

예로부터 죽음이며 악을 직접 언급하는 것을 금기시하던 관습이 이 남자에게도 강하게 남아 있는 듯했다. 저세상 사람이 되다, 떠나다. 이런 뻔한 완곡어법을 쓴다고 죽음을 받아들이기가 더 쉬워질까. 배질은 조용히 말했다.

"도시에서 온 기자들한테는 그 이야기를 안 하는 게 좋겠습니다. 어차피 당신 말을 믿지도 않을 테고 공연히 이상한 이야기만 만들어 낼지 모르니까요. 그러다 당신 정비소에 대해 나쁜 소문이라도 퍼졌다간 내년 여름 도시 사람들이 이곳에 올 때 영업에 안 좋은 영향을 미칠 겁니다."

솔숲에 이르자 배질은 차를 천천히 몰았다. 차는 아무 문제없이 우묵땅을 지났다. 오늘 밤은 설사 전조등이 나가더라도 아무도 들키지 않고 숲을 지나지 못할 것이다. 은빛 낫처럼 예리한 초승달이 나무들 사이로 빛나고 있었다.

숲을 빠져나오자 적막하고 아름다운 풍경이 펼쳐졌다. 흰 모래는 달빛 아래 은색으로 보이고, 그에 못지않게 흰 파도가 소리 나는 검은 공동의 끄트머리를 따라 몇 줄기 은은하게 빛났다. 산들바람에 정원의 사막보리수나무들이 술렁거렸으나, 모래 언덕들을 굽어보는 집 자체는 어둡고 고요했다. 은자나 시인, 또는 한 쌍의 연인들에게 더할 나위 없이 완벽한 곳이다.

배질은 차에서 내려 문을 닫았다. 텅 빈 정적 속에 소리가 요란하게 울려 퍼졌다. 심지어 포치를 걷는 발소리조차 크게 들렸다. 열쇠를 꽂아 돌리자 쉬이 돌아갔다. 배질은 현관문을 열고 문간에 멈춰 섰다. 더욱 깊은 정적이 실내를 메우고 있었다. 이곳에 자기밖에 없다는 게 분명했다. 만약 다른 사람이 있었다면, 살아 숨 쉬고 있었다면, 아무리 꼼짝 않고 있어도 정적이 다르게 느껴졌을 것이다.

겨우 스물네 시간 전 지금 그가 선 자리에 포스티나가 서 있었다. 밖에서 비바람이 몰아치는데도 그녀는 현관문을 그냥 열어 놓고 열쇠를 열쇠 구멍에서 빼지도 않았다. 그러고는 홀을 가로질러 전화 테이블 위의 스탠드를 켰다. 배질도 똑같이 해 보았다. 날이 저문 뒤 스탠드의 밝기가 어느 정도인지 이제 정확히 알 수 있었다. 그가 생각했던 대로였다. 노란 빛은 허리 높이까지만 밝혀 주었고, 그 위로는 그림자가 천장과 계단 꼭대기의 어둠 속으로 녹아들었다. 그는 몸을 돌려 그녀가 그랬던 것처럼 아치형 입구를 통해 거실로 들어갔다. 벽을 더듬어 전등 스위치를 찾았지만 불을 켜지는 않았다. 팔을 뻗으면 스위치에 닿을 위치에 서서, 포스티나가 쓰러졌을 때 향하고 있었던 방향으로 몸을 틀었다.

이번에도 불빛은 그가 예상했던 대로였다. 첫째 거실은 어렴풋이 밝았지만, 안쪽 방은 그림자에 싸여 어둑어둑했다. 잔잔한 불빛 속에 흰 목재며 녹색과 흰색 벽지, 장미 무늬 무명천은 기분 좋고 화사해 보였다. 예기치 못한 재앙이 기다리고 있음을 포스티나에게 경고할 만한 것은 아무것도 없었다. 그러나…… 이곳에서 죽음이 그녀를 기다리고 있었다. 어떻게? 왜?

그는 얼마 동안 꼼짝 않고 서서 주위를 둘러보며 생각했다. 이 사랑스러운 방은 마치 비밀을 감춘 멍하고 무표정한 얼굴 같다. 하나라도 좋으니 감추지 못한 비밀은 없을까?

배질은 마침내 스위치를 켰다. 머리 위의 흰 전구가 노란색으로 빛나며 바깥쪽 거실을 환히 밝혔다. 안쪽 방은 그만큼 밝지 않을 망정 전부 똑똑히 보였다. 어젯밤 시어스가 새 전구로 교체한 것이다.

배질은 두 방을 돌아다니며 하나하나 자세히 살펴보았다. 방은 잘 관리되어 있었다. 커튼은 새로 빨았고, 깔개와 의자 커버도 비록 여러 번 빨아 색이 바래기는 했어도 깨끗했다. 흰 목재는 짙은 크림색 광택이 났다. 솜씨 있는 전문 업자의 손으로 페인트칠을 여러 번 새로 했다는 증거다. 광택제를 바른 표면에 갈라진 곳 하나, 기포 하나, 솔에서 빠진 털 하나 보이지 않았다. 유일한 흠이라곤, 두 방을 연결하는 유리문의 나무틀에 난 긁힌 자국 몇 개였다. 날카로운 바늘로 긁은 것처럼 가는 상처는 생긴 지 얼마 안 되는 듯했다.

배질은 천장의 전등을 끄고 테이블 스탠드를 켰다. 벽난로 옆 고리버들로 엮은 바구니에 장작과 불쏘시개가 들어 있었다. 그는 장작과 종이를 피라미드 꼴로 쌓아 불을 피운 다음 안락의자를 불가로 끌어왔다. 그러고 담배에 불을 붙이고 뒤로 기대앉아 타오르는 불길을 바라보았다. 생각에 깊이 잠긴 나머지 불길이 사그라지는 것도 알아차리지 못했다. 불꽃이 탁탁 튀는 소리가 사라지고 나니 정적이 더욱 깊어진 듯했다.

담배를 한 대 더 피우려고 주머니에서 담뱃갑을 꺼냈다. 딱 한 개비 남아 있었다. 그는 마지막 담배에 불을 붙이고 턱을 쳐들어 연기를 내뱉었다. 머리가 기울어 의자의 높다란 등받이에 닿았다.

그 자세에서 무심코 벽난로 위 거울로 시선이 향했다. 홀로 통하는 아치형 입구가 거울에 비쳤다. 불붙은 담배가 그의 손에서 툭 떨어졌다.

아치형 입구의 그림자 속에 누가 홀을 등지고 서 있었다. 언제부터 거기 그렇게 말없이 있었을까? 키가 크고 마른 체격에, 얇은 코트를 걸쳤다. 짙은 색 모자의 챙에 가려 핏기 없는 얼굴이 보이지 않았다. 창백하고 충혈된 눈이 거울 속에서 배질의 눈과 마주쳤다. 죽은 여자, 포스티나 크레일의 눈이었다. 거울에 눈이 보인다는 것은, 그 눈도 그를 보고 있다는 뜻이다. 아주 오래전 어린 시절에 처음 그 말을 들었을 때 순진하게 놀랐던 기억이 났다. 거울 속에 다른 사람이 보인다면 상대방도 너를 볼 수 있다. 설사 거울에 네 모습이 비치지 않아도.

저것은 거울 속에만 존재하는 걸까? 고개를 돌리면 고요한 아치형 입구에 아무도 없는 게 아닐까? 불가에서 생각에 잠겨 있는 사이에 깜빡 잠이 들었나?

거울 속의 모습이 움직였다. 소리는 들리지 않았으나 다른 게 느껴졌다. 코끝을 얼핏 스친 레몬 버베나 향이.

배질은 꼼짝하지 않고 말했다.

"들어오지."

016

남자들이 죽음을 상대로 벌이면

언제나 죽음이 승리하는 게임을……

배질은 일어나 아치형 입구를 보고 섰다. 갑자기 움직인 탓에 바람이 일어, 꺼져 가던 불길이 마지막으로 화르르 타올랐다. 그는 말을 이었다.

"포스티나 크레일과 자네가 한 핏줄처럼 닮았다는 걸 알아차린 순간, 난 남들이 봤을 때 포스티나로 착각할 수 있는 사람이 자네뿐이라는 걸 알았네. 두 사람 다 옅은 금발에 머리통은 작고 얼굴은 계란형이지. 코가 오뚝하고 입술이 얇으며 눈이 흐릿한 푸른색인 것도 닮았을뿐더러, 몸통이 가늘고 손목, 발목이 날씬하며 손발이 갸름한 귀족적인 외모도 공통돼. 포스티나는 여자치고는 키가 큰 편이었고 자네는 남자치고는 중키거든. 자네가 혈색이 더 좋고, 포스티나처럼 자세가 구부정하지도 않고, 표정도 쾌활하고 뻔뻔하지. 포스티나는 그에 비해 온순하고 소심했고. 그렇지만 이런 건 표면적인 특징이니 얼마든지 바꿀 수 있어. 포스티나의 아버지는 1922년에 사망했는데 자네는 1925년생이니, 로자 다이아몬드의 정부이자 포스티나 크레일의 아버지였던 건 자네 할아버지겠지. 포스티나는 자네 아버지의 배다른 여동생이고 자네 고모였던 셈이야. 그렇지만 자네가 어째서 포스티나가 죽기를 바랐는지는 여전히 모르겠군. 할아버지가 포스티나의 어머니에게 줬던 보석 때문인가? 아니면 할머니의 자존심에 상처를 입히고 자네에게 돌아와야 마땅한 보석을 차지한 여자의 딸을 용서할 수 없다는 그런 낭만적인 충동에 사로잡혀?"

"윌링 씨, 맹세코 전 포스티나 크레일을 죽이지 않았습니다. 그 여자가 죽을 때 전 여기 있지도 않았단 말입니다."

"그걸 입증할 수 있나?"

"그건 아닙니다. 당연하잖습니까. 무고한 사람이 왜 구태여 알리바이를 마련하겠습니까? 그날 저녁 전 집에서 조용히 있었습니다. 혼자서요. 하지만 전 법을 좀 알거든요. 전에 일 년쯤 공부했죠. 알리바이가 없다는 이유로 유죄가 되진 않습니다. 절 유죄로 만들려면 범행 시각, 혹은 그즈음에 범행 현장에서 절 목격한 사람이 있어야 하는데 그런 사람이 있습니까? 길에서 포스티나 크레일이나 그 비슷하게 생긴 인물을 봤거나 혹은 봤다고 생각하는 사람을 찾을 수 있을지는 모르죠. 하지만 그 인물이 레이먼드 바이닝이었다고 단정하는 것과는 별문제거든요. 안 그렇습니까? 특히 살인죄에 관한 재판에선 증거에 한 점 의혹이 없어야 하니까요.

그게 다가 아닙니다. 당신은 또 포스티나 크레일의 죽음을 가져온 수단과 절 결부시켜야 할 겁니다. 그런데 이곳 경찰한테 듣기로는 그것도 불가능할 것 같더군요. 외상이 전혀 없었고 심장 발작으로 죽었다죠? 게다가 당신은 아마 안 믿는 것 같지만, 전 정말 포스티나 크레일이 죽었을 때 여기 없었습니다."

배질은 조용히 대답했다.

"마지막 말은 나도 믿네. 포스티나가 죽었을 때 여기엔 아무도 없었어. 그렇지만 포스티나는 살해된 거야."

바이닝은 당황했다.

"어떻게 죽었는지 안단 말입니까?"

"알 것 같군. 자네도 알 텐데."

"윌링 씨, 정말이지 그런 식으로 말씀 안 하셨으면 좋겠습니다. 전 포스티나 크레일이 어떻게 죽었는지 정말 모릅니다. 저도 도통 어떻게 된 일인지 모르겠다고요. 제 이야기를 들으면 당신도 이해할 겁니다. 어쩌면 우리 둘이 서로 아는 사실을 조합하면 진상을 어렴풋이나마 알아낼 수 있을지도 모르죠. 저도 제발 그렇게 됐으면 좋겠습니다! 안 그러면……."

"안 그러면?"

“남은 평생 전 어디까지가 현실이고 어디서부터 환각인지 알 수 없을 테죠. 습지를 걷는 사람처럼 다음에 발을 디딜 곳이 단단한 땅일지 수렁일지 모르며 살아야 하는 겁니다.”

바이닝은 아치형 입구의 그늘을 벗어나 방 한복판으로 나왔다. 그러자 환영이 사라졌다. 벽난로의 불빛과 하나뿐인 스탠드 불빛 속에서 보는 그는 이렇다 할 것 없이 평범한 모습이었다. 짙은 갈색 모자를 쓰고 얇은 낙타털 코트를 걸친 키 크고 호리호리한 금발 청년에 불과했다. 그는 모자를 벗어 한옆으로 던지고 코트를 벗은 다음 의자를 불가로 끌어 당겼다. 그러고는 아직 비닐 포장도 벗기지 않은 담배 한 갑을 배질에게 내밀었다.

“방금 마지막 한 개비를 피우는 걸 봤거든요. 거기 서 있은 지 좀 됐어요.”

“왜지?”

“놀랐으니까요. 당신이 왜 여기 있는지 모르겠더군요. 처음 불빛을 봤을 땐 영락없이 경찰에서 지키는 사람을 두고 간 줄 알았습니다. 그런데 입구까지 왔더니 거울에 당신 얼굴이 보였던 겁니다.”

“차 소리를 못 들었는데.”

“역에서부터 걸어왔어요. 택시는 안 보이고, 제 차는 며칠 전에 팔았거든요.”

“발소리도 못 들었어.”

레이몬드는 두 발을 뻗어 근사한 갈색 송아지 가죽 구두를 내보였다. 길이 잘 든 오래된 가죽 안장처럼 윤이 반지르르했다.

"밑창이 크레이프 고무죠."

"취향이 고급스럽군. 그런데 차를 팔았단 말인가?"

"요새 형편이 좋지 않아서요. 요즘 같은 때 누군들 좋겠습니까? 전 안락하게 살려면 최소한 월 천 달러는 있어야 합니다. 일 년이면 만 이천이죠. 채권 영업으로 얻는 연봉이 삼천오백, 할아버지가 남겨 준 증권이며 채권에서 나오는 수입이 육천입니다. 값이 떨어져서요. 그걸로 충분하진 않지만…… 밥 굶을 정도는 아니죠."

"자네 할아버지가 로자 다이아몬드한테 준 보석은 값이 올랐을 거라고 하던데. 보석에 관해 알고 있었군?"

"그럼요. 할아버지 생전에 로자가 말했답니다. 할아버지는 우리 아버지한테 말씀하셨고, 아버지는 저한테 말씀하셨죠. 아까 저녁에 신문에서 포스티나의 사망 기사를 보고 왓킨스한테 연락했습니다. 명단에 있는 이름 여섯 개 중에 바이닝도 있거든요. 전 시가 약 삼만 달러라는 루비 귀걸이 한 쌍하고 이 별장을 상속하게 됩니다. 포스티나는 죽기 전에 유언장을 작성해서 별장을 왓킨스한테 남겼다는데, 왓킨스는 저한테 양도하겠다고 우기지 뭡니까. 원래 할아버지 것이었다고 말이죠. 너무 외딴 곳이라 인기는 없을 테니 많이 받아 봤자 육칠천 정도일 겁니다. 그러니 포스티나의 죽음으로 제가 얻는 이익은 대략 삼만 칠천입니다. 설사 제가 사전에 정확한 액수를 알 수 있었다 해도, 그런 푼돈 때문에 살인을 할 거라고 진심으로 생각합니까?"

배질은 한숨을 쉬었다.

"그보다 훨씬 적은 돈 때문에 살해된 사람들도 있어."

"아, 그야 세상엔 오십 센트 때문에 칼에 찔린 사람들이나 보험금 몇천 달러 때문에 독살 당한 애들이 있다는 건 저도 압니다. 하지만 연 수입 구천오백 달러에 사회적 지위가 있는 멀쩡한 사람이 그런 짓을 할 리가 없잖아요?"

"삼만 칠천 달러라면 지금의 자네한테 큰돈일 테지. 게다가 로자 다이아몬드의 딸이 밉기도 했을 테고 말이야."

"그건 아닙니다. 전 그런 병적인 낭만주의자가 아니에요. 할아버지가 로자 다이아몬드를 만난 건 이미 할머니와 헤어진 뒤였고, 어쨌든 전부 제가 태어나기도 전에 있었던 일 아닙니까. 제가 그렇게 쉽게 충격을 받거나 삼대에 걸친 가문의 원한을 대물림 받을 타입으로 보입니까? 솔직히 전 오히려 로자 다이아몬드 덕분에 고루하고 점잖은 우리 집안이 그나마 좀 재미있어졌다고 생각한다고요. 자랑스러울 지경입니다."

"오늘 밤 여기 온 이유는 뭔가?"

"별장을 둘러볼까 해서요. 이젠 제 소유 아닙니까. 낮엔 그렇게 자주 사무실을 비울 수 없어서 말이죠."

"포스티나 크레일을 처음 만난 게 언제지? 언제 둘이 비슷하게 생겼다는 걸 깨달았나?"

"제가 조심성 있는 사람이라면 아마 대답하지 않겠죠. 하지만 위험을 무릅쓰고 말하렵니다. 당신이라면 제가 이해 안 되는 점들을 설명해 줄 수 있을지도 모르니까요. 진실을 아는 사람은 앨리스뿐이었는데, 이젠 앨리스도…… 죽었고 말이죠."

배질이 말을 가로막았다.

"난 이미 오래전에 앨리스와 포스티나 말고도 메이드스톤과 브리어턴의 접점이 있다는 걸 깨달았네. 두 학교를 잇는 세 번째 연결고리는 자네였던 거야. 자네는 일 년 전, 앨리스가 메이드스톤에 있었을 당시 앨리스와 약혼한 사이였으니까."

"그래요, 전부 거기서부터 시작된 겁니다."

바이닝은 몸을 앞으로 내밀었다. 시선은 불을 향하고 무릎 사이로 손이 늘어졌다. 배질은 비로소 오래전 바로 이 방에서 로자 다이아몬드 곁에 서 있었던 인물에게 윤곽과 실체를 부여할 수 있었다. 피아노 옆에서 그녀를 위해 악보를 넘겨 주고, 불가에서 그녀가 따라 준 차를 마시는 남자. 호리호리하고 몸놀림이 유연한 남자는 곱슬곱슬한 머리가 난로 불빛에 금빛으로 빛나고, 푸른 눈은 포스티나며 메그와 마찬가지로 스타사파이어처럼 부옇게 반짝였다. 그들과 다른 점은, 배짱과 장난기가 깃든 생기 넘치는 눈이라는 것이었다.

바이닝이 이야기를 시작했다.

"메이드스톤은 엄격한 학교였습니다. 남자 방문객은 일요일에만 허용되고 그때마저도 감독하에 만나야 했죠. 어디 한번 누가 이

기나 볼까 싶더군요. 그래서 고대 로마 시대로 거슬러 올라가는 트릭을 썼어요. 클로디우스가 젊은 시절 여자들만의 종교 의례에 여장하고 숨어든 것 때문에 카이사르가 부인을 의심하고 이혼했다는 이야기 기억나십니까? 클로디우스처럼 저도 젊고 몸집이 작고 수염이 없었죠. 여자 모자를 쓰고 코트를 입고 스타킹과 구두를 신으면, 어둑어둑한 곳에서 남들하고 적당히 거리를 두는 한 남자라는 걸 들키지 않으리란 자신이 있었습니다. 메이드스톤에선 낙타털 코트를 가지고 있지 않은 여자가 없었으니 그 점에선 문제없었습니다. 모자챙이 얼굴을 가려 줬지만 만일을 위해 얼굴에 분을 두드리고, 제 머리하고 같은 색 가발을 모자 밑에 썼죠. 그리고 다른 사람들은 모두 아래층에 있는 동안, 프랑스식 창문으로 숨어들어 몰래 뒤쪽 계단으로 올라가 발코니에서 앨리스하고 단둘이 만났어요. 얼마나 재미있던지 모릅니다. 시시하고 바보 같은 연애 장난에 음모란 양념이 더해진 셈이었죠.

그다음 주 일요일에 정식으로 절차를 밟아 앨리스를 다시 만났는데, 희희낙락하면서 남자라는 게 안 들킨 정도가 아니라 특정한 여자로 오인받았다는 겁니다. 포스티나 크레일이란 젊은 교사로 말이죠. 누가 진입로로 올라오다가 발코니에 있는 절 봤는데, 다른 사람이 그 시각에 포스티나가 도서실에 있었다고 우겨서 둘이 싸웠다나요.

포스티나란 이름은 그때 처음 들었지만 로자 다이아몬드의 본

명이 로즈 크레일이란 건 알고 있었거든요. 바이닝의 핏줄을 물려받은 딸이 있다는 것도요. 그래서 곧바로 이 포스티나 크레일이란 여자와 제가 그렇게 비슷하게 생긴 까닭을 알아차린 겁니다. 심지어 앨리스한테도 그 이야기를 했어요."

"그래서 그렇게 우연히 한차례 성공을 거두고 맛을 들여 그 뒤로도 포스티나와 비슷하게 생긴 걸 고의로 이용했단 말이군? 메이드스톤에 몰래 앨리스를 만나러 갈 때마다 여장을 한 거지? 다 합해서 여섯 번 아니었나?"

바이닝은 여전히 불을 응시하고 있었다. 불빛이 얼굴의 금색 솜털에 빛의 꽃가루를 뿌린 듯했다.

"바로 그겁니다. 제가 말하려는 것도 그거예요. 저도 그 부분을 설명할 수 없단 말이죠. 당신도 믿지 않을 테고요."

"뭘 말이지?"

"장난이…… 뭔가 다른 걸로 변질돼 버리면 그게 참, 기분이 묘합니다. 그러고 나서 이 주 뒤에 크리스마스 휴가라 앨리스가 뉴욕으로 왔습니다. 사교계 데뷔를 앞둔 젊은 사람들 무도회에서 앨리스를 만났는데 저한테 화를 내더군요. 아직까지도 앨리스가 한 말이 똑똑히 기억납니다. '그래, 그 짓을 또 했단 말이지. 조심하는 게 좋을걸! 한 번이면 충분해. 계속 그러다 들키면 우리 둘 다 큰일이야.'

전 아마 '대체 뭔 소리야?' 같은 말을 했을 겁니다. 그랬더니 앨리스가 그러더군요. '지난주에 여장한 널 또 본 사람이 있단 말이야. 내 방에 이르기 전에 겁먹어서 안 만나고 그냥 갔나 보지?'

그래서 제가 말했습니다. '말도 안 되는 소리 마. 난 거기 있지도 않았어. 그런 일을 두 번씩이나 하진 않아.'

그런데 글쎄, 제 말을 안 믿는 겁니다. 두 여자가 동시에 각각 다른 장소에서 포스티나를 봤다면서 또 싸웠다더군요. 하도 구체적이고 그럴싸해서 앨리스는 제가 다른 여자를 만나러 왔다는 결론으로 비약한 모양이었어요. 그 때문에 얼마나 펄펄 뛰고 질투했는지요. 우리가 싸우고 헤어진 진짜 이유는 그겁니다."

바이닝은 옅은 푸른색 눈으로 배질을 돌아보았다. 표정을 제외하고 모든 면에서 포스티나의 눈과 똑같았다.

"윌링 씨, 제 명예를 걸고 드리는 말씀인데, 제가 여장을 하고 메이드스톤에 간 건 딱 한 번뿐입니다. 또다시 그런 위험을 무릅쓸 생각은 없었어요. 그렇다면 메이드스톤에서 대체 무슨 일이 벌어졌던 걸까요? 그 사람들이 본 게 대체 뭡니까?"

배질은 청년의 심각한 표정을 유심히 살펴보았다.

"글쎄, 그 단 한 번이 계기가 돼서 히스테리와 착각을 불러왔다고도 할 수 있겠지. 메이드스톤 교장의 서재에 있다는 심령 연구 관련 서적이 그걸 부채질했을 테고."

"그럼…… 브리어턴에선 어떻게 된 겁니까?"

"그럼 자네는 부인하는군? 포스티나로 가장하는 게 가능하다는 사실을 메이드스톤에서 우연히 발견하고 브리어턴에서 계획적으로 그렇게 했다는 걸?"

"도대체 제가 왜 그렇게 쓸데없고 어리석은 짓을 해야 한다는 말입니까? 작년에 메이드스톤에서 딱 한 번 그런 바보 같은 속임수를 썼을 때만 해도 전 하버드 대학생이었습니다. 금년엔 어엿하게 직업이 있고 부양해야 할 동생이 있는 몸이라고요. 그렇게 지루한 장난에 두고두고 시간과 노력을 허비해야 할 이유가 어디 있죠? 자기 동생을 포함한 꼬맹이 여자애들한테 겁을 주고 불쌍한 포스티나한테서 일자리를 빼앗아 가면서까지? 게다가 아무한테도 말할 수 없는데요?"

"에이치슨 씨한테는 말할 수 있었을 것 아닌가."

"아뇨, 앨리스는 안 좋아했어요. 일이 눈덩이처럼 커지면서 맨 처음 에피소드가 들통 날까 봐 걱정했거든요. 그랬다간 우리 둘 다 곤경에 처할 거라고 말이죠. 앨리스는 특히 포스티나 본인이 알아차릴까 봐 그게 걱정돼서 브리어턴에서 포스티나를 괴롭혔어요. 포스티나 자신이 정신적으로 문제가 있어 무의식중에 그런 짓을 하는 거라고 믿게 하려고 말이죠.

브리어턴에서 학교 파티가 있었던 날, 전 일찍 응접실을 떠났습니다. 앨리스가 정원에 있는 정자에서 만나자고 했거든요. 그곳에서라면 들키지 않고 몰래 만날 수 있을 거란 확신이 있었어요. 날씨가 워낙 추웠으니 정원으로 나올 사람도 없을 테고, 응접실 창문에서도 멀리 떨어져 있으니 누가 우리 말을 엿들을 염려도 없죠. 앨리스는 화가 나서 펄펄 뛰더군요. 왜 아직까지 포스티나 크레일을 가장하는 짓을 하는 거냐고, 따지려고 절 만나자고 한 모양이었어요. 다른 여자를 만나러 오는 거라고 생각한 거죠. 심지어 제 질투심을 돋우려고 플로이드 체이스하고 결혼할 생각이라는 말까지 하지 뭡니까."

"그래서 뭐라고 대답했나?"

"제가 무슨 대답을 할 수 있겠어요? 앨리스가 진지하게 하는 말이라는 걸 알수록 전 불안에 사로잡혔습니다. 브리어턴에 생령이 나타났다는 말을 그때 처음 들은 거였거든요. 앨리스하고 싸울 수도 없으니, 결국 그 자리에서 헤어져서 전 진입로 밑에 세워 놓은 차를 몰고 뉴욕으로 돌아왔습니다. 제 기분이 어떨지 상상이 되십니까? 돌팔이 영매 이야기가 있는데요. 그게 브라우닝의 「슬러지 씨」였던가요? 아무튼 밤이면 밤마다 의뢰인들 앞에서 가짜로 강령술을 벌였던 사기꾼이 있는데, 어느 날 밤 자기는 아직 아무것도 안 했는데 테이블을 치는 소리가 들려오거든요. 그 자리에 있던 사람들 중 오로지 그 사람만 그 한 번이 진짜라는 걸 알 수 있는 겁니다. 다른 사람들은 지금까지 전부 진짜였다고 믿고 있죠. 그러니 섣불리 말했다간 자기 거짓말이 발각되고 말아요. 사방에 사기라는 증거가 널려 있으니 강령술을 믿지 않는 사람을 객관적인 증인으로 불러들일 수도 없고요. 얼마나 괴로웠을까요. 그런 걸 아는데 아무한테도 그 말을 할 수 없다니요. 자기가 장삿속으로 엉터리로 흉내 내던 게 진짜로 존재한다는 걸 알았으니 속으로 대단히 무서웠을 테죠. 저쪽에서 심지어 모욕당했다고 생각할 수도 있는 것 아닙니까.

저도 마찬가지입니다. 철없는 대학생 시절 메이드스톤에서 딱 한 번 바보 같은 장난을 쳤는데, 거기서부터 이 모든 일이 시작된 것처럼 보인단 말이죠. 하지만 누가 제 말을 믿어 주겠습니까? 제가 거짓말한다고, 전부 제가 꾸민 짓이라고 생각하는 게 훨씬 말 되는 것처럼 보일 텐데요. 처음엔 제가 메이드스톤에서 딱 한 번 포스티나로 등장했던 게 집단 환각을 야기했다고 생각했습니다. 그렇게 정상적이고 단순한 설명을 정말이지 저도 믿고 싶어요. 하지만 메그의 이야기며 당신한테 들은 에밀리 사제 이야기를 듣고 나니 다른 생각이 들기 시작했습니다.

메이드스톤에서 또 하나의 포스티나가 나타났다는 소문을 처음 들었을 때, 포스티나는 큰 충격을 받았을 테죠. 특히 메이드스톤 교장 선생님의 책을 읽은 다음엔 더 그랬을 테고요. 혹시 그 충격이 어떤 촉매가 돼서 포스티나의 인격을 우리가 모르는 어떤 식으로 분열시킨 게 아닐까요? 그렇게 되면 또 하나의 포스티나가 심리적으로 가능하지 않겠습니까?"

배질은 곧바로 대답하지 않았다.

"그럼 자네는 포스티나의 죽음을 어떻게 설명하겠나?"

"심장 발작을 일으켰다는 건, 곧 충격을 받았단 뜻입니다. 공포죠. 포스티나는 혼자 여기 왔다가 뭔가를 본 겁니다. 모든 사실을 설명할 수 있는 게 그거 말고 또 있습니까?"

"정말 내 해석을 듣고 싶나?"

배질은 물었다.

"그럼요. 이렇게 의혹과 수수께끼에 싸인 상태에서 헤어날 수만 있다면 무슨 설명인들 마다하겠어요?"

배질은 재판관 같은 어조로 이야기를 시작했다.

"그래. 그럼 하나하나 찬찬히 살펴볼까. 메이드스톤에서 처음 벌인 장난에 관해선 자네 말이 사실이라고 치지. 자네는 당시 그 학교 학생이던 앨리스를 만나려고 여장을 했네. 그러다 포스티나로 오인받았어. 자네가 목격됐을 때 포스티나는 그곳에 있을 수 없었던 탓에 미신을 믿는 하인, 또는 미신을 믿는 유모의 손에 길러진 어린 여학생이 페치, 혹은 도펠겡어 전설을 퍼뜨리기 시작했네. 히스테리가 어느새 온 학교에 침투했지. 심령 현상 같은 걸 믿지 않는 사람이라면 그 단계에서 소문의 싹을 잘라 버렸을 테지만, 메이드스톤 교장 본인이 그에 관심이 있었던 탓에 그럴 수도 없었어.

자네는 앨리스를 통해 이 모든 걸 알았어. 크레일이란 이름에 짚이는 바가 있었던 자네는 두 사람이 닮은 게 혈연관계 때문이란 걸 깨달았지. 자네는 아버지를 통해 포스티나가 서른 살 생일 전에 사망할 경우 로자 다이아몬드의 루비 귀걸이를 상속하리란 걸 알고 있었고, 그 값이 얼마나 나갈지도 알고 있었어. 적법한 상속자인 자기가 받은 증권과 채권은 값이 떨어졌는데 사생아인 포스티나가 받을 보석은 값이 올랐다는 아이러니에 자네는 울컥했어. 자네 아버지는 심지어 포스티나가 할아버지의 약한 심장을 물려받았다는 사실까지 말했을지도 몰라. 자네는 이내 포스티나가 죽을 경우를 상상하기 시작했어. 그렇지만 살인죄로 법정에 서고 하물며 유죄 판결을 받긴 싫거든. 그러다 두 사람의 인생이 이렇게 우연히 교차한 걸 이용해 포스티나를 살해할 수 있으리란 걸 깨달은 거야. 재수가 좋으면 아예 혐의를 받지 않을지도 모르지."

바이닝이 정말 뜻밖이라는 양 눈을 크게 떴다.

"살해라고요? 말씀이 너무 지나치시군요. 전 거기 있지도 않았는데 어떻게 제가 죽였다는 겁니까?"

"포스티나가 죽었을 때 여기 없었을지 몰라도, 몇 주, 혹은 몇 달 전에 이곳으로 내려와서 커튼이 걷힌 창문 너머로 실내를 들여다보지 않았나?"

"제가 왜 그런 일을 한다는 거죠?"

"집 안 구조와 가구 배치가 예전과 똑같은지 확인하기 위해서지. 퇴색한 무명천과 구식 티크 테이블을 보자마자 알겠더군. 원래 가구 배치가 어땠는지 자네가 알 수 있는 방법은 한두 가지가 아니야. 가족들 이야기를 통해 알 수도 있을 테고, 심지어 단체 사진이 남아 있을지도 모르는 일이지. 따지고 보면 이 집은 원래 자네 할아버지 것이었으니까."

"집 안 구조와 가구 배치가 저하고 무슨 상관이 있다는 거죠?"

배질은 옅은 푸른색 눈을 똑바로 응시했다.

"그건 좀 있다가 이야기하지. 여기까지 내 이야기는 사실에 관한 자네 주장을 그대로 따랐네. 그 사실을 어떻게 해석하느냐만 달랐을 뿐이지. 그러나 여기서부터는 사실에 관해서도 달라져. 난 자네가 그 뒤로도 계속해서 여장을 하고 메이드스톤에 나타났다고 생각하네. 포스티나의 생령이 출현한다는 믿음을 더욱 공고히 해서 최종적으로 소문이 포스티나의 귀에도 들어가게 하려고 말이지. 자네는 고심해서 포스티나와 똑같은 옷을 입고, 자세와 걸음걸이, 동작을 흉내 내고, 심지어 본연의 장난기 어린 표정을 죽이고 포스티나처럼 진지하고 구슬픈 표정까지 지었네. 고무창 신발을 신어 유령처럼 발소리를 내지 않았고, 목격자로부터 적당히 거리를 두며 어두운 곳에만 모습을 드러냈네. 이때 이미 자네는 에밀리 사제의 이야기를 알고 있었어. 도펠겡어에 관해 조사하다 알았겠지. 그래서 그 이야기의 가장 극적인 부분 일부를 재현한 거야. 앨리스 에이치슨에게 비밀을 털어놓을 순 없었네. 공범으로 삼기엔 너무 경솔한 사람이니까. 언제 들통 낼지 모르는 일이야. 어쩌면 자네는 앨리스도 생령을 믿길 원했을지도 모르지.

포스티나가 생령 소동 때문에 메이드스톤에서 쫓겨났을 때 자네는 기뻐했네. 일자리를 잃는다는 건 대단히 현실적인 일이다 보니 그 원인을 사실이 아니라 부정하긴 쉽지 않거든. 이젠 포스티나 본인도 생령이 진짜 존재한다고 믿을 테지. 자네 계획을 위해선 그게 꼭 필요했어. 이후 포스티나가 브리어턴으로 갔다는 걸 밝혀낸 자네는 동생을 그리로 전학시켰네. 라이트풋 교장에게 듣자니 메그는 원래 뉴욕에서 일반 학교에 다니다가 올가을에 전학 왔다지? 브리어턴의 상황을 파악할 필요가 있었던 자네는, 동생이 아무것도 모른 채 자네의 첩자 노릇을 하리란 걸 알고 있었기에 동생을 그 학교로 전학시켰네. 그런데 자네 동생이 브리어턴으로 간다는 걸 알고 앨리스 에이치슨이 그곳에 취직했어. 자네와 다시 접점이 생기길 원했던 거지. 자네를 여전히 사랑했던 거야. 그게 앨리스한테 불행한 결과를 가져왔네만.

브리어턴에서도 자네는 이어서 포스티나의 생령을 연기했어. 늘 프랑스식 창문으로 드나들고, 눈에 띄지 않게 뒤쪽 계단으로 이동했지. 포스티나가 낙타털 코트 대신 파란 커버트 코트를 입자, 자네는 비슷한 코트를 사서 포스티나의 외출복을 똑같이 따라했네. 그러면 모자로 늘 얼굴을 가리고 있어도 수상하지 않을 거야. 자네는 목격자를 주의 깊게 선정했네. 무지하고 암시에 걸리기 쉬운 하녀들과 경망스러운 열서너 살 여학생들로, 동생까지 포함해서 말이야. 메이드스톤에서 그랬던 것처럼, 자네는 이들 목격자로부터 적당한 거리를 두고 사람의 눈을 속이기 쉬운 어두운 곳에서만 모습을 드러냈어. 하지만 아무리 조심해도 그렇게 여러 번 반복하다 보면 운이 안 따라 줄 때도 있거든. 몇 차례 계산 착오는 불가피한 일이었네. 몇 번은 정말 가까스로 위기를 모면했지. 그중 한 번은 배짱으로 밀어붙였으니 망정이지, 안 그랬으면 계획 자체가 틀어졌을 거야. 한 번은 앨리스와 기젤라가 진입로로 올라오는 걸 보고 현관문을 잠가 시간을 벌어서 다른 경로로 빠져나가야 했어. 또 뒤쪽 계단에서 하녀 알린의 곁을 지나쳐야 한 적도 있었고. 다행히 날이 저물던 때라 어두웠던 걸 이용해서 자네는 배짱 좋게 해냈네. 또 한 번은 위층에 갇히는 바람에 앞쪽 계단으로 내려갈 수밖에 없었어. 그것도 다름 아닌 라이트풋 교장을 지나서 말이지. 할 수만 있으면 거리가 많이 떨어져 있어도 그런 성숙한 인물을 목격자로 선택하지 않았을 텐데, 하물며 그렇게 가까운 거리에서였으니 자네에게는 고문이나 다름없었을 테지. 그렇지만 자네는 침착함을 잃지 않고 일부러 라이트풋 교장을 순식간에, 심지어 무례하게 지나쳤어. 갑자기 확 지나치면 상대방이 당황하리란 걸 계산에 넣은 거야. 자네가 어두운 거실에서 프랑스식 창문을 통해 빠져나간 그 순간, 알린이 환한 식당에서 들어온 탓에 자네는 들키지 않을 수 있었네. 자네가 다른 사람과 가까운 곳에서 포스티나로서 모습을 드러낸 건 그 두 번뿐이야. 두 번 다 자네로선 예기치 못한 사태였으리라 생각해. 운이 없었던 거지. 그러나 그때마다 자네가 위기를 멋지게 모면한 덕에 생령설에 진실미가 생겼네. 사기꾼의 소행이라면 들킬지도 모르는데 그런 위험을 무릅쓸 리 없다고들 말할 테니까.

사실 위험은 언제나 존재했지만, 자네를 보호해 주는 게 한 가지 있었네. 미신에 근거한 공포 때문에 목격자가 자네에게 접근하려 하지 않았다는 거야. 하기야 자네 기질로 보건대 위험을 자극으로 받아들이고 즐겼을 것 같긴 하네만. 게다가 이때까지만 해도 중대한 범죄를 저지른 건 아니거든. 공공장소에서 여장을 하는 건 엄밀히 말해 경범죄이긴 하지만, 행여 들키더라도 장난이라고 둘러댈 수 있을 테지. 악취미인 건 분명해도 어쨌든 중죄는 아니야.

불운이라면 브리어턴에 앨리스 에이치슨이 있는 상황 또한 불운이었네. 자네가 예측하지 못했던 사태지. 말할 것도 없이 앨리스는 브리어턴에서 포스티나에 관한 소문을 듣자마자 소위 생령의 정체가 자네라는 걸 알아차렸어. 하지만 자네의 진짜 목적은 짐작하지 못했네. 틀림없이 자네가 다른 여자를 만나려고 또 똑같은 수를 쓴다고 생각했겠지. 처음엔 앨리스도 자네를 사랑했기 때문에 기젤라가 브리어턴에서 벌어지는 일을 나한테 알리려는 걸 막아 자네를 보호하려 했네. 그렇지만 자네 마음이 완전히 떠났다는 걸 알면 더는 보호해 주지 않을 테고, 뿐만 아니라 십중팔구 배신하리란 걸 자네는 알고 있었어. 학교 파티 날, 앨리스의 관심은 이미 플로이드 체이스에게 옮겨 가 있었지. 그걸 보고 자네는 앨리스를 죽여야겠다고 생각했어."

"앨리스라고요! 제가 앨리스를 죽였단 말씀입니까?"

바이닝은 놀란 표정으로 믿기지 않는다는 듯 말했다. 배질은 사무적으로 대답했다.

“자네가 포스티나로 감쪽같이 둔갑할 수 있다는 걸 아는 사람은 세상에 앨리스 한 명뿐이니까.”

“그게 무슨 상관이죠?”

“현장에 있지 않아도 자네가 포스티나를 죽일 수 있는 방법을 간파할 수 있는 사람 역시 세상에 앨리스 한 명뿐이기 때문이네. 포스티나를 죽이기 전에 앨리스를 먼저 죽이지 않으면 자네가 위험해지는 거야.

자네는 학교 파티에서 일찍 나왔네. 기젤라에게 진입로 아래쪽에 세워 놓은 차에 가서 위스키를 마신다고 했지만, 실은 마을 여관으로 돌아갔어. 그러고 포스티나와 똑같은 파란 코트와 갈색 모자 차림으로 약속한 시간에 앨리스를 만나러 정자로 갔지. 약속 장소로 정자를 고른 건, 그곳이 저택에서 백오십 미터 떨어져 있기 때문이야. 누가 혹시 창 너머로 자네를 보더라도 그 정도 거리가 있으면 포스티나라고 생각할 테니까.

방금 전 자네는 앨리스와 정자 옆에서 헤어졌다고 했는데, 베스 체이스의 이야기는 다르더군. ‘크레일 선생님이 손을 내밀어서 에이치슨 선생님을 확 떠미는 거예요. 에이치슨 선생님은 비명을 지르며 뒤로 넘어지더니 계단 밑으로 떨어졌어요.’ 목이 부러지도록 의도하고 때린 건가? 만약 그렇다면 참 대담무쌍하면서도 빈틈없는 계산이었어. 혹 누가 자네 모습을 본다 해도 거리가 있으니 포스티나라고 생각할 테지. 만약 알리바이가 없다면 포스티나가 살인죄를 쓸지도 모르고, 알리바이가 있다면 생령 소문이 또다시 퍼질 거야. 메이드스톤 시절까지 거슬러 올라가는 전례와 위증을 할 동기가 없는 증인들이 소문에 신빙성을 더할 테고. 그 경우, 경찰은 그 문제를 '히스테리'로 치부하고 넘기겠지만, 앨리스의 죽음은 사람들로 하여금 생령을 더욱 두려워하게 할 거야. 장본인인 포스티나를 포함해서 말이네."

바이닝은 자신을 향한 고발을 무심한 표정으로 듣고 있었다. 여간 대단한 자제심이 아니었다. 그러나 불그레한 난로 불빛에 몸은 아름답고 건강해 보이건만 내면의 심은 병든 것처럼 보였다. 흡사 모든 감정이 죽어 인간으로서 자연스러운 반응이 마비되거나 감퇴한 것처럼.

그가 드디어 입을 열었다. 화가 난 눈치도 없었다.

"이젠 왜 정황 증거가 틀릴 수 있다는 건지 이해하겠습니다. 당신은 허점이나 모순이 전혀 없는 기가 막힌 추리로 절 범인으로 몰았죠. 모든 사실이 딱딱 들어맞는 걸 보니 감탄이 절로 나옵니다. 올바른 사실들로 그릇된 이론을 구성하는 것도 가능하군요. 하지만 한 가지 더 있습니다. 이게 이 문제의 핵심이죠. 제가 어떻게 포스티나를 죽였다는 거죠? 자연사, 심장 발작이라면서요. 게다가 포스티나가 죽었을 때 전 여기 있지도 않았어요. 맹세합니다."

마치 남 이야기 하듯 스스럼없는 말투였다.

"당연히 포스티나가 죽었을 때 자네는 여기 없었네. 그랬다간 일을 전부 그르쳤겠지."

배질은 대꾸했다.

"그게 무슨 뜻이죠?"

"포스티나가 한 말을 그대로 옮겨 볼까. '제 방에 혼자 있는데 느닷없이 눈앞에 누가 나타난다면, 그런데 그게 제 얼굴이면 전 어쩌죠? 구석구석, 심지어 왼쪽 뺨의 뾰루지까지 똑같다면 어쩌면 좋으냐고요. 그런 건 가짜일 수도, 착각일 수도 없잖아요. 그게 진짜로 존재한다는 걸 알게 되는 건데, 그럼 전 이제 곧 죽는다는 뜻이라고요……'."

바이닝이 자신의 매끄러운 뺨에 손가락을 갖다 댔다.

"하지만 전 뾰루지가 안 났는데요. 여기 있지도 않았고요."

"어스름 속에 낯선 방에 들어가 본 적 있나? 낯선 사람이 자네를 향해 걸어오지 않던가? 그러다 이내 그 낯선 사람이 거울에 비친 자기 자신이라는 걸 깨닫고 자기 지각력에 대한 믿음이 흔들린 적 없어?"

"하지만 여긴 포스티나한테 낯선 방이 아닐 텐데요. 게다가 거울이라곤 벽난로 위에 걸린 것 하나뿐인데, 진짜 사람으로 착각하기엔 위치가 너무 높잖습니까."

바이닝이 맞받아쳤다.

"자네는 이 집과 두 응접실에 관해 알고 있었어. 두 방이 크기와 형태가 똑같고, 창문 숫자와 위치도 같고, 인테리어와 가구도 거의 흡사하다는 걸 알고 있었지. 그 두 방을 가르는 게 양옆으로 열리는 유리문이라는 것도. 그래, 유리문이네.

유리 뒤에 검은 커튼을 달았나? 아니면 칸칸이 검은 정사각형 마분지를 끼웠어? 전문 업자가 아닌 아마추어가 작은 창틀을 페인트칠할 때 유리에 페인트를 묻히지 않으려고 쓰는 방법이지. 어쩌면 나중에 마분지를 급하게 빼내느라고 날카로운 바늘을 썼는지도 몰라. 아, 그리고 물론 이 바깥쪽 거실의 천장 조명등엔 불이 안 들어오는 전구를 끼워 놨겠지.

포스티나는 아무도 없는 어두운 별장으로 혼자 문을 열고 들어왔네. 열쇠를 열쇠 구멍에 그대로 꽂아 놓은 채 홀의 스탠드를 켰어. 그러고 나서 곧바로 바깥쪽 거실로 들어온 건 우연이었지만, 어차피 그날 내로 언젠가는 들어왔을 테지. 거실로 들어오면 그 다음 벌어질 일은 정해져 있네. 아치형 입구 바로 안쪽에 있는 스위치를 켜려고 할 텐데 불이 안 들어오거든. 전구가 나갔으니까. 그때 포스티나는 인기척을 느끼고 유리문으로 시선을 돌려. 지금은 검은 물건을 뒤에 댔으니 거울이지. 누구 기척일까? 사실은 거울에 비친 자기 자신이야. 하지만 포스티나는 그게 거울에 비친 모습이라는 걸 알 턱이 없거든. 저 문에 끼워진 게 투명한 유리라고 확신하고 있지. 검은색으로 뒤를 댔다는 걸 모르니까. 두 방이 워낙 흡사했던 탓에, 포스티나는 자기가 유리를 통해 보이는 안쪽 거실이 아니라 급조된 거울에 비친 바깥쪽 거실을 보고 있다는 걸 알 방도가 없었네. 홀에 켜 놓은 약하고 불규칙한 스탠드 불빛은 안쪽 거실까지 확실하게 비춰 주지 못해. 그러니 바깥쪽 방과 유일하게 다른 측벽은 어차피 보이지 않거든. 그쪽엔 벽난로가 없는데.

이제 무슨 일이 있었는지 알겠나? 거울에 비친 자기 모습이 포스티나를 죽인 거야. 거울이 있을 리 없는 곳, 포스티나가 생각하기에 유리문이 있을 곳에서 말이지. 지난 일 년간 체험한 일로 포스티나는 도펠겡어 전설을 믿을 수밖에 없는 심리 상태였네. 자기 생령을 보면 죽음이 머지않았다는 뜻이야. 그런데 포스티나는 심장이 약했으니……. 공포에 질린 나머지 쓰러져 죽었어. 가장 오래됐고 가장 단순한 환영, 거울에 비친 자기 모습을 보고. 겁낼 게 아무것도 없는데도 겁에 질려 죽은 거야. 있는 것이라곤 그저 쓰러져 죽은 여자의 시체를 비추는 거울, 물처럼 무색투명하고 무생물인 거울뿐이건만.

자네 수법의 교활한 점은, 가장과 거울을 함께 이용했다는 거야. 포스티나의 생각에 자기 생령은 양쪽의 특성을 모두 갖추고 있었지. 둘 중 하나만이라면 또 모를까, 양쪽 다인 이상 진짜일 수밖에 없어. 브리어턴에서 그랬던 것처럼 거울에 비친 그림자가 실내를 마음대로 돌아다닐 수는 없네. 거울도 없는 바깥은 물론이고. 브리어턴에서 그랬던 것처럼 거울에 비친 모습이 포스티나 본인과 동시에 다른 행동을 할 순 없어. 그렇다면 누군가 포스티나의 모습으로 가장했다는 뜻인데, 아무리 변장이 뛰어나도 어젯밤 자네가 급조한 거울에서 포스티나가 본 모습처럼 얼굴과 자태, 복장을 완벽하게 똑같이 재현할 순 없겠지. 그 두 가지가 결국엔 하나였다고 믿은 순간, 포스티나는 자네 속임수에 넘어가고 만 거야."

"창작 실력이 참 대단하시군요, 윌링 씨. 어제 저녁에 포스티나가 별장에 내려올 생각이란 걸 제가 어떻게 알았는지 설명 좀 해 보시겠습니까?"

"자네가 전화해서 여기서 만나자고 한 거야. 실제로 그런 사람이 있거든. 포스티나가 기젤라에게 이름을 안 밝히고 완곡하게 이야기했다더군. 분명 베일에 싸인 친가 쪽 친척이라고 자기를 소개했겠지. 포스티나는 전부터 친가에 관해 알고 싶어 했으니까. 왓킨스와 어머니 이야기를 하면 이름을 밝히지 않아도 포스티나는 믿었을 테지. 어쩌면 포스티나에게 사생아란 말을 했을지도 몰라. 그럼 추문을 피하기 위해 은밀히 만나고 싶은 마음을 포스티나도 이해할 테니까. 그건 포스티나처럼 외로운 아가씨에게 강력한 미끼였어."

"그럼 포스티나가 죽어 가는 그 순간, 전 알리바이 공작을 하고 있었겠군요?"

"아니지. 자네 같이 교활한 사람이 그런 조잡한 짓을 할 리 있겠나. 게다가 누가 시체를 발견하기 전에 마분지건 커튼이건 현장에서 치워야 할 필요도 있고. 그 때문에 자네는 포스티나가 죽은 직후에 여기로 왔네. 이번에도 포스티나 크레일로 변장하고 있었지. 며칠 전 유리문을 거울로 바꾸기 위해 마을로 왔을 때 그랬던 것처럼.

그때 정비소 남자가 길에서 자네에게 차를 태워 주겠다고 했다지? 두 번 다 목격자가 없을 가능성도 있었건만, 어쩌다 보니 두 번 다 자네 계획대로 누가 자네를 목격하고 포스티나라고 생각했네. 포스티나가 죽은 뒤에 누가 포스티나를 '봤다'는 걸 경찰이 알면, 일어날 수 있는 일은 오로지 하나뿐이라는 걸 자네는 알고 있었어. 포스티나의 생령은 포스티나의 유령이 될 테고, 결국 경찰은 사건을 시골의 미신으로 치부하고 끝낼 테지.

어젯밤 자네는 포스티나가 죽고 몇 분 안 돼서 검은 마분지를 빼냈네. 당연히 몇 시간은 이 집에 자네 혼자뿐일 거라 생각했겠지. 그런데 숲 쪽에서 차 소리가 들렸어. 운 나쁘게도 포스티나가 주말에 내려와서 지내라고 기젤라를 초대했던 거야. 이젠 계획대로 전구를 도로 갈아 끼울 겨를이 없었어. 자네는 포스티나가 놔둔 상태 그대로 현관문을 열어 놓고 홀의 스탠드를 켜 놓은 채 숲으로 달려갔네. 들키지 않고 숲을 빠져나가려고 했는데, 어두운 밤이었던 탓에 그만 도로로 뛰쳐나가고 말았어. 그러다 기젤라의 차에 치일 뻔했지. 전조등이 합선돼서 불이 들어오지 않는 틈을 타서 자네는 고무창 신발 덕에 소리 없이 도망쳤네. 솔잎이 쌓인 곳엔 발자국이 남지 않았고, 기젤라가 손전등을 켰을 땐 도로의 발자국도 이미 비에 씻겨 지워진 뒤였어."

"픽션으로선 참 근사하군요. 하지만 증거가 없잖습니까?"

바이닝이 나지막이 웃었다.

"그런가? 몇 개 있네만."

"예를 들면 뭐죠?"

"산 사람의 몸에선 어떤 냄새가 나게 마련이네. 옷이라든지, 면도 로션이라든지. 그런데 브리어턴에서 생령을 목격한 사람 중에 믿을 만한 증인은 라이트풋 교장뿐인데, 그분은 생령에서 아무런 냄새도 안 났다고 했거든. 그건 그 생령이 정말 초자연적인 존재였다는 뜻일까? 아니면 어떤 사람의 몸이 다른 사람에게 냄새가 없는 것처럼 느껴지는 특정한 조건이 있나? 그래, 있어. 두 사람의 체취가 똑같을 때야. 같은 향수를 쓰는 두 여자는 서로에게서 그 향을 맡지 못하네. 담배를 안 피우는 사람이 피우는 사람과 키스를 하면 니코틴 냄새를 강하게 의식하지만, 담배를 피우는 사람끼리는 서로 입 냄새가 안 난다고 생각하는 것과 마찬가지야. 교장은 레몬 버베나 향수를 사용하는데, 그런 분이 생령에게 냄새가 없다고 생각했다는 건 생령의 정체 역시 레몬 버베나 향수를 쓰는 사람이란 뜻이야. 그 향수를 쓰는 게 워낙 습관화되다 보니 포스티나로 가장할 때조차도 향내를 없앨 생각을 못한 사람인 거지. 그 사람은 십중팔구 남자야. 교장에게 듣기로 남성용 화장수라고 했으니까. 포스티나는 라벤더 향수만 썼으니 분명히 아니네.

그 덕분에 생령의 정체에 대한 범위가 상당히 좁아졌어. 어두운 곳에서 멀리서 보면 포스티나로 착각할 만큼 비슷하게 생긴 사람, 레몬 버베나 향수를 습관적으로 쓰는 사람, 메이드스톤 및 브리어턴 양쪽 모두와 접점이 있는 사람, 포스티나에게 해를 가하거나 죽일 동기가 있는 사람.

어젯밤 집에서 서재에 들어섰을 때 어렴풋이 레몬 버베나 향이 나더군. 하지만 체이스 부인, 체이스 씨, 자네, 이렇게 셋 중에 누구한테서 나는 건지 확실하게 알 수 없었어. 그런데 방금 자네가 저 입구에 서 있을 때 또다시 그 향을 맡았거든. 생령은 자네였던 거야."

바이닝은 무감각하고 초연한 자세를 잃지 않았다. 그는 순전히 지적인 문제를 대하듯 말했다.

"깔끔하군요. 독창적이고 그럴싸합니다. 하지만 안타깝게도 사실은 아니란 말이죠. 이야기 전체를 말하는 겁니다. 물론 전 면도하고 나서 베르벤 로션을 써요. 하지만 제 자신과 포스티나에 관해 드린 말씀은 전부 사실입니다. 당신은 안 믿으실지 몰라도, 믿건 안 믿건 전 그게 사실이라는 걸 압니다. 게다가 행여 당신이 그런 억측을 스스로 믿는다 한들 그걸 입증할 순 없잖습니까? 레몬 버베나만으로는 충분한 증거라 할 수 없죠."

그는 일어서더니 주머니에 손을 꽂은 채 방 안을 어슬렁어슬렁 돌아다니며 유리문과 천장 조명등을 바라보았다. 오래전 역사가 이루어졌던 장소를 보는 관광객 같았다. 그는 이내 멈춰서더니 평소처럼 대담무쌍하고 장난기 어린 미소를 지었다.

"전 늘 살인자가 붙들리지 않으려면 법률 지식이 있어야 한다고 말하곤 했죠. 빠져나갈 구멍은 그것뿐이거든요."

"그게 무슨 뜻이지?"

"아시면서 뭘 물으십니까. 모를 리 없을 텐데요. 아니면 지금쯤 우리는 경찰서에 가 있지 않을까요? 이렇게 추리 소설의 마지막 장면처럼 유쾌하게 진솔한 대화를 나누는 대신 말이죠. 전 당신 주장을 시인할 생각이 없지만, 설사 그게 사실이라 해도 전 살인범이 되진 않습니다."

"왜지?"

"저런, 제가 그 답을 모른다고 생각하십니까? 아쉽게도 전 알거든요. 당신이 말한 식으로 제가 포스티나를 죽였다면, 전 채권 쪽으로 진로를 바꾸기 전에 일 년간 법률 공부를 했던 걸 다행으로 여겨야겠군요. 친애하는 윌링 씨, 당신도 아주 잘 알다시피 누군가를 겁줘서 죽였을 경우 살인을 입증하긴 실질적으로 불가능하단 말이죠. 특히 피해자의 심장이 약했다면 더 말할 것도 없습니다. 심장 발작의 요인이 저라는 걸 법정에서 대체 어떻게 입증하실 생각인가요? 저와는 무관하게 어쨌든 심장 발작을 일으켰을지도 모르는 일 아닌가요? 다른 요인이 내적, 외적으로 백 가지는 더 있겠습니다. 총이니 칼, 둔기, 독극물에 의한 신체적 상해의 경우라면, 그게 죽음을 야기한 요인이라는 걸 법률적, 의학적으로 입증할 수 있습니다. 하지만 정신적 상해가 심장 발작을 일으켰다는 걸 어느 누가 입증할 수 있다는 거죠? 그것도 한 점 의혹 없이? 죄목이 살인인 경우 그래야 한다는 건 아시겠죠? 지방 검사는 승소할 가능성이 없으면 기소하지 않습니다. 민사 소송에선 증거의 우세만 있으면 되니, 이렇게 정신적 상해 또는 충격으로 죽었을 경우 피해자의 유족이 손해배상 정도는 청구할 수 있겠죠. 그렇지만 불쌍한 포스티나한테는 가족이 없잖아요? 사생아였으니까."

배질은 일어섰다.

"한 가지 잊어버린 모양이군. 앨리스 에이치슨은 공포에 질려 죽은 게 아니야. 포스티나처럼 생겼고 포스티나 같은 옷을 입은 사람이 앨리스를 계단 위에서 떠미는 걸 베스 체이스가 목격했네. 자네가 포스티나와 비슷한 옷을 샀다는 건 입증할 수 있어. 자네가 포스티나와 한 핏줄이라는 것도 입증할 수 있지. 그날 브리어턴에 있던 사람들 중, 비슷한 옷을 입었을 때 포스티나로 착각될 수 있는 사람이 자네뿐이라는 것도, 이유가 뭐가 됐든 자네가 앨리스와 싸웠다는 것도 입증할 수 있네. 바이닝, 자네는 앨리스 에이치슨을 살해한 죄목으로 유죄 판결을 받을 거야. 이제 자네를 구인拘引하겠네."

처음으로 바이닝이 배질을 놀라게 했다. 그는 침착하게 말했다.

"마음대로 하시죠. 전 아무래도 상관없습니다."

"어째서?"

"무죄 방면된다 해도 전 평생 이걸 짊어지고 살아가야 하는 겁니다."

"죄의식 말인가?"

"그렇게 단순한 게 아닙니다. 안 믿어도 되니까 잠깐 제 말이 사실이라고 가정해 보세요. 제 입장이 어떨 것 같습니까?"

수수께끼 같은 옅은 푸른색 눈이 커튼을 치지 않은 창문으로 수평선 위 별이 총총한 하늘을 바라보았다.

"전 제가 결백하다는 걸 압니다. 당신이 말하는 그런 복잡한 속임수를 쓰지 않았다는 걸 알아요. 그렇지만 그걸 알 수 있는 사람은 저밖에 없으니……. 몇 가지 불편한 의문을 떠맡아야 할 사람은 저뿐인 겁니다. 그것도 저 혼자서 말이죠. 메이드스톤과 브리어턴에서 과연 무슨 일이 있었던 건가? 어젯밤 포스티나가 이 거실에 들어와서 대체 무엇을 봤기에 충격을 받고 죽은 건가?"

"아직도 그런 판타지를 고집하나? 여기까지 와서?"

"그야 물론이죠. 당신이 설명하지 못한 점이 몇 개 있는데요. 메그와 베스가 포스티나의…… 환영을 보고 있는 동안, 포스티나 본인은 왜 그렇게 최면에 걸린 사람처럼 슬로 모션으로 움직인 거죠?"

"포스티나는 식사 때마다 비타민 알약을 복용했네. 크기와 색깔이 같고 약한 수면제 성분이 든 알약으로 바꿔 놓을 기회는 얼마든지 있었지. 앨리스 말처럼 비타민을 먹는데도 포스티나의 권태감과 빈혈이 나아지지 않은 건 그 때문이야. 식사 후 약효가 나타나기 시작할 타이밍에 맞춰 생령으로 등장하기는 식은 죽 먹기였겠지. 포스티나는 브리어턴을 떠난 뒤로도 그 알약을 계속 먹었네. 학교 파티중에 기젤라와 통화할 때 잠에 취한 목소리였던 건 그 때문이야. 그것도 자네가 에밀리 사제의 이야기에서 베낀 요소지. 사제도 생령이 나타났을 때 잠에 취한 사람처럼 움직였으니까."

"뭐든 다 설명할 수 있다고 생각하시나 보군요. 그럼 이걸 한번 설명해 보시죠. 그게 저건 아니건 포스티나로 가장한 인물이, 포스티나한테 계단에서 교장 선생님을 앞질러 가고 싶다는 은밀한 충동이 있었다는 걸 어떻게 알고 그걸 실행에 옮긴 겁니까?"

"우연이지. 자네에겐 행운이고, 포스티나에겐 불운이었던 거야."

"우연이라고요? 운? 그 정도밖에 안 되십니까? 전 그걸 생각할 때마다…… 불안한 기분이 드는데, 당신은 아닙니까?"

바이닝이 어찌나 정색하고 그런 말을 하는지, 배질은 한순간 그의 말을 믿을 뻔했다. 그러나 과학 교육이 압도적인 무게로 천칭을 반대편으로 기울였다.

"왜 그런 허세를 부리지, 바이닝? 오늘 밤 이 자리엔 증인도 없네. 자네가 이 자리에서 범행을 시인한들 난 그걸 다른 사람한테 입증할 방도가 없어. 어째서 지금 이 순간만이라도 나한테 진실을 말하지 않는 건가? 그러면 마음도 편해질 텐데. 철창 안에서건 밖에서건 앞으로 살아갈 세월 내내 이 비밀이 자네 마음을 짓누를 테지. 진실을 털어놓을 기회를 갈망하게 될 거야. 하지만 지금 이 순간이 지나고 나면 앞으론 결코 그 기회를 누리지 못해."

"당신은 제 말을 안 믿습니다."

바이닝은 천천히 고개를 내저으며 말했다. 사실을 진술하듯 담담한 어투였다. 그의 하얀 얼굴이 스탠드 불빛을 반사했다.

"당신도 나도 그 누구도 이 일에 대해 완전한 진상을 알지 못할 테죠. 하긴 뭔들 알겠습니까. 세상 모든 일이 수수께끼인데요. 여기에 퍼즐이 하나쯤 추가된들 달라질 건 없겠죠."

그는 별들을 바라보며 비밀스럽게 미소를 지었다.

"저 위에 뭐가 있는지는 하느님만이 아시겠죠!"

작 가
정 보

●

헬렌 매클로이
Helen McCloy

생 애

헬렌 매클로이는 1904년 뉴욕에서 태어났다. 잡지 《뉴욕 이브닝 선》의 편집국장이었던 아버지와 작가였던 어머니 사이에서 어릴 때부터 문학과 매우 밀접했던 매클로이는 셜록 홈스를 읽으며 어린 시절을 보냈다. 1923년 프랑스 파리로 건너가 소르본 대학을 다니며 미국 신문 특파원을 하기도 한다. 또한 프랑스, 영국의 잡지나 신문에 미술 평론이나 소설, 시 등을 발표하며 1932년까지 유럽에 체재하였다. 1946년에 통속 하드보일드 작가로 알려져 있는 브렛 할리데이와 결혼했다. 부부가 출판사와 문예 에이전시를 운영하기도 했지만 1961년에 이혼한다.

본격 미스터리에 가까웠던 매클로이의 작풍이 크게 변화한 것은 1948년에 출간된 『그녀는 혼자 걷는다She Walks Alone』부터라고 일컬어지는데, 그 원인이 바로 브렛 할리데이와의 결혼이라는 소문이 돌기도 했다. 하지만 작가 자신은 서스펜스 소설이 크게 유행했던 전후의 풍조에 동참한 것뿐이라고 설명하고 있다.

1950년 여성으로서는 처음으로 미국 추리작가협회(MWA) 회장을 역임했다. 1954년에는 신문에 연재하던 서평이 높이 평가되어 추리작가협회 평론상을 수상하기도 했다.

미스터리 작가로 데뷔

1938년에 『죽음의 무도Dance of Death』가 출판되면서 미스터리 작가로 첫 발을 내딛게 된다. 『죽음의 무도』는 매클로이의 대표 시리즈 주인공인 배질 윌링이 처음 등장하는 작품으로, 눈 속에서 죽은 채로 발견된 젊은 여성의 체온이 식지 않았다는 불가능 범죄를 다룬 장편 소설이다. 프롤로그가 본편과 유기적으로 연결되는 전개가 일품인데, 살인이 일어나고부터는 용의자 수를 한정시키면서 의외성을 창출해 내는 것에도 성공한 작품이다.

배질 윌링 시리즈

헬렌 매클로이의 대표 시리즈에서 탐정 역을 맡는 것은 미국 최초의 정신과 의사 탐정인 배질 윌링 박사이다. 그는 정신 의학을 이용하여 범죄자의 심리를 분석할 뿐 아니라 그것을 사건 해결로 연결시킨다. '모든 범죄자는 심리적인 지문을 남긴다'는 것이 윌링 박사의 지론이며 초기에는 뉴욕의 지방 검찰청의 의학 고문으로 활약한다.

윌링은 『어두운 거울 속에』에서도 등장하는 기젤라 폰 호헤넴스와 후에 결혼하여 아내와 같은 이름의 딸을 두지만, 얼마 지나지 않아 아내와 사별하고 보스톤으로 거주지를 옮기게 된다. 『어두운 거울 속에』는 본격 미스터리에서 심리 서스펜스로 작풍이 바뀌는 중기에 해당하는 작품으로, 매클로이 표 서스펜스 소설의 결정판이라고 평가받고 있다. 본래 《엘러리 퀸 미스터리 매거진》의 단편 미스터리 콘테스트에 응모하기 위해 쓴 단편 미스터리로, 제3회 콘테스트에서 차석을 차지했다. 이 원고를 대폭 수정 가필하여 출간한 것이 바로 이 작품이다.

마찬가지로 중기를 대표하는 『유령의 2/3 Two-Thirds of a Ghost』은 출판업계를 배경으로 한 장편으로, 베스트셀러 작가가 자택에서 연 파티 도중 일어난 불가사의한 독살 사건을 다루고 있다. 살해 방법은 물론이거니와 피해자인 작가의 정체도 수수께끼에 싸여 있어 조사는 난항을 겪게 된다. 복선과 윌링 박사의 추리가 어우러지는 매우 훌륭한 완성도의 비블리오 미스터리라 할 수 있다.

말년의 매클로이

1960년 이후, 매클로이의 장편은 눈에 띄게 필력이 떨어져 주춤하게 되지만, 그중에서 가장 수작이라 평가받는 작품이 『스플릿풋 씨 Mr. Splitfoot』(1968)이다. 저주받은 방을 소재로 한 작품으로 그곳에서 잠을 자면 반드시 다음 날 아침에는 시체로 발견된다는 내용의 작품이다. 이런 유의 작품은 윌키 콜린스의 「공포의 침대A Terribly Strange Bed」(1858), 이든 필포츠의 『회색의 방The Grey Room』(1921), 카터 딕슨(존 딕슨 카)의 『레드 위도 살인 사건The Red Widow Murders』(1935) 등이 있는데, 매클로이의 『스플릿풋 씨』는 『레드 위도 살인 사건』에 비해도 손색없는 짜임새를 보이고 있다.

서스펜스의 여왕 중 한 명으로 평가받는 매클로이는 그동안의 작가 생활을 돌이켜 보며, 앞으로는 서스펜스보다 본격 미스터리가 다시 부활했으면 하는 바람을 내비치기도 했다. 그런 그녀의 의지가 잘 드러나 있는 작품이 『소각할 것Burn This』으로, 이 작품으로 1980년 네로 울프 상을 수상했다.

/

작 품 목 록

배질 윌링 시리즈

Dance of Death (1938)

The Man in the Moonlight (1940)

The Deadly Truth (1941)

Who's Calling (1942)

Cue for Murder (1942)

The Goblin Market (1943)

The One That Got Away (1945)

Through a Glass, Darkly (1950) - 『어두운 거울 속에』(엘릭시르, 2012, 미스터리 책장 시리즈)

Alias Basil Willing (1951)

The Long Body (1955)

Two-Thirds of a Ghost (1956)

Mr. Splitfoot (1968)

Burn This (1980)

The Pleasant Assassin and Other Cases of Dr. Basil Willing (Short Stories) (2003)

그 외의 단행본

Do Not Disturb (1943)

Panic (1944)

She Walks Alone (1948)

Better Off Dead (1951)

Unfinished Crime (1954)

The Slayer and the Slain (1957)

Before I Die (1963)

The Singing Diamonds and Other Stories (Short Stories) (1965)

The Further Side of Fear (1967)

A Question of Time (1971)

A Change of Heart (1973)

The Sleepwalker (1974)

Minotaur Country (1975)

The Changeling Conspiracy (1976)

The Imposter (1977)

The Smoking Mirror (1979)

헬렌 클락슨(Helen Clarkson)이라는 필명으로 쓴 작품

The Last Day (1959)

어두운 거울 속에
THROUGH A GLASS, DARKLY
/

초판 발행 2012년 7월 16일

지은이 헬렌 매클로이 / **옮긴이** 권영주 / **펴낸이** 강병선

책임편집 임지호 / **편집** 지혜림 이현 / **디자인** 이혜경 강혜림 / **일러스트** 황성원
저작권 한문숙 박혜연 / **마케팅** 정민호 김도윤 박보람 / **온라인마케팅** 이상혁 장선아
제작 안정숙 서동관 임현식 / **제작처** 영신사

펴낸곳 (주)문학동네 / **출판등록** 1993년 10월 22일 제406-2003-000045호 / **임프린트** 엘릭시르

주소 413-756 경기도 파주시 문발동 파주출판도시 513-8
문의 031-955-8892(편집) 031-955-3576(마케팅) 031-955-8855(팩스)
전자우편 elixir@munhak.com / **홈페이지** www.elixirbooks.com

ISBN 978-89-546-1850-2 (03840)

엘릭시르는 출판그룹 문학동네의 임프린트입니다.